戦争の生き証人っつったって
他にも色々いるだろ。
何もマリーディ=ホワイトウィッチに
触れることたねえさ、なっ、なっ!?

──とあるパパラッチからの忠告

ヘヴィーオブジェクト
北欧禁猟区シンデレラストーリー

鎌池和馬
A KAMACHI

# Prelude

やあシーワックス、今日は筋肉の話をしよう。

おいおいドン引きすんなよ。元を正せばお前さんから振ってきたんだぜ。

さて一口に筋肉って言っても色々ある。そうだな、アメフトとフィギュアスケートの選手を思い浮かべてみれば良い。どっちも体脂肪率は驚異の一桁%台だが、見てくれは全然違うもんだろう。

考えてみれば当然で、自分の体に何を求めてどういう風に負荷をかけるかで、実際に鍛え上げられる部位は変わってくる。野球とサッカー、バレーとバスケ、これだって随分違うもんだ。

俺だってパパラッチのはしくれだ、カスタムした大型バイクで色んなヤツを追ったさ。汚職警官からお忍びデートのハリウッドセレブまでな。スポーツ選手、軍人、舞台俳優、とにかくあっちこっちの業界のプロフェッショナルってのも眺めてきた。

だからおっかねえんだよ。

あのお嬢ちゃんには機嫌の良い時に一回だけインタビューを受けてもらった事があったが、

こうしている今も全く理解できん。ええと、操縦士の……サバイバリティ研究の、一環だっけか？　まあ何はともあれ相手は操縦士エリートと同種のゲテモノだ。いいや、『普通の』エリートともどこか違う。何であれ軍事機密ってのはおっかないよ、人間の体ってのはどんな環境で負荷をかけていったらあんな風に仕上がっちまうのか。いっそリトルグレイが幼女の皮でも被(かぶ)ってるんじゃねえかって疑いたくなるくらいだぜ。

つまり、それが北欧禁猟区って事なのかね。

平和ボケした『安全国』だの戦争国だのなんて話じゃ済まない、本当の戦場。

……だからさ、そのピカピカに磨いた仕事道具からレンズキャップを外す前にもう一度だけ考えてみようや、相棒。あいつは本当にヤバい。たまの休暇で小さな舌出してジェラート舐(な)めてるトコにフリーカメラマンの突撃取材なんぞが割り込んで貴重な一日を台無しにしてみろ、ものの弾みで一体どんな報復が待ってるか分かったもんじゃねえ。

戦争の生き証人っつったって他にも色々いるだろ。

何もマリーディ＝ホワイトウィッチに触れるこたねえさ、なっ、なっ⁉

あっ、おい馬鹿⁉　……ああもう、無茶しやがって……。

# Track 01　Welcome Fallen Baby

『……す、ガール1……繰り返すアイスホース3よりアイスガール1！　隊長!!　さっさと操縦桿(そうじゅうかん)握り直せよロック漬けッッッ!!』

視界が白い。瞼(まぶた)を開けても閉じても変わらない中、ただキリキリとこめかみに鋭い痛みが走る。車のヘッドライトを真正面から凝視したような感じがマリーディ＝ホワイトウィッチの意識を埋めていく。視界が眩(くら)む、吐き気がひどい。戦闘機のパイロットとしての矜持(きょうじ)で、かろうじて酸味の塊を喉元(のどもと)で押さえ付ける。指先は震えるばかりで、額から瞼の中に入り込んでくる汗の珠(たま)さえ拭(ぬぐ)えない。

ガンガンに響くハードロックの重低音。

全てはあのレーザー光のせいだ。機体は意味もなくネジを巻くようにロールしていた。

弱冠一二歳の女の子であった。流れるような長い金髪に思春期の少女と呼ぶにも小柄過ぎる矮軀(わいく)。競馬のジョッキー同様、軍人の中では数少ない『身長体重は小さい方が喜ばれる』戦闘機のパイロットだが、エースの実像を眺めれば誰もがこう思うだろう。それにしたってここまで削る必要があるのかと。

　未成熟なボディラインを鮮やかに浮かばせるぴっちりした黄色い特殊スーツに、一般の機体と違い口と鼻を覆う酸素マスクなど存在しない。奇態なその格好は核にも耐える超大型兵器オブジェクトの操縦士エリートの研究開発を手助けするといった要件を満たすためだろう。

　戦闘機の慣性Gは体重が大きいほどにその威力が増す。よってパイロットは軍人の中では極めて珍しく、小柄であるほど高いGに耐えられるとして歓迎される傾向があった。とはいえ、いくら何でも細過ぎる。サバイバリティ研究の一環として、オブジェクトの操縦士エリートにも転用される人体開発技術の試験要員でもなければ流石に耐えられるものではない。

(ちく、しょ。目が……)

眩む頭の痛みを押して、コックピットを埋め尽くすようなブザーの嵐に意識を向ける。

(レーザー光だけじゃない。変な遠心力に頭の血液を集められていると思ったら、痙攣で両腕を振り回してあちこちのレバーやスイッチにぶつけたのか。身に覚えのないブザーばっかりだ!)

　ようやっと光の残像を振り払う。狂った数値の中で操縦桿を無理に握ってもかえって失速に陥るリスクが増すだけだ。マリーディはまず編集スタジオのミキサー卓のようにずらりと並ぶ三桁近い入力装置を一つ一つ指で弾いて正常設定に戻し、それから操縦桿を掴み直した。

これでもわずか数十秒の早業だったが、さて戦闘機は一秒間に何百メートル進む乗り物だったか。ちょっとしたよそ見のつもりでも、レーダーを見ると編隊行動を取っていたはずの味方三機の位置がかなり遠い。軽く見積もっても五〇キロ以上離れている。明らかに作戦空域の外まで飛び出していて、かつ、『正しい』ブザーに導かれるような格好で透明な風防に守られながら周囲をぐるりと見回してみれば、右の主翼が半分欠けて黒煙を真後ろにたなびかせている。

「くそっ！　バカ設定のせいで無駄にアフターバーナーでも噴かせていたのか⁉」

『アイスソード2よりアイスガール1、支援したいがそこは例の「トールハンマー」の配備地域だ。光の海には踏み込めん‼』

　リカバリー不能。

　真下はとっくに敵国『情報同盟』の実効支配地域。

錐揉み状態だけは何とか立て直したが、とても基地まで帰れるとは思えない。

機体を捨てて脱出するしかないが、降りれば三六〇度くまなく敵兵だらけの地獄だ。

「アイスガール1よりアイスバーン4、アイスソード2、以降はお前が隊を引き継げ。あとレーダーの光点は信じて良いか？　アイスバーン4、目は無事か。こんなので引退など許さんぞ！」

『……ちくしょう、分かってたのに。表示と警報だけ集中していれば誰も巻き込まなかったのに……ッ‼』

　一〇歳以上は歳の離れた青年からの涙声を耳にして、最低限の報告すらできない同僚にマリーディは舌打ちした。だがその目元には小さな笑みがある。

高精度地対空ミサイル(SAM)『トールハンマー』。

　こいつが最後の特区から空を奪った。天空の地雷などという矛盾した異名の死神は一度に三〇発以上解き放たれ、有効視界外から空に住む者の視界を真っ白に潰し、捕食者の口のように様々なルートから標的の退路を奪い取り囲み確実に殲滅(せんめつ)していく。目が眩み、こめかみが痛み、各種のセンサーが不調なのはミサイルのヘッドに取りつけられたプラネタリウムのような撹乱兵装のせいだ。ようはレーザー光を使って乗員の目玉を狙うイタズラの高出力版。鋭い誘導性も問題だが、こちらを鈍らせる事に特化して当ててくるミサイルだ。

　事前に伝えられ、レーダー上に表示されていた配備状況には誤りがあり、おかげでまず恐怖心から背後へ目をやったアイスバーン4が妨害レーザーに視界を塗り潰された。包囲の中でどうしても避けられない数発に対し、カバー可能な位置にいたマリーディは同僚を付け狙うミサイルへありったけの機銃(レギュラーガン)をばら撒(ま)いて神業のような技量で見事に撃ち抜いたが、確実に当てるために目を酷使して接近し過ぎたのが仇(あだ)になった。

　結果はこのザマ。

　有効破砕圏内まで自ら踏み込んだ上でミサイルの誘爆に巻き込まれて主翼を傷つけられた。空中でバラバラにならなかっただけでもマシかもしれないが、ここで終わりではない。

　ほんの数十秒。だがマリーディがレーザー光で狂った数値や自らの痙攣(けいれん)でぶつけた三桁近いスイッチやレバーと格闘して設定を元に戻し、手放した操縦桿(そうじゅうかん)をのろのろと掴(つか)み直している間にも戦闘機は前へ前へと進んでいる。おかげで地雷原の奥深くまで突き進んでしまったのだ。

そして発射準備が整えば、再度『トールハンマー』が襲いかかってくる。一発二万ドルもするミサイルを三〇発も同時に放って戦闘機一機を吹き飛ばせればそれでよし。いいやある程度追い駆ければパイロットの角膜に傷をつけられる。全くコストパフォーマンスに見合わない実験兵装が眼下、緑に埋まった大地に険しい山々、それらの間をうねる蛇のようにのたくる崩れかけた高架状のハイウェイ、そういったものを全て包括するギザギザのフィヨルドのあちこちから邪悪な光で満ちた床をせり上げるように天を埋める暴力的な光源が放たれる。

元から舵は利かない。万全であってもかわしきれない。

屈辱に唇を噛み、フラッシュメモリ式の薄型音楽プレーヤーをテープで自分のお腹に張り付けると、ゆっくりと息を吐いてマリーディはこう報告した。

「アイスガール1より各機。脱出する」

『アイスホース3、了解。すぐに騎兵隊連れて捜索してやるから、降りても死ぬなよ隊長』

両足の間にある大きなレバーを両手で掴む。

最後に、彼女の耳にお気に入りのハードロックよりも心臓に響く声があった。

『北欧禁猟区へようこそ、アイスガール1』

勢い良くレバーを引くと火薬の力で風防(キャノピー)のジョイントが吹き飛ばされて真後ろへ流された。マリーディの小さな体が座席ごと真上へ射出された直後、様々な角度から嬲(なぶ)り殺(ころ)すように地対空ミサイル(SAM)が残された機体へと喰(く)らいついていく。

それにしても、パラシュートの展開をセンサー任せにしていたのは間違いだった。爆風から近距離で二重構造のシルクが開かれた途端、剃刀(かみそり)より鋭い無数の金属片がパラシュートを引き裂いていった。

# Track 02 Blind Gunner

全く朝っぱらから最悪だった。

全天候全環境に対応したエリート規格の特殊スーツを纏っていてもなお、じわじわと染み込んでくるような強い冷気を感じる。灰と乳白が混ざり合ったようなマリーディの助けとなったが、楽観もしていられない。今日びマイクロ波を使った個人携行レーダーくらいその辺の歩兵だって銃の先に取り付けている。

実りを実感できない針葉樹ばっかりの森だった。

美しい金髪の少女はクリスマスツリーのてっぺん近くでもがいている。理由はいわずもがな、空気漏れのせいで想定以上の落下速度を出してくれやがったパラシュートが最後の最後まで足を引っ張り、木の枝へ盛大に引っかかったからだ。合成繊維製のケーブルもまた全身に絡まり、ほとんど首吊りの一歩手前といった按配である。

こういう時、『資本企業』所属の軍人はこんな感じで自分の気持ちを鼓舞する。

（くそっ……労災と負傷手当受け取るまで死ねるかっ!!）

膝を折り曲げ、足首に巻いた鞘から軍用ナイフを抜いてハーネスやケーブルをギコギコ切断していく。たっぷり三分も使ってようやっと間抜けな一人ＳＭから解放されたマリーディを待っていたのは、高さ五メートルからの自由落下であった。しかも片手に抜き身の鋭いナイフを握ったまま、だ。

（冗談じゃ、⁉）

慌ててナイフを横合いに捨て、手足を全部使って四足の猫みたいに着地する。ひとまず足首の骨を粉砕したり自分のナイフでハラキリしたりといった最悪の展開だけは避けられたようだ。

額を濡らす汗なんだか霧なんだかいまいち分からないものを手の甲で拭い、下草をかき分けて自分で捨てたナイフを拾い上げながら、マリーディは息をつく。まったく貧乏くじを引かされた。Zig-27は双発のパワフルな機体で全身を貫く振動が少女の好みだったのに、今やバラバラになって『情報同盟』軍の実効支配地域に撒き散らされた。同じ飛行隊の仲間達は勇ましい事を言っていたが、例の『トールハンマー』が睨みを利かせている限りヘリやティルトローターでの回収作戦も難しいだろう。当然、この深い森を歩いていくつも山を越えて元の空軍基地まで戻るなど論外。三六〇度敵だらけだ。こっちはレモンイエローのイカれた色彩の特殊スーツを纏ったまま。間違いなく山越えを終える前に見つかって嬲り殺しにされる。

『アイスソード2より管制！　給油は良い、このまま飛べる‼　それより早くカボチャの馬車を持ってこい‼』

『良いから戻れだって？　ふざけるな！　墜落位置の座標は送ってあるはずだろう!!　大体元を正せば貴様ら地上勤務が自信満々に見せびらかした配備状況が的外れだったからで……!!』

『うう、うううううー、リーダー!!』

小型の無線機を受信専用で開いてみれば、この戦争中に馬鹿どもがストライキを始めていた。帰投命令に応じず給油も受けずに『トールハンマー』効果圏外ギリギリをぐるぐる飛び回っているらしい。

『管制よりアイスガール1！　ダメだ、我々では問題児どもの叱り方が分からん!!』

思わず小さな手で額を押さえるマリーディだが、迂闊に答える訳にもいかない。静まり返った森の中で電波を飛ばせば、大型無線機を背負った専門の通信兵に居場所を探られるリスクが発生する。すっかり平和に毒された『クリーンな戦争』ではどうだか知らないが、この北欧禁猟区では命に係わる。

その上で彼女が取るべき行動はシンプルだ。

（……あの忌々しい目潰しミサイルの『トールハンマー』は北欧禁猟区のあちこちに配備が進められているが、問題なのはミサイルコンテナではなく高精度のレーダーだ。ヤツは大型トラックやスクールバスに偽装した移動式。あまりに高価過ぎて全地域に敷設できないから、リクエストに応じて配備エリアのあちこちに出向いていたはず）

たとえ一〇〇万発の地対空ミサイルが北欧禁猟区全域をくまなく埋め尽くそうが、きちんとロックオンして戦闘機を狙えるのは『高精度レーダーと接続した個体のみ』だ。どれだけミサイルがあってもレーダーが働かなければ『トールハンマー』を使った防空網は破綻する。

つまり、マリーディが一人で霧の森を進んで偽装された移動式高精度レーダーを見つけ出して破壊すれば、多少の目潰しは怖いが空の安全は確保される。そうなればピックアップ用の大型ヘリなども自由に真上を飛べるようになるはずだし、暇を持て余した馬鹿どもに爆撃や機銃掃射を要請して刻一刻と近づいてくる地上部隊を粉々にしてもらう事だって手が届くはずだ。

偽装レーダーが北欧禁猟区全域で何基あるか知らないが、何にしても他方面のレーダーをこちらに向かわせるのにはかなりの時間がかかる。リカバリーが終わる前に遊覧飛行で元の基地まで帰れば良い。

もっとも、敵は『トールハンマー』を展開している『情報同盟』軍だけとは限らない。

そもそも北欧禁猟区は世界で唯一オブジェクトの往来を禁じられた関係で、独自の戦場が形成された特殊な立地だ。『資本企業』、『情報同盟』、『正統王国』、『信心組織』……四大勢力入り乱れての泥沼と化しているため、実効支配圏だろうが何だろうがどこに越境・浸透した狩人が潜んでいるか分かったものではない。

落ちたパイロットの鉄則は一つ。敵は『世界』だ、そう思うしかない。

（リミットは楽観的に見積もっても六時間ないだろうな。どんな馬鹿でもそれだけあれば落ちた捕虜を封殺包囲できるはず）

　当然ながら大型トラックやスクールバスなどに偽装した移動式高精度レーダーは『トールハンマー』を運用する『情報同盟』側にとっても虎の子だ。警備は堅い。敵の規模を思い浮かべながらマリーディは自分の装備を確認していった。ド派手なレモンイエローの特殊スーツに軍用ナイフ一本、護身用の拳銃一丁に長めのマガジンに詰めた九ミリ弾が二四発。後は自作のビスケットが二食分に小型無線機と携帯音楽プレーヤーなり。

「やれやれ……」

　細い腰に両手を当てて首を横に振り、さらにため息まで。神様に見捨てられたのは寄付や慈善が足りなかったのかもしれないが、それはそれだ。孤立無援の彼女の頭の中ではすでに取るべき行動を定めている。

（間に五〇キロほどあろうが、ここが『資本企業』と『情報同盟』の線引きすぐ近くだっていうのは間違いない。だとすると『アレ』があるはず）

「……早速見つけた」

　身を低くし、霧や木々の合間から観察するマリーディ。

　視線の先には針葉樹の森と非常にマッチした小ぶりなログハウスがあった。慎ましくも穏やかなスローライフの味方のように見えるが……まあ、おそらく別荘などではないだろう。戦場の国境線には色々ある。密輸とか横流しとか人身売買とかだ。任務を忘れて副業に勤しむアホな兵士は必ずいるもので、そういう所には自然と金や武器が集まりやすい。

無論、いくら北欧禁猟区といえど普通の街や住民というものはいる。だがプロの目で見れば明らかだ。素人（しろうと）のログハウスの周囲は土が軍靴（ぐんか）の足跡なんぞで踏み固められている事はないし、木の枝にビデオカメラをくくりつける事もないし、野生動物が迂闊（うかつ）に引っかからないようグリスの匂いをこびりつかせたワイヤートラップに手榴弾（しゅりゅうだん）を結びつける事なんかもない。

（この仕掛け方は『情報同盟』側か。なら遠慮なしだ）

正直、本業を忘れて戦争犯罪に勤（いそ）しむ輩（やから）なら同じ『資本企業』軍であっても情け無用な訳だが、多少は寝覚めも違ってくる。

（おそらく自衛のために製造番号を削り取った武器が満載のはずだ。少々拝借させてもらうとするか……）

腰を低く落としてそちらに向かいながら、しかしマリーディの鋭敏な鼻は違和感を捉（とら）えた。

沈黙しながらそちらを窺（うかが）うと、落ち葉や枯草を敷き詰めた腐葉土が掘り返されている。

基本がなっていないようだ。

わずかでも甘い辛いなど味を想起させる匂いのついているものは埋めて隠すな、というのは軍のセオリーだ。花の香りのついたトイレットペーパー一枚だって野生動物が漁ってしまう。

ただしそこに埋まっていたのはクソの山ではなかった。

獣と間違われて猟銃で撃たれないよう、敢（あ）えて派手なオレンジのジャケットを着た親子だった。子供の方はマリーディより幼い。装備品から考えても軍属とは思えなかった。おそらく山菜採りにでも来てたまたまこの場所を見つけてしまった一般人だろう。

埋め直したところで意味はない。動物は何度でも掘り返す。

だがマリーディ＝ホワイトウィッチは奥歯を嚙み、腹の底から凍り付くような低い声でわずかに呟いた。

「……どこの馬鹿だろうが容赦なしだ」

方針は決まった。金髪の少女は迅速に行動を始める。

やたらとカメラやトラップが多いのは、それだけ巡回に人を割けないという脆弱性の裏返しだ。おかげで『順路』さえ考慮すればレモンイエローの特殊スーツが見咎められる事もない。谷底まで落ちていた自分の運がそろそろV字に回復していくようであった。

「……、」

マリーディはログハウスの壁に寄り添い、腰を落とす。まずはそのまま窓の下を潜るように、ぐるりと一周。窓は断熱も兼ねて二重になっているようだが、それでも北欧の森に暖かいぬくもりは似合わない。ガラスの軋みに窓の曇り方を見れば、どこで暖房が使われていてどこに人が集まっているかは大体分かる。

（……暖炉の火は加減を調整している節があるが、さっきの部屋のはオイルヒーターか。放置し過ぎて逆に蒸し暑いだろうに。人がいるのは暖炉の方だな）

単に熱せられた部屋に人がいるという訳でもない。何事も適温適量だ。こんな泥沼の戦場であっても、人は居心地の良さを求め、自然と理想のスポットに身を寄せていく。どこまで行っても快の信号には抗えない生き物なのである。

『戦争の悲劇。ここヴァルハラは分断商都とも呼ばれ、街の中心を南北に縦断するよう巨大なフェンスが敷かれており……』

二重窓の向こうから抑揚の少ない規則的な女性の音声があったが、これはテレビのアナウンサーだろう。切り分けて考える。

そうやって少女は密やかに移動しながら暖房の使用状況を見て取って、敵の情報を集めていった。何も位置や数だけに留まらない。窓辺へどんな頻度で近づくかだけでも兵士の技量は大体分かるものだ。

(児戯だな)

適当に評価し、マリーディは表の玄関まで戻ってきた。ドアは分厚い綱で壁は太い丸太の組み合わせ。足首から軍用ナイフを抜き、壁に張り付いたまま軽くドアを手の甲で叩く。

足音。

『誰だ?』

そして声。

もう頭を抱えるくらいのたるみ具合だが、人には言えないビジネスに精を出している連中にとっては、センサーに反応なく不意の来訪者と聞けば敵襲よりも勝手知ったるビジネスパートナーを連想するのだろう。ドア一枚挟んだ向こうから何か擦れる音が響く。鋼のドアについている独房のようなスリットの窓が開いたのだ。だがドア横の壁に張り付いているマリーディを捉える事はできないはずだ。

だんっ‼　と。

そして躊躇なくマリーディはスリットへ分厚い軍用ナイフを突き刺した。

悲鳴さえなかった。

ナイフを抜いてドアと壁の合間に刃を突き込んで錠を壊し、やたらと重たくなった扉を音もなくうっすら開けると、目玉から串刺しにされた迷彩服の男が転がっていた。血だまりを踏まないよう気を配りながらマリーディは廊下を進む。

(右の手前に一人、左の奥に三人)

ここまでやられて相手はまだ殺気の一つも膨らませない。

こちらは順路をなぞるだけで良い。

『……ヴァルハラは五〇〇万都市と呼ばれたアースガルドの消滅に伴う多くの民の流入によって大きく拡張されていった訳ですが、その時にも決して伐採される事のなかった、北欧文化華やかなりし紀元一〇世紀前から続く「不可侵の森」にまで彼らは金属の……』

テレビの音声に誘われるように、まず『右手前』のドアから部屋の中へ二発。テーブルに足を乗っけてグラビア雑誌に目をやっていた迷彩服を始末する。激しい銃声と共に『左奥』から殺気が渦巻くが、マリーディはむしろ周囲全域に気を張っていた。今の騒ぎで誰かが飛び起きるような気配や物音は特にない。後ろ暗いビジネスの備蓄中継基地なら増援も呼べない。

(例外なし、残りは三人)

ようやっとウッドストックのアサルトライフルを手に廊下へ出てきた女の額に一発。つんのめるように慌てて部屋の中へ逃げ戻る中年男がいたが、マリーディは手近の壁を空いた手の甲で軽くノックして、

(内壁は合板、断熱効果を見越した中空部分を除けばせいぜい材の厚みは二センチ。九ミリで普通に貫通する)

構わず五発ほど壁に叩き込んだ。着弾分布にわざとばらつきを設け、点というよりも面のイメージで死を植え付けていく。

高負荷の訓練にオブジェクトの操縦士エリートにも転用されるサバイバリティ研究の協力、そして泥沼の戦場での経験が、抱き寄せれば折れてしまいそうな少女を強靭極まる殺人機械へと変貌させていた。

向こうの部屋の死体を確認し、残り一人も始末する必要がある。

だがこちらから貫通できるという事は向こうからも貫通されるという事だ。死体の一つはア

サルトライフルを持っていた。馬鹿正直に廊下を通って部屋に向かえば蜂の巣にされかねないので、いったん適当な窓から外に出て、外壁沿いに目的の部屋を目指す。ログハウスなので外枠は基本的に丸太を組み合わせたもの。これが意外とライフル弾くらい押さえ込んでくれる。

安全な遮蔽を得て、目的の部屋の窓に接近する。

立て続けに味方を射殺された最後の一人は部屋から出てこなかった。恐怖心にせよ警戒心にせよ、廊下に注目しているはずだ。マリーディは外から二重窓を叩き割って標的の背中に拳銃を突き付ける。

「ひいっい⁉　待った待った待ってくださいですう‼」

「？」

引き金にかかった指がかろうじて動きを止める。

ここは『情報同盟』軍の不良兵士が密売なり何なりの物資や金銭を溜め込む備蓄中継基地のはずだった。が、最後の一人からはマリーディと同じ『資本企業』のイントネーションを感じる。

そいつは大体一八歳くらいの少女だった。

完全に床に尻餅をつき、いっそ失禁していないのが不思議なくらいの震えっぷりで、両手で自分の頭を庇いながらの涙目であった。服装は内勤らしきタイトスカートのスーツにフレームのない理知的なメガネ。良いもの食ってそうなグラマラスなボディラインに、全体を大きな平べったい三つ編みにしてエビフライみたいに整えた栗色の長い髪が特徴であった。

(うーん、どっちかな。ま、ここで『情報同盟』と『資本企業』が取引しているんだとすれば、ウチの言葉遣いが浸透していたって不思議ではない訳だが)

女はガタガタ震えたまま、

「わっ、私はあ！　ええとその国境沿いで武器とお金をやり取りしている『資本企業』の危険分子の追跡調査に出向いてきた訳でしてえ!?　ここでいったん『足取りを消した』武器がテロ組織なんかに流れている事は分かっていましたのでですね、つまりそのザッツ『情報同盟』の兵士じゃないんですうっ!!　へ、えへへ、見ての通り捕まっちゃったんですけ
パン!!　とマリーディは躊躇なく引き金を引いた。

「えっ？」

謎の女の絶句。そして左の二の腕に思いっきり鉛弾が貫通している。

「えっえっ!?　びゃあ!!　熱いッぎィィいいいいいいいいいいいいいいいいいいいいいいいいいいいいいいいいいいいいいいいいいいいいいいいいいああああああああああああああああああああああああああああああああああああ!?」

激痛にやられてのた打ち回るエビフライだったが、凶悪な本性を露わにして銃を抜く事もなければ最低限傷口を押さえて止血に急ぐ素振りさえない。というより、そもそもやり方を知らないような顔だ。

ようやっとマリーディは拳銃の銃口を真上に上げた。

「何だ、普通にシロか」

「あっはあっぷ！　だから最初からそう言っ、引き金が軽すぎなんですっよ……うっぷ、うぐぅえええええええええっ⁉」

痛みに喘ぎ過ぎて喉を痙攣させ、それが胃袋を刺激したらしい。ひっくり返ったまま首を横に向けて盛大にやらかしていた。窓から侵入したマリーディは顔をしかめながら部屋を横断し、壁越しに仕留めた中年男の頭を軽く蹴って死亡確認を取る。

そのまま部屋から廊下へ出ていこうとするマリーディを眺め、嘔吐感と闘うというかもう全部出ちゃったメガネエビフライが慌てたように声をかけてきた。

「ち、ちょっとちょっとちょっと‼」

「何だ」

「どうしてこのまま放置できるんですか⁉　私はあなたの手で撃たれている訳でしてねえ‼」

「お前の人生に興味がないんだ」

しれっとした顔でマリーディは素通りしながら、

「欲しいのは馬鹿どもが抱えている有象無象の武器だ。お前の身柄なんてどうでも良い」

本当に小さな少女が血まみれのエビフライを置いていくと伝わったのか、いよいよ謎のメガネがわたわたし始めた。彼女も『資本企業』の人間だ。こういう時どう振る舞えば良いか、流儀というものを思い出したらしい。

「ほっ、報酬ならあります!!　……うっ……」

「例えば?」

マリーディはよその部屋を見て回りながら、壁の向こうに声を投げる。カービン銃に予備の弾倉、手榴弾のワンセット。携行式のロケットランチャーと組み立て式の弾体を見つけてほくそ笑む。予備の軍服はどれもこれも一二歳の少女にはサイズが合わないが、かと言ってレモンイエローの特殊スーツ丸出しで森の中を長時間うろつく訳にもいかない。仕方がないのでナイフを使って着替えを切り裂き、即席のギリースーツを作って頭から被っていった。

そしてそれっきりエビフライから声はなかった。

「?」

怪訝に思ってマリーディは洗濯物を抱えて歩くような感覚で両手に銃火器を集めたまま元の部屋に戻ってみると、グラマラスなスーツ女が床に転がったまま痙攣を始めていた。どうやら勢い込んで大声を出した途端に血の巡りが良くなって出血量が増したらしい。マリーディは自分のこめかみを人差し指でぐりぐりしてからため息をつき、それから不良兵士達の備蓄の一つだった救急箱から消毒液と包帯を取り出す。

脱がせるのが面倒なのでスーツの袖をナイフで切り裂き、雑に消毒液を銃創にぶちまけるとエビフライが勝手にエビ反りを始めていた。

「おぶっ⁉　あぶあ‼　あっはあ⁉」

どうやら痛みのショックで痙攣し、痛みのショックで立ち直ったらしい。怪我人の腕を取って少々きつめに包帯を巻きながら、マリーディは冷めた声で質問した。

「報酬というのは？」

「あっあれ？　私は一体何を……。なんか時計の針が不自然に進んでいるような……」

「――、」

「待って待って待って行かないで！　ナイチンゲールの精神を降ろしてくださいいい‼」

「報酬」

自分で撃っておいて大変アレなマリーディだが、まあこの辺は『資本企業』だから仕方がない。Q、かみさま、せかいをへいわにするにはどうすればいいですか？　↓　A、稼げ、と教える勢力なのだし。

「労災や負傷手当を申請して金を作る方法なら諦めろ。同じ『資本企業』の銃を使った傷だと申請は通らない。自作自演だと疑われるからな」

「そうじゃなくてですね」

「何だ、『情報同盟』側の銃を拾ってわざわざ風穴増やすのか？」

「違いますう野蛮人‼」

総毛立って叫んでから、くわん、とエビフライの頭が揺れる。

彼女は慌てて意識を繋ぎ止めながらも、

「こっ、この北欧禁猟区は四大勢力の乱戦状態で、あっちこっちで生き物みたいに『見えない国境』が線を引いたり消したりしています。つまりこういうログハウスがそこらじゅうにある。彼らは独自のネットワークを築いていて、密輸や武器の横流しなどで得た不当な利益をプラチナに替えて隠し持っているとされているんです」

「……、」

メガネを曇らせ、エビフライは前のめりで鼻息まで洩らしてこう告げた。

「その額、推定で五〇〇億ドル。ハァハァ、なんと『あの』オブジェクトが二桁買える計算になります。隠し場所は不明とされていますが、私はプラチナっていうのが怪しいと思うんですよね。ほらガラスと性質が似ているからケイ素系の人工骨にでも練り込んで、つまりメンバー自身の体内に隠しているんじゃないかなぁって。プラチナは比重が大きいし何よりお高い、一人一キロも抱えれば二〇〇人くらいで賄えますし！　ねっ、ねっ！　俄然興味が出てきたでしょう？　あははうふふ!!　目指せ『資本企業』ドリームっ、一緒に山分けしましょうよう!!」

マリーディは少し考えた。

そして言った。

「チッ、ダメだこいつ見捨てよう」

「はひい待って待って待って待って待ってくださいいいい⁉」

## Track 03　Thor Hammer

待って待って、という声がマリーディを追い駆けてきた。

レモンイエローの特殊スーツを覆い隠すようにお手製のギリースーツを頭から被っていたマリーディは舌打ちして振り返る。

やはり針葉樹の深い森とはあまりにも不釣り合いな、タイトスカートのスーツを纏うメガネエビフライが巨乳をたゆんたゆん揺らしながらこっちの後をついてくるところであった。当然のように枝を折るわ泥を踏むわでやりたい放題だ。やってる事は先頭で小さな旗を振ってるバスガイドとそう変わらないレベルである。

「おっ、お互いお金が全ての『資本企業』じゃないですか。へっ、えへへ。何がそんなに気に喰わないっていうんですか。私を守ってくださいよう」

「信憑性ゼロだからだ。場末の不良兵士が本当に五〇〇億ドルも抱え込んでいるとしたら、自前のオブジェクトを整備基地ごと買い取って戦争投資でもやってる。わざわざハイリスクな裏ビジネスなんぞ続ける理由がないだろうが。そんな話のために死体をほじくり返していられるか」

「うっ、痛たたたた……」

「あん？」

「あなたに撃たれた、うっ、撃たれた腕が、ううっ、ああどうしましょう……」

「……、」

街中でちょっと肩をぶつけたら骨折しちゃった怖いお兄さんみたいになっているエビフライを見て、両手を腰に当てたマリーディの瞳が絶対零度に凍えていく。

「なるほどなるほど、そういう事か。そうだよな、骨も血管も無事だが九ミリでぶち抜かれているんだもんな、こりゃあ何とかしないといけないな」

「えっ、やった……」

「医療用のモルヒネがあれば痛みは消えるな。おい腕を出せエビフライ、人間の薬学の奇跡を見せてやる」

「あっ、やっ、何その怖い響き!!　モルヒネ!?　なんかちょっといったん楽をしたら戻ってこられなさそうじゃないですかっ!?　待って待って!!」

「一応軍から支給される携行麻酔だが、こんなもんに頼る重傷ならもう殺してくれと現場の兵士から囁(ささや)かれている代物だな。今回は私が悪いし大盤振る舞いで三本くらい使ってやる」

「やめてやめてやめてーっ!!　使用上の注意を読まない人のお世話にはなりませんー!!」

「……嫌なら氷か冷水を袋に詰めて患部に当ててろ。アイシングは鎮痛行動の基本だ。ただ楽がしたければいつでも私に言うと良い」

「あ、あうう……」

言っている事はムチャクチャだが指示そのものは間違っていないので、その辺の川の水（辺りに死体が浮かんでいなければペットボトルに詰められる水質）をビニール袋に入れて包帯の上から当てるだけでも体感的な痛みはかなり変わってくる。

大体、報酬と聞いてつい脇道に逸れてしまったが、マリーディの本道はそっちではない。レーザー目潰し地対空ミサイル網『トールハンマー』を支える移動式高精度レーダーを地上から破壊し、『情報同盟』系の捜索隊の包囲網の輪が致命的に閉じてしまう前に回収用の輸送ヘリを呼び、安全を取り戻した大空から脱出する。これが最優先だ。不良兵士の人工骨にあるらしきプラチナの山を抱えて押し潰されたまま大勢の敵兵に囲まれて嬲り殺しでは意味がない。

「そういえばお前どこからどうやって来たんだ。車とかあるのか？」

「向こうの谷底でひっくり返って燃え上がっていると思いますけど」

「……、」

「あっその顔！　全く役に立たねえーって顔!!　私は絶対忘れませんからね!?」

「お前は一体何ができるんだエビフライ」

「エビフライじゃねえわナンシー＝ジョリーロジャーって名前があるんですう!!」

腰を折って両手は下に伸ばし、そして左右の手に外から絞られた胸が一際大きくたゆーん!!と自己主張してきた。どうやら怒っているらしい。あれは多分犬の尻尾とかと同じ感情表現装置なんだろう。顔は顔で涙目上目遣いなものだから、こっちだけ見ていると怒髪天なんだかおかわりを求めているんだかいまいち分かりにくい。今後は胸の動きにも注目しようとマリーディは心にメモする。

『トールハンマー』はミサイルそのものなら道路に張りついたガムより大量にばら撒かれている。移動式の高精度レーダーは何しろ『移動式』なので決まった場所に配備されている訳ではない。これでは探すだけで大変そうだが、実はマリーディには心当たりがあった。

移動式高精度レーダーなどというとさぞかし大仰な専門機材に聞こえるかもしれないが、ようは使っているのは普通の電波だ。テレビやラジオが山に邪魔されて受信できなくなるように、レーダー波だって反射や歪曲は起こる。

「……元々移動式のレーダーは数を揃えられない。ならできる限り広範囲をカバーして多くのミサイルを有効活用できるよう『最適の位置』に置きたがるのが人情ってもんだ」

「？　一人で一体何の話をしてるんですう？？？」

「お前が馬鹿だったばっかりに今の独り言って事になったな？」

ログハウスで見つけた地図を広げるまでもなく、山や谷などの地形条件と照らし合わせれば、どこにレーダーを置くべきかも見えてくる。後は最短最速でそちらの座標に向かい、品薄で引っ張りだこのレーダーを吹き飛ばして『トールハンマー』を無力化させてしまえば丸く収まる。

「あれか」

この霧の中、三〇〇メートル先からでもはっきりと分かった。

元々は山間の牧場だった跡地だろうか。森の木々は伐採されて背の低い下草が緩やかな斜面を埋め尽くしている。傾斜さえ気にしなければサッカーの試合でもできそうな面積は、ミサイルコンテナを積んだ軍用トラックの見本市になっていた。ずらりと並んだあれが全て『トールハンマー』、高度な誘導性と大量の妨害レーザーでこちらの目を潰してくる二重に悪趣味なミサイルだ。しかも等間隔に敷き詰められた多連装ミサイル車両の群れの中央には不自然に黄色いスクールバスのようなものがケーキの箱のように開いていた。そこに設置されたのはまん丸のドップラーレーダーだ。

「……衛星対策に偽装したレーダー、か。ガワは毎回変えているって話だったけど」

「んー？？？」

「頼むから人間の言葉で話す努力をしてくれ」

「てか、あんなのどうやって攻撃するんですか？」

ようやっとまともな意見が出てきた。

先ほどまでのログハウスと違って『情報同盟』軍の人員も充実し、碁盤の目を作るように規則正しく停車した多くの多連装ミサイル車両の間を決して少なくない兵士達が巡回している。

そもそも普通に考えれば、辺り一面に配備された軍用トラックの群れが中心にいるレーダーを沈めてしまい、遠くから携行式ロケットランチャーで狙い撃つ訳にもいかなくなっている。盾役が多過ぎるのだ。あれを爆破してへし折るためには碁盤の目に忍び込んで、直接中央のレーダーに触れて爆薬をセットするしかなさそうに思える。

ただし、

「トラックのミサイルコンテナを操縦する係も含めれば、全部で一〇〇人以上いると思いますけど。さ、流石に誰にも見つからずに奥の奥まで忍び込むのは無理なんじゃないかなっ？」

ナンシーという名のエビフライが疑問の声を放っている横では、無視してマリーディが携行式ロケットの弾体を組み立てていた。細めのラグビーボールに似た弾頭と、握り拳二つ分くらいの長さの燃焼剤を二つ縦に接続しているのだ。

さらに肩に担ぐための発射筒に弾体を通して簡易ロックを掛けて固定させるマリーディに、メガネのナンシーはびくびくした調子で、

「だっ、だからこんなトコから撃ってもレーダー本体に当たらなくて、周りの『壁』にぶつかっておしまいなんじゃあ……？」

「どうでも良いんだよそんなの」

マリーディは適当に呟きながらランチャーを肩に乗せ、スコープ状の照準器を覗き込む。

「……山間部なのに無線でリンクしようとするからああいう事になるんだ。山彦みたいに反響

すると電気指令が乱れるっていうんで、よっぽど車両を密集させてやがる。あれなら有線で繋(つな)いでも変わらないだろうに」

彼女は歌うように続けた。

「そもそも周りはレーザー目潰し地対空ミサイル(SAM)をレンコンか花束みたいにまとめたミサイルコンテナだらけだろ。どれだけ炸薬(さくやく)や燃焼剤で満たされていると思っているんだ」

ファシュッ‼‼‼　という白煙の噴き出す大音響と共に、マリーディの後ろでびくびくしていたグラマラスなナンシーがくの字に折れて噴射煙に吹っ飛ばされた。

本来であれば、それはせいぜい黒塗りの防弾車を一台焼け焦げたスクラップに変える程度の破壊力に過ぎなかっただろう。

だが現場は牧場跡地の開けた場所に満杯の駐車場のように大量の連装式ミサイルコンテナ車両を敷き詰めた超過密地帯だ。言ってみればちょっと頑丈なケースに収まった火薬庫のようなものでしかない。

外周、最初の一台の殻を突き破り、化学的に収斂(しゅうれん)された二五〇〇度の爆炎が内部構造物をまとめて焼損させた。それはつまりコンテナ一つにつき縦三列横四列合計一二発分の地対空ミサイル(SAM)の弾頭炸薬(だんとうさくやく)と燃焼剤にまとめて火が回ったという事であった。

一台が内側から爆ぜて吹き飛ばされれば、巡回中の兵士ごと周辺の連装式ミサイル車両が爆炎に呑み込まれていく。破壊が破壊を生む。次々膨らんでいく紅蓮の花は瞬く間に人の制御から外れていく。

音が消えた。

牧場跡地全体が火山の大噴火でも起こしたように、無数の爆炎を呑み込んで一つに合成された巨大極まる爆発を生み出した。

発射後にランチャーを捨てて身を伏せていたマリーディの頭上をワンテンポ遅れて衝撃波が突き抜けていく。下草を弾き針葉樹の木々を揺さぶり、肌と鼓膜にピリピリとした痛みを発する。ボサッと棒立ちしていたら薙ぎ倒されて頭を地面に叩きつけられ、脳震盪でも起こしていたかもしれない。

「きっ、きゅううううー……」

ちなみにエビフライは勝手にコケて目を回していたので特に怪我もないようだった。

ひとまず『トールハンマー』を支える移動式高精度レーダーは、周囲の多連装式ミサイル車両の群れごとまとめて誘爆で吹き飛ばした。

あれだけ大きな爆発を起こせば『情報同盟』軍だって絶対に気づくはずだが、地上部隊がどれだけ出てこようが関係ない。空の安全を確保できたので、『資本企業』側はいくらでも戦闘機や攻撃ヘリを派遣できる。もちろん『情報同盟』だって空軍基地くらい持っているが、ヤツらはヤツらで『トールハンマーありき』の防空体制を築いていたはずだ。いきなり守りの要を奪われた直後に『資本企業』の航空戦力が殺到すれば、『情報同盟』側が慌てて滑走路の準備を進めてスクランブルを発令したとしても時間的なロスはどうしても発生する。連中の地上部隊にとっては悪夢となる鉛と爆薬の雨をしこたま降り注がせられる。

「これでやっと出戻りか」

「ですぅ」

ばたばたばたばた、というある種ふてぶてしい太いローター音が遠くから響いてくる。あんなずんぐりした輸送ヘリが高度も下げずに堂々と空を飛んでいる事自体が何かの勝利宣言のようにも見えてきた。

「わっ、わっ」

「涙目で両手を頭の上に置いてどうしたんだ、味方だよ」

「ですぅ？」

「……これで意思疎通ができ始めている自分が恐ろしい。ヘリの胴体を見ろ、クレーンゲームのアームみたいなデザインのエンブレムがあるだろ。『資本企業』回収部隊のものだ」

が、輸送ヘリは地上に降りてこなかった。

　エビフライはようやっと頭の上から両手をどかして、

「気づいてもらえない……まずい流されるっ。ひっ、開けた所へ行きましょう？　ちょっと不発弾とかガソリンとかが怖いですけど、あっちの牧場跡地まで出ればきっと……」

「……、」

　その時、マリーディにはナンシーを助ける理由は特になかったと思う。だが何故だか彼女はスーツ女の袖を強く掴んで引き止めていた。

　輸送ヘリの側面の開いたカーゴドア。そこから顔を覗かせていたガンナーが台座に固定させた重機関銃をきぃ……と軋んだ音と共に首振りさせていた。

　直後。


　どんどんどんどんどがどがどがどがっっっ!!!!!!　と。

　地上に向けて親指よりも大きな弾丸が次々に撃ち下ろされていく。

　ナンシーを抱えて半ば倒れ込むような格好で、斜面というより軽い丘のような場所を転げ落ちていなければマリーディ達は一発で真っ赤な水風船のように弾け飛んでいただろう。動きを止める訳にはいかない。ほとんど抱き合う形でごろごろと山を転がっていく。

　鬱蒼と茂る針葉樹の森へと身を隠す。

大空から見れば一面埋め尽くす緑の天井が邪魔をしてくれるはずだが、予断は許さない。ガンナーの操る重機関銃はカーゴドアから突き出せるよう床にスタンドで直留めしただけの代物だ。照準自体がアイアンサイトで目視しているだけなら、赤外線やマイクロ波対人レーダーなどの電子機器の恩恵は得られないはず。それでも一発当たれば即死だ。

「なっ、何でっ、何で同じ『資本企業』が私達に撃ってくるんですかあ⁉」

「……、」

これればかりはマリーディにも答えを出せなかった。ひょっとしたら『資本企業』ペイントに塗り替えた『情報同盟』の装備かもしれないし、ログハウスと繋がってサイドビジネスに明け暮れていた『資本企業』側の不良兵士達かもしれない。しかしとにかく命を狙われているのは事実だ。死にたくなければ対処するしかない。

その時だった。

「んっ、ぅ？」

何やらナンシーが変に艶めかしい声を上げていた。スーツの内ポケットから小刻みな振動音があったようで、巨乳を攻撃されたらしい。彼女がそれを取り出すと、軍用の携帯端末だった。こんな時だというのに小さな画面を眺めて着信を受け取った彼女は、そこで素っ頓狂な声を上げた。

「うわっ⁉　これって‼」

ずずいとナンシーはマリーディの方に画面を突き付けてきた。

空から狙われている以上今はそんな事をやっている場合ではないのだが、

『伝達重要度・緊急（rk.5）
PMC air force SKY BLUE.inc.、航空部門大尉、マリーディ＝ホワイトウィッチを第一級現場戦争犯罪者（意図的な軍事技術漏洩(ろうえい)等）の容疑で敵性登録する。
同容疑者は北欧禁猟区Ｄ９空域において不要な行動により自らの身を危険にさらした上で撃墜され、軍事機密の塊である最新鋭の*Zig-27*マルチロール戦闘機を敵国の実効支配地域へ意図して落着させた疑いが持たれている。
問題の全容解明のため生け捕りが好ましいが、「情報同盟」側の人員と接触し亡命を企てていると判断した場合は各個の判断で撃破せよ』

「……何だ、これ？」

さしもの冷静沈着なマリーディも思わず呻(うめ)いていた。

こんな話は知らない。『トールハンマー』に身をさらしたのはレーザーの海で目を塞がれた僚機を守るために必要な行いだった。『情報同盟』と繋(つな)がって戦闘機の残骸を敵国の領土に放り出すなんてとんでもない。そもそもオブジェクト全盛の時代に『最新鋭の戦闘機』なんて呼び方がすでにおかしい。超大型兵器がしこたま抱えた対空レーザービーム(SAL)に対処できず戦闘機は空を奪われて久しい。北欧禁猟区のようなオブジェクトの往来が禁止された空域でなければ使い物にならない絶滅危惧種。保護された兵器。オブジェクトや操縦士エリートの開発に貢献できるかもしれない……くらいの価値しかない戦闘機を今さらここまで持ち上げる理由は特にないのだ。

そして、何より奇怪なのがこの一文だった。

これに比べれば矛盾だらけの通達など序文に過ぎなかった。

『なお「資本企業」複数会社による北欧禁猟区攻略カルテルは総意として同容疑者に懸賞金をかける事を決定。

総額で五〇〇億ドル。

同容疑者の逮捕または撃破に有益な情報あるいは行動をもたらした貢献度別に個々の支給額を決定するものとする』

思わずマリーディとナンシーは顔を見合わせていた。

奇妙な符合。この数、この単位には聞き覚えがあった。北欧禁猟区を闊歩(かっぽ)する不良兵士達が体内の人工骨に隠しているとされる大量のプラチナの山。すなわち、

「ごひゃく……?」

「……おく。ですう???」

ですうが大変鬱陶(うっとう)しかったのでマリーディは両手をグーでエビフライの左右のこめかみを挟んでぐりぐりしてやった。

# Track 04 Money ≠ Treasure

牧場跡地のレーザー目潰し地対空ミサイル陣地が大爆発を起こした時の名残りだろう。五〇〇メートル以上離れているにも拘わらず、針葉樹の木々で覆われた山の斜面のあちこちにぐしゃぐしゃになった鉄くずが転がっていた。あるいは大噴火のようにここまで飛ばされてきたのか、あるいは斜面を滑り落ちてきたのか。そこまでは判断できないが、壊れ方にはばらつきがあった。マリーディは比較的破壊の度合が少ない鉄くずを両手で摑んで引き起こす。

モスグリーンで塗り潰された軍用の大型二輪だった。シティレース用の馬鹿げたエンジンを積みながらサスペンションまわりはオフロード仕様のモトクロスに近い。なるほど一般市場には出回らない訳だ、一二歳の少女がまたがるにしてはあまりに大き過ぎるモンスターマシンであった。

自分の体重の三倍以上、重量挙げのバーベル並の超重量を難なく起こしてシートに飛び乗るマリーディの後ろからしがみつくようにふんわり感触が追従してきた。

メガネで巨乳でタイトスカートのスーツで髪型がエビフライ。

ナンシー＝ジョリーロジャーその人であった。

「へ、えへへ」

「おい」

「おっ、置いていかないでくださいよう!!　あなたが何を言おうが『島国』式コナキジジイスタイルで絶対離しませんからね!!!!!!」

背中というより後頭部に当たるぎゅむぎゅむという柔らかい二つの塊にマリーディは顔をしかめつつ、

「女の私にこんな事して一体何を得られると思っているんだエビフライ……？」

「あー、ちょうど頭の上に顎が乗って良い感じですう」

「気が散る！　人の頭を三点ロックでホールドするんじゃない!!」

ここでうだうだ言っていても仕方がない。深い霧の中、針葉樹のカーテンが天空からの視界を塞いでいるとはいえ、今もカーゴドアから重機関銃を突き出した輸送ヘリが辺りを旋回している。

「……仕方がない」

「ですよねっ！　困った時は一蓮托生ですよね!?　ふんふんふふーっっっ!!!!!!」

興奮し過ぎて人様のうなじに鼻息をさんざっぱら吹きかけてくるエビフライに辟易しながらマリーディはエンジンスタートさせる。どうやらこいつはギアチェンジをマニュアルとオートで切り替えられる仕様らしい。ハンドルグリップ近くのボタンを切り替えて手動を選択し、一速からいきなり三速へ飛ばして跳ね上げるようなスタートダッシュをかます。

道らしい道などない。

ただでさえデコボコの急斜面を真っ直ぐ飛び降りるような走行スタイル。辺りは太い木々の幹が乱立している上に激烈な濃霧。コンディションとしては最悪に近い。

「にしてもお前も物好きだな」

「？」

「不当な手配を受けているのは私なんだから、見捨てて逃げれば少なくともヘリの重機に狙われる事はなかっただろうに」

「えっ」

「困った時は一蓮托生、か。まったく『資本企業』で出回っている言葉とは思えん見上げたボランティア精神だが、まあお前の人生だ。寿命を削りたいなら勝手にしろ」

「待って待って待ってくださいいいいい⁉　降ろしてっ、助けて私は被害者ですプリーズううううううううううううう‼」

今さら大空に向けて涙目で両手を振り回すナンシーだが、すでに彼女自身の手で意思決定はなされている。これで彼女も手配犯マリーディと愉快な仲間達。何もかも手遅れ過ぎる。

どんどんどがどがどがっっっ‼‼‼　と天空で立て続けの爆音があった。マリーディは

おろかエビフライの胴より太い木の幹が発泡スチロールのように砕けていく。ログハウスを作っていた丸太は拳銃どころかアサルトライフルの盾としても機能したが、重機関銃相手ではそういう訳にもいかない。マリーディ達の顔のすぐ横を鋭い木片が突き抜け、針路を妨害するように複数の木々が倒れ込んでくる。

「きゃあああっ⁉」

「おい、騒ぐなら耳元から口を離してくれ」

「怖い怖い怖いがじがじがじ」

「ぅンっ、口寂しいからって甘噛みするなっ‼」

ろくすっぽ体の倒し方も分からないバイク素人を後部シートに乗せたままでもマリーディのハンドル捌きは卓越の一言だった。そしてこれでも彼女達は幸運な方だった。輸送ヘリの重機関銃は側面のカーゴドアから真っ直ぐ伸ばされている。つまりバイクで逃げるマリーディ達を付け狙うにしても、尻を追い回してそのまま銃撃する訳にはいかないのだ。常に進行方向に対して十字を描く格好を強いられる上、マリーディも輸送ヘリも絶えず動き回っている。濃霧に針葉樹のカーテンも手伝って、そうそうピンポイントで当たるものでもない。

そもそもカーゴドアに取り付けた重機関銃の役割は、何かと無防備なホバリング中、ロープで降下していく歩兵達が地上から狙い撃ちされないよう大量の弾丸をばら撒いて牽制する事にある。細身の攻撃ヘリの顎にくっついたチェーンガンなどと違い、きちんと当てて目標を破壊する事までは期待されていないのだ。

仮に地上攻撃専用の攻撃ヘリや攻撃機ならパイロットの目線と連動した電子制御で細かく銃身方向が補正され、速攻で粉々にされていた事だろう。

とはいえ、当たれば一発だ。

天空から降り注ぐ鉛の雨に追い立てられながら、マリーディの小さな鼻がわずかに動いた。

北欧の深い森には不釣り合いな、古ぼけたアスファルトの匂い。

「旧二〇号線。なるほど、下りに乗っかれば四〇キロほどで『アレ』が待ってるな」

「はっはひい？」

知覚した直後マリーディはさらにスロットルを開放し、オフロードではありえない三桁台の時速を叩き出す。

ちょっとしたこぶを飛び越えた。

途端に規格外のモンスターオフロードバイクが宙を舞う。

谷を越えて忘れられた高架道路へ身を乗り上げるような格好で。

直線距離にして二〇メートル以上、単純な高さだけでも五メートルを越える、いっそサーカスじみた大ジャンプであった。

高架道路は山の斜面に対し直角に走り、山々の隙間を潜り抜けるように造られていた。片側四車線の幅広な道路だったが、着地と同時にギアを低速に落として減速しつつハンドルをひねり、鋭い音と共にタイヤを滑らせながら大きく弧を描いてもギリギリだった。中央分離帯まで二センチの距離で何とか九〇度のカーブを切って下り路線に乗っかる。

ゴッ!! と何か重たい塊が頭上を突き抜けた。

さっきの輸送ヘリではない。もっと速い。おそらく降って湧いた制空権を保持するための――つまりスクランブルで飛んでくるであろう『情報同盟』の戦闘機を追っ払うための――『資本企業』軍の戦闘機だ。菱形に近い奇怪な主翼に単発エンジンの小ぶりな機体。最高速度よりも軽量故の急旋回を武器とする高機動機の群れ。思わず見上げて、マリーディはそっと息を吐いた。

「……純粋なドッグファイトのみを追求したRev-19か。私の隊じゃないな」

「?」

派手に一戦終えて地対空ミサイルの群れに命を狙われて、体も心もボロボロだったろうに、落ちた隊長の窮状を訴えるために管制からの帰投命令に逆らってまで飛び回っていたどうしようもない問題児どもだ。マリーディ撃破の命をも突っぱねたか、味方の督戦部隊の高機動機に張り付かれて強制着陸を勧告されたのだろう。

未だに自分の身に何が起きたか分からないが、彼らは味方だ。

## 【Rev-19】

**全長**…15.4メートル

**全高**…4.7メートル

**全幅**…10.6メートル

**火器最大装備時重量**…18.9トン

**最高速度**…時速2380キロ（アフターバーナー展開時）

**用途**…制空戦闘機

**乗員**…1名

**運用者**…『資本企業』

**動力**…レヴォスカイ社製JE－18×1

**兵装**…短距離空対空ミサイル×8、
長距離空対空ミサイル×2、
20ミリ機銃×1、
欺瞞兵装など

**メインカラーリング**…グレー

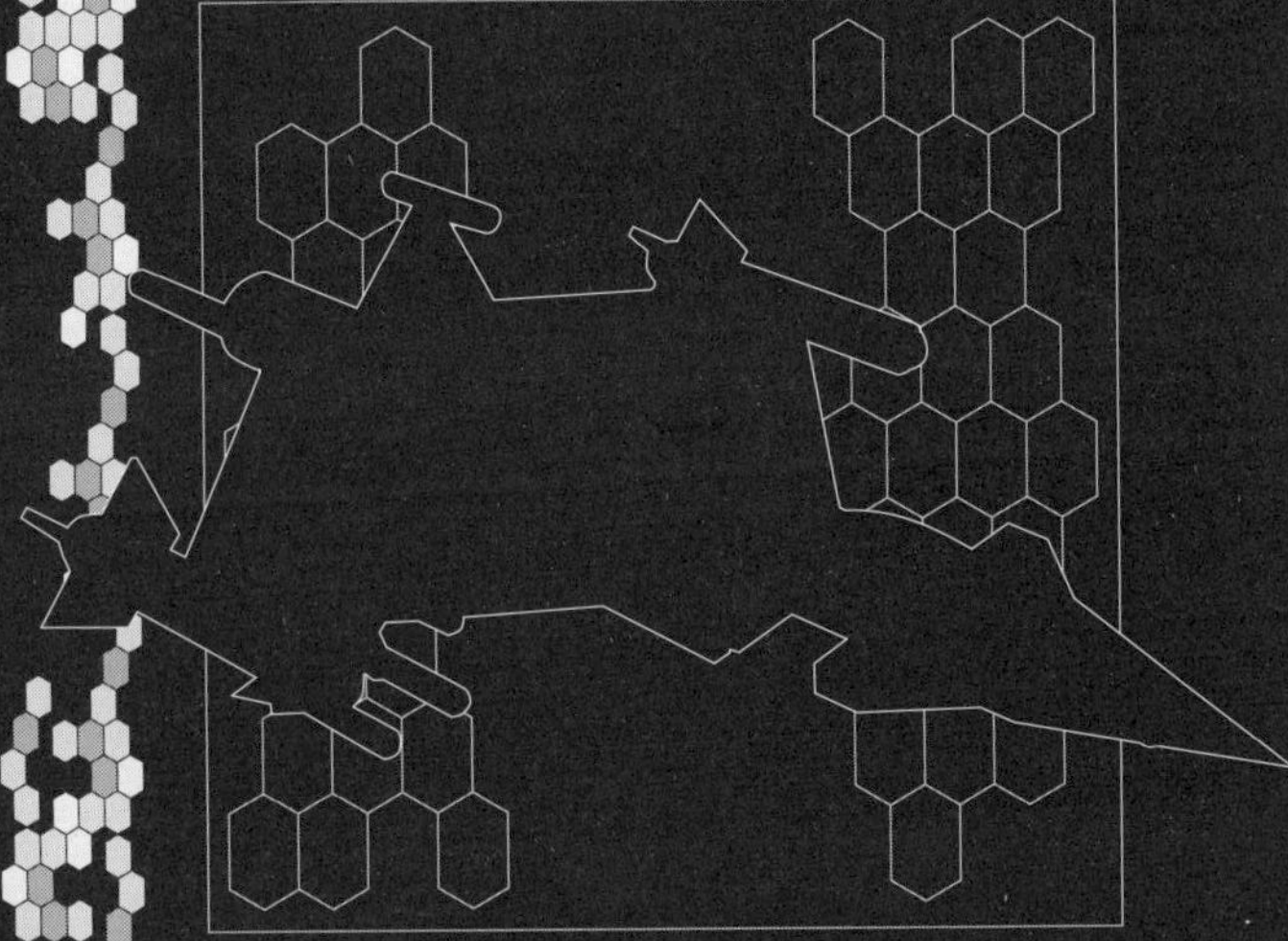

**Rev-19**

その期待に背く訳にはいかない。ならば今は何が何でも生き残るべきだ。

ガォン!! とエンジンが咆哮を発する。

マリーディ達が乗り回しているのはオフロードのサスペンションとシティレースの大型エンジンを矛盾なく融合させたモンスターマシンだ。この辺は『軍用』の矜持なのか、いったん道路に出て加速をつければ時速二〇〇キロくらい簡単に叩き出せる。ヘリの最高速度は時速三〜四〇〇キロくらいだから振り切るまではできないものの、獲物を引き付けて場を移す程度は手が届く。

あちこちひびだらけの危険なハイウェイを突っ走っていると、再び輸送ヘリの無遠慮なローター音が近づいてきた。側面のカーゴドアから逃げ回る地上の標的を狙うには、輸送ヘリもまたバイクの進行方向に対して水平方向に針路をずらす必要が出てくる。当然、それは最短ルートから外れるので速度的なロスへと繋がっていく。

どがどがどがっ!! という重たい射撃音と共に握り拳より巨大な風穴がアスファルトに開く。

ほんの数分の時間が無限に引き延ばされるようであった。いくつかまばらに破壊が起きた後、輸送ヘリが思い切ってマリーディ達を追い抜いた。思わず舌打ちするマリーディは、

「私そのものより高架を破壊して道路を落とすつもりだな」

「うげえ!? そんな、そこまでえ!?」

「元々老朽化の進んでいた高架道路だし、重機は対物ライフルと同じ大きさの弾丸を毎分二〇

○○発ばら撒いてくる。集中砲火を浴びせればコンクリの橋くらいはへし折れるさ」
とはいえ森の木々とも違うので、ほんの一瞬でできる事でもない。時速二○○キロで突っ走るマリーディに対応するため、かなり先行しているはずだ。

列車のレールと一緒で高架道路は一点さえ破壊してしまえばもれなく立ち往生だ。なので『今すぐ』やらなくてはならない、というほど向こうは焦っていない。一○キロでも二○キロでも先まで行って道路を破壊すれば勝てるとでも思っているはずだ。

「なっ、なっ、何でそんなに余裕なんですか？　ぴったり背中にくっついても胸のドキドキ全く変わらないんですけど」

「ひっつくな暑苦しい」

マリーディはうんざりしたように顔をしかめてから、

「それに決まっているだろう。あらかじめ勝算があるからだよ」

「？」

エビフライがマリーディに抱き着いたまま首をひねった直後だった。

ドゴアッッッ!!!!!! と。

上空の制空権を確保しようとしていた小型戦闘機がいきなり木っ端微塵に吹っ飛ばされた。

背中を叩かれたようにナンシーの呼吸が詰まっていた。

何が起きたか分からない、というオーラを全身から噴き出すメガネのエビフライに、マリーディは歌うようにこう答えた。

「ここは北欧禁猟区だぞ。右を見ても左を見ても泥だらけの兵士が溢れた激戦地だ。どこにだって死神は潜んでいる」

「ひっ、ひっ？」

「『資本企業』、『情報同盟』、『正統王国』、『信心組織』……四大勢力のジャガイモどもが時代の流れを無視してスコップ片手に塹壕で殴り合ってる場所なんだ。いつどこで脇を刺されるか、勝ち組ムードの時こそもうちょっと気を配るべきだったなあ？」

「ひいいいいいいいいいいいいいいいいいいいいいいいいいいいいいいいいいいいいいいいいいいいいいいいいいいいいいいいいいいいいいいいいいいいいいいいいいいいいいいいいいいいいいいいいいいいいいいいいいいいいいいいいいいいいいいいいいいいいいいいいい!!」

自分達に銃口を向けてくる者なら、軍服の色は問わない。同じ『資本企業』相手であっても容赦なく地獄へ送る。

さらに立て続けに爆発が起きた。大空を守るはずの戦闘機がやられたのだから、高架の破壊に勤しんでいたヘリがどうなったかは言うに及ばずだ。ようやく事態に気づいた残りの戦闘機が小鳥のように逃げていくが、間に合わない。その爆発は、『トールハンマー』と違って正確に追尾してくる恐ろしさとは違った。規模が大きい。まるで大空で巨大な打ち上げ花火の大輪を咲かせているように、大雑把に天空の一点に『何か』を撃ち込み、そこから恐るべき大爆発を起こして周辺の航空機をまとめて巻き込み、鉄くずに変えていく。

ミサイルではない。

マリーディはその正体を知っていた。

「……『正統王国』軍の戦闘列車『レーヴァテイン』、その『砲弾』だよ。今日はきのこ雲ができなかったから、まだ炸薬をケチっている方だ」

「きい、きのこ雲……？」

「馬鹿げた量の火薬を詰め込めば通常弾でも作り出せるぞ。確かにド派手だが、基本的に高空で炸裂させて比較的高い所を飛ぶ戦闘機やバランスの不安定な攻撃ヘリを爆発や乱気流で叩いて落とすためのものだ。よっぽどの事がなければ地べたを走る私達まで火球や衝撃波で押し潰される事はないさ。あの規模で地上を直接攻撃するとヤツらの内規に引っかかるのかもな」

彼女がハイウェイの下り路線を突っ走ったのもこのためだ。

ヤツの射程圏内に飛び込む事。そして敵と敵をかち合わせる事。あっという間に時速二〇〇キロ以上まで叩き出す軍用バイクを使えば、ほんの一五分走るだけで五〇キロ突き抜ける事になる。何も考えずにマリーディ達を追い続ければ、『見えない縄張り』を踏み越えてしまう羽目にもなりかねない。

そしてこれは当然の帰結だが、地上の標的より空中の標的の方が目につきやすい。

旧来の砲弾には誘導性能はないが、そんなのどうでも良いのだ。

ヤツは大雑把に砲弾を獲物の群れのど真ん中に放り込み、後は恐るべき爆風と乱気流で回避を許さず広範囲の破壊の渦に標的を巻き込んでいく。パイロットの技量など関係ない。面として迫り来るキロ単位の猛威はハエ叩きのように航空機を叩き落としていくのだ。

「……『吊り天井』、なんて言われていたっけかな」

マリーディは目を細め、かつて自分も経験した爆轟へ目をやった。

「あらかじめ敷かれたレールの上しか走れない馬鹿げた火力と装甲の塊。戦闘工兵達の決死の破壊工作によってようやくレールを破断できたのに、脱線して立ち往生したままもう二週間も『資本企業』の戦線を押し返し続けている。たった一つの装甲兵器にだ」

この辺りには濃霧が漂っていて視界不良のはずだったのに、くっきりと網膜に焼きついてくる。それはつまり、空中で炸裂した凄まじい爆風が自然現象である一帯の霧を吹き散らしてしまった事を意味していた。

強引に引き裂かれた霧の向こう。

数キロ先、山々の合間にエアーズロックのように巨大な一枚岩が鎮座していた。いいや、そのように見えるが違う。それは鋼の装甲と動力機関の塊。脱線してなお戦闘継続するというのであれば、純粋に爆破して吹き飛ばすのはとことん至難になってくる。

## 【レーヴァテイン】
**Lævateinn**

**全長**…520メートル

**全高**…80メートル（地対空無限円周高射砲含む）

**全幅**…165メートル（地対空無限円周高射砲含む）

**火器最大装備時重量**…12万トン

**最高速度**…時速220キロ

**用途**…自走式戦線攻略砲

**乗員**…最大830名

**運用者**…『正統王国』

**動力**…クリッパー造船製戦艦規格ディーゼルエンジン×1

**兵装**…地対空無限円周高射砲×1、
地対地50センチ砲×12など

**メインカラーリング**…ブラック

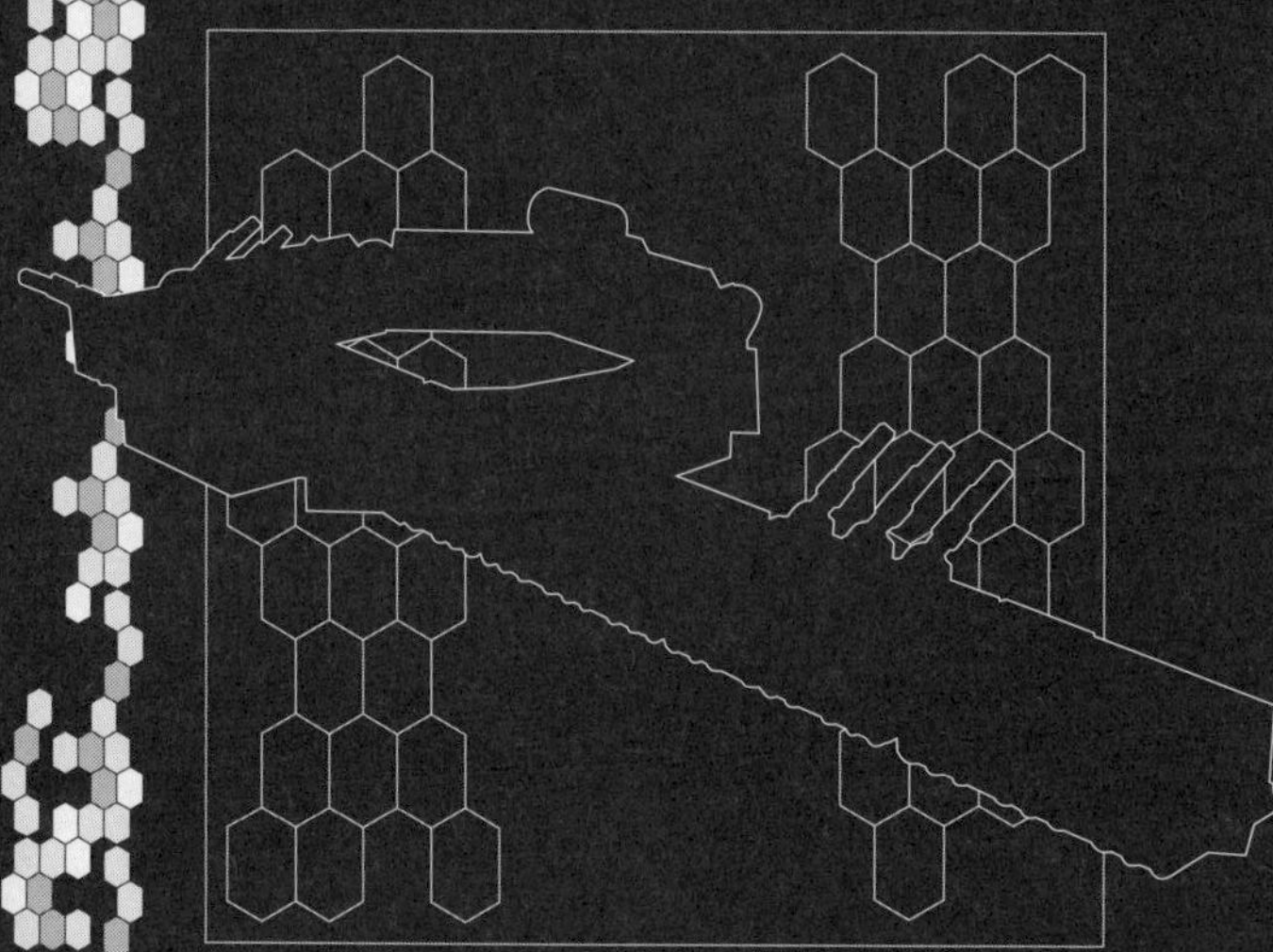

**Lævateinn**

あれだけ頭上を支配していた死の鳥達は、あるいは落とされ、あるいは撤退を余儀なくされた。空が再び開けていく。脱線して立ち往生した巨大な戦闘列車もまた沈黙していた。マリーディは見逃されているのではない。おそらく地べたを走る小さすぎる目標など巨人の照準装置では捉え切れないのだろう。

ようやっと『資本企業』の猟犬達から逃れる事に成功したマリーディだったが、その表情は決して明るくない。

彼女自身、『アレ』には辛酸を舐めさせられてきた。共に空を飛ぶ友軍を落とされ、地上の支援が間に合わず助けを求める声が消えていくのも無線越しに捉えてきた。

「『レーヴァテイン』……」

「さっ、触らぬ神にたたりなしですう」

「そういう訳にもいかないんだ」

マリーディは息を吐いて、

「……どういう訳か軍上層部の手で私に不当な罪が捏造されているが、向こうだって組織だ。ただの酔狂でそんな事をする訳がない。陰謀にだって金はかかるからな。何か理由がなければ、いいや相応の利害がなければ、手間暇かけて私を陥れようなどとは考えないだろう。だが当然、私にはその心当たりがない。これっぽっちもな」

「ひ、人の腕をお試し感覚でぶち抜いておいて何言ってやがるんですう。どうせあっちこっちで恨みを買いまくっているに決まっているんですう」

「振り落とすぞエビフライ。……ごほん、となると考えられるのは私が何か見てはまずいものを見てしまった可能性だ。そして気になるのが冤罪の内容。『わざと撃墜されて軍事機密の塊である戦闘機を敵の支配地域へ落とした』というものだ」

「だ、だから？」

「時代遅れの戦闘機などわざわざクローズアップさせる必要はない。私を陥れて拘束するだけなら留守の間に基地のロッカーに白い粉の詰め合わせを放り込んでおくだけで良い。なのに不自然な口上まで並べて潰れた墜落機を盤上に担ぎ上げてきたという事は……連中だってそれが必要なんだ。落ちた戦闘機に注目させ、技術情報漏洩を防ぐために大至急現場に急行して回収せよ、っていう動きを作るためにな」

つまり、とマリーディは一拍置いてから、

「落ちたZig-27には『何か』がある。私自身、自覚もないまま『何か』に触れてしまった痕跡が残っている。……どうにかして私の機体のフライトレコーダーを回収したい。そこにはきっと、誰にも知られてはならない『何か』が記録されてしまっているはずなんだ」

それはおそらく『五〇〇億ドル』という莫大な金額とも深く関わってくる。与太話の中にあった不良軍人達の人工骨のプラチナに、北欧禁猟区に展開される『資本企業』関連会社の『総意』としてマリーディにかけられた懸賞金の総額。何がどこまで真実かは不明だが、ここはもう忘れられた戦場ではなくなった。オブジェクト一〇機を丸ごと購入できるほどの大金が渦巻くホットエリアと化している。

「だから何なんですかっ⁉　さっさと山を歩いてゴミ拾いをすれば良いでしょう。あの『レーヴァテイン』とかいうバケモノ兵器と何の関係があるっていうんですか‼」

「戦闘機っていうのはパイロットが空中で脱出(ベイルアウト)した後も勝手に消えてなくなってくれる訳じゃない。誰にも舵(かじ)を握られないままある程度は勝手に飛んでいくんだ。もちろん、こんな血と硝煙だらけの大地にも物好きな民間人がポツポツ街を造って暮らしているからそういう場所には落とせない。誰もいない山間に墜落するよう機首を向けてから脱出(ベイルアウト)はしたんだが……」

「ま、まさか、あれ、えっと？　違いますよね。これ私のネガティブ妄想ですよね⁉」

　ああ、とマリーディは簡潔に頷(うなず)いて、

「例の『トールハンマー』、地対空ミサイル(SAM)が炸裂(さくれつ)した時に軌道が捻(ね)じ曲(ま)げられたようでな。よくよく考えれば残骸の大部分は『レーヴァテイン』の御膝元(おひざもと)に落ちていった気がする。焦げた目玉焼きみたいなフライトレコーダーを拾うためには、あれを黙らせる必要があるんだ」

「嫌だ嫌だ嫌だ置いて行ってくださいもう私絶対に嫌なんですううううううううううううううううううううううううううううううううううううううううううううううううううううううううううううううううううううううううううううううううううううううううううううううううううううううう⁉」

# Track 05　Sword of Catastrophe

軍用バイクのスペックは大したもので、できれば手放したくはなかったが、どうにもならない事はある。十中八九『正統王国』の戦闘列車レーヴァテイン側からは捕捉されていないとは判断しているものの、念には念を入れておく必要があった。つまり一本道の高架道路を伝っていくのは危険なので下に降りた方が安全なのだ。そして途中にインターチェンジが存在しないため、バイクを捨てて地面へ降りていくしかない。

幸い、辺りは深い森や山だ。

高架のすぐ近くにまで背の高い木々が迫り来ているので、枝や幹を足場にすれば苦もなく地上へ向かう事ができる。

と、三階分ほどの高さをするする降下して昆虫大国の味方である腐葉土に足を着けたマリーディは、真上から頼りなく震える声を耳にした。

途中まで挑戦して進むも戻るもできなくなったナンシー＝ジョリーロジャーが木の幹にしがみついたままぶるぶる振動している。

「ひっひぃいひぃいいいいいい……。高い高い私には無理ですぅ」

「さっさと降りてこいパンチラ要員」

「どぶちぇちょっ待っ……きゃあああっ⁉」

びくーん！　と真上に跳ねた途端にバランスを崩したのか、バキバキと細かい枝を折りながらエビフライが落下してきた。元々三階分の高さの途中で立ち往生していたので、実際にはちょっと高めの滑り台から飛び降りるくらいのものでしかない。おまけに足場は柔らかい腐葉土ときた。

がっつり尻餅ばっちりM字に脚を広げて破けストッキングの奥にある下着を見せつけたまま、ナンシーは涙目で自分の腰の後ろをさすっている。

「いたたたたた」

「さっさと立てひよこパンツ。その程度で済ませられるなら大した痛みでもないだろ」

「話に具体性を持たせないでくださいいい‼」

「……自分で言うのも何だが、私よりガキ臭いコットン素材とかアリなのか……？」

「質感！　質感の問題でしてね‼　どうしても好みのソフトショーツを探すとこういう柄ばっかりになっちゃうんですぅ‼」

「そういうものなのか。……何かこう、私の目には普段着の下に貞操帯の着用を強いられる系の屈辱的なプレイを楽しんでいるようにしか見えな

「黙れこの野郎黙らせてやるですう!!」

顔面積全部を真っ赤に変えてわたわたしている巨乳でメガネのエビフライが慌ててマリーディの口を塞ぎにかかる。柔らかそうな掌についた腐葉土を落とす素振りもなかったので、エースパイロットはマナー違反に対し手首を掴んで軽く投げ飛ばしていく。

今度はひっくり返って尻を天に突き上げたひよこパンツが涙目で窮状を訴え始めた。

「わ、私にだってですねえ、人権ってものがあるんですよう？」

「すまんな一輪挿し、ここは北欧禁猟区だ」

決死の破壊工作によって脱線したまま二週間以上粘り続けている『レーヴァテイン』は、ここからざっと数キロ程度の距離で立ち往生している。どれだけ空対地ミサイルを叩き込んでも動きを止めなかった、あまりに硬過ぎて破壊方法に心当たりがない怪物。この暗い森はすでにヤツの致死圏内だ。

「ヤツは旧来の装薬を利用した、戦艦じみた重砲もしこたま備えているぞ。つまり地対地攻撃も万全だ。気づかれたら物陰に飛び込んだって助からない。地形ごと巨大な掌で叩き潰されてジ・エンドだ」

（……逆に言えば、戦艦相当の放物線って事は近すぎる相手には撃ち込めないはずなんだが）

ここらへんは迫撃砲と同じだ。至近まで肉薄してしまうと、弓なりの弾道ではかえって狙いにくくなる。仮に狙えたとしても、今度は自分の爆風に自分を巻き込む羽目にもなりかねない。

「……、」

「あっ。待って、待ってくださいいい……」

エリア一帯を実効支配している『レーヴァテイン』を破壊しない限り、満足にフライトレコーダーの捜索へ精を出す事もできない。今現在、マリーディの武装はカービン銃、手榴弾、拳銃、軍用ナイフ程度。携行式ロケットランチャーは使い切ってしまったし、仮にあったとしてもエアーズロックと見紛う鋼の塊相手ではどうにもならないだろう。

(……まったくこれだから意図的に隔離されたガラパゴスは節操なくて困る。ていうか、どうしてオブジェクトより巨大な兵器が立ち往生でもじもじしているんだ……)

ともあれまずは観察。

そのためには身動きの取れない『レーヴァテイン』へなるべく近づいていく必要がある。

「ひい、はあ」

「ちょっと山を進んだくらいで熱い吐息を洩らして身悶えるなよ。歩くセックスシンボルか」

「せ、せめてお色気要員のお姉さんとでも呼んでくださいいいい」

「ひよこパンツのくせに生意気な」

「ここ掘り当てたみたいな顔で人の個人情報を連呼しないでくださいいいいい⁉」

さっきっからぜえぜえはあはあふうふうむんむんしちゃっている(?)ナンシーは所構わず甘い匂いを振り撒いていて、マリーディはその辺に訓練された犬でも放たれていたらどうしようかと気が気でなかった。いくら内勤でも戦争参加者が香水など振りかけていないと信じたいものだが、だとすればこの女の汗に混じった滅法甘ったるい匂いは何だ？　未だ明確に発見はされていないはずのヒト性誘引フェロモンとでもいうのか。

さらに先へ先へと進み、森の木々が途切れそうになった辺りでマリーディは動きを止めた。手作りのギリースーツを頭から被り、身を低くしてからそろそろと最後の一本の幹へと身を寄り添わせていく。

その先にあったのは灰色の群れだった。

「ま、街……？」

「崩壊首都アースガルド。まだ北欧が禁猟区なんて呼ばれていなかった時代、最も巨大だった五〇〇万都市の成れの果てだよ」

不思議な光景で、どこもかしこも空爆でも受けたように破壊され尽くしているが、不思議と敷地外周よりも中心の方が爪痕が酷い。外周にはいくつか斜めに傾いた高層ビルが残っているが、奥へ向かうほど崩れが激しく、原形を失った灰色の瓦礫の山へと変貌していくのが分かる。

「アースガルドはオブジェクトの動力炉を巨大金融街の中心に据えてエネルギーインフラを賄うと同時に、大都市の周辺を取り囲むように一二の主砲を軸とした総数一〇〇門以上の強固な対空対地砲撃陣地を設置していたんだ。極太の地下送電ケーブルを使って、遠く離れた場所で強化コンクリートの地盤に固定した首振り式のレーザービーム砲やレールガンに莫大な電力を送りつける形でな。言ってみれば、核にも耐える球体状本体を『島国』のフロシキみたいに大きく広げて街の形に作り替えていったオブジェクトだ」

「それがどうしてこんな……？」

「……アースガルドを兵器として見てみよう。特大の砲弾の雨あられの中、ヤツの息の根を止めて安全を確保するためには何をどうすれば良い？」

「あ」

「動力炉を吹っ飛ばすために大量の航空爆弾や地対地ミサイルが避難勧告もなく五〇〇万都市に降り注いだ。最後は地下深くに埋めた動力炉自体が暴走して大爆発を起こし、北欧最大の巨大金融街を木っ端微塵に吹っ飛ばした。その結果がこれだ。私は映像アーカイブでしか見ていないが、血の海すら残らなかったらしい。北欧全域がオブジェクト無用の禁猟区となった、忌まわしい戦争の記録ってヤツさ」

『クリーンな戦争』という建前さえ通じなくなるほどの、圧倒的な社会のトラウマ。

世界で唯一、反オブジェクトを大々的に唱えても巨大メディアに封殺されない禁猟区。

単に死者の数が問題なのではない。避難勧告の件については戦術上の利点や連絡の行き違い、特大の砲火にさらされる友軍を守るための暴走だったなどの様々な憶測が今日も飛び交っているが、その中には泥沼の戦争の中でぬくぬくと安全を確保している五〇〇万人に対する見当違いの憎悪もあったのだろう。

局所的にではあるが、世界全体の時間の流れまでねじ伏せた負の歴史の転換点。

巨大極まる五〇〇万人分の墓標の上に、『正統王国』軍はまたもや超大型兵器を鎮座させた。せめて脱線して身動きの取れなくなった規格外の戦闘列車レーヴァテインにJPlevelMHD動力炉が搭載されていなかった事を、神の采配とでも思っておく他ない。

「ちなみにボーイレーサーってバンドがメジャーデビューのアルバムでジャケット写真に使ったのもここアースガルドだ。あのクソ野郎ども、人様の聖地に土足で踏み込みやがって」

「……、」

では、クズの様子を見てみよう。

『レーヴァテイン』は元々あった線路を利用し、崩壊首都アースガルドの大爆発によって失われたいくつかの路線を再敷設して使い回していた。クレーター状に吹き飛ばされているはずのゴーストタウンのど真ん中を線路が走っているのはそのためだ。

全長五二〇メートル、全幅六五メートル、全高四〇メートル。

はるか昔、対空レーザー黎明期は航空貨物に対する信頼性が揺らいでいた時期でもあったため、むしろ陸路や海路では国策の研究と素人の発明が入り乱れるマグマのような開発ラッシュが続いていたらしい。北欧禁猟区のあちこちに見られる、片側四車線のハイウェイよりも幅広な八本ワンセットの大規模積載線路もまた、そういう混乱下での足掻きの一つという話だった。

まさに黒鉄の塊であった。

高層ビルを真横に倒し、その体積全てを特殊鋼で埋め尽くしてしまえばこの威容に届くだろうか。戦艦は穴を空けて内部を水没させてしまえば沈められるが、いったん陸に上がったそれを純粋に破壊するとすれば、一体どれほどの火力が必要になってくるか。『レーヴァテイン』に対する命題はその戦艦をも上回る。

合計六両編成の巨大車両の中でも、滅法存在感を示しているのは三つの車両にわたってまたいでいる、大きな円周状の塊だ。

「な、何なんですかあれえ……？」

「私達を救ってくれた魔神の剣だよ。円形の閉じたリニアレールの上に高速砲台車両を走らせて、飛距離に合わせて遠心力で特殊な液化装薬を練りながら発射するんだと。普通この手の装薬は固形状と相場が決まっているから、よっぽど新方式の実戦配備に横槍を入れたがっていた軍高官がいたんだろうな。ま、あんなゲテモノでも普通に成層圏へ手が届くぞ」

マリーディは馬鹿げたこだわりに対して呆れたような調子で、

「前と後ろの車両にある円形レールの接点にはダンパーを噛ませてるから、レールがカーブに差し掛かっても上手にスライドして壊れないようにできている。だが元々の巨体のせいで橋が使えないばかりか、幅を食うあれのせいで普通のトンネルも通れず、結果として沢沿いを進むしかなくなっていた。つまりデメリットを呑むだけの破壊力があると考えて良い」

もちろん言うまでもなく兵装はそれだけではない。屋根の上には蜂の巣のように大量の砲身が埋め込まれているはずだ。ピッチングマシンのようなもので、内部のライフリングを数値設定する事で砲弾へスピンを与えて自由に湾曲させる変化高射砲の群れ。一発一発の命中率はさほど高くはないが、狙い撃つというより面いっぱいを埋め尽くすような弾幕の嵐には、爆撃作戦に参加していたマリーディだって何度も肝を冷やした。一発大技のきのこ雲を逃れて乱気流に揉まれながらだともう地獄だ。

『レーヴァテイン』側も無傷ではない。

あちこちに細かい傷があり、一部の装甲は爪で裂かれたようにめくれている。だがどれだけ傷を受けてもあれは止まらない。やはり問題なのはその質量。浜辺に打ち上げられたホオジロザメ相手に、プラスチックのフォーク一本で挑むようなものなのだ。

(……手持ちの武器で抗っても仕方がない。やはり『トールハンマー』同様に基本は誘爆か?)

そしてあれだけ巨大な構造体をオブジェクトの動力炉なしで運用しているのだ。その周囲にも大量の給油車や太いホースなどがたくさん広がっていた。その中には破壊工作によって破断してしまった線路を敷き直し、再び『レーヴァテイン』を元の軌道に戻そうとしている工兵達もいるはずだ。

あれはもう小さな街だ。

かつての巨大な空母と同じく、たった一つの兵器体系を運用するために三〇〇〇人から五〇〇〇人近い軍人が動員されている。それだけの数の衣食住を満たし、精神衛生を整える意味で趣味娯楽の分野にまで手を伸ばすとなると、軍用兵器はさながら独立した街のように振る舞い始めるのである。

あまりに『レーヴァテイン』が巨大だから忘れがちになるが、あちこちのビルが倒れて土砂崩れのように瓦礫が道路へ雪崩れ込み、あっちもこっちも塞がっていた。ひょっとしたら意図して崩して、塹壕のように扱っているのかもしれない。衛星から眺めれば巨大な立体迷路に似た有り様になっている事だろう。

「う、うへえ。粉塵まみれで良くやりますねえ。すんごく空気が淀んでいそう……」

「ゴミ屋敷の主を見ろ。自分で作った屋敷は天国だが、他人が積んだゴミの山に顔から突っ込まされるのは死ぬほど嫌がる。ヤツらにとっても同じなんだろうが」

そこまで言って、マリーディも呆れたように息を吐いた。

「……オブジェクトだって一〇〇〇人前後の大隊クラスで運用するっていうのに、あいつら世界記録でも狙っているっていうのか。何であそこまでやるのか。馬鹿デカいパエリア鍋でも見ているみたいな気分だ」

「い、今お食事の話をするのはやめましょうよう……」

「ああ、どうせすぐに焼けた肉の匂いで一面満たされるだろうからな」

「全然そういう意味じゃないんですけどお!?」

戦車にしても戦闘機にしても、装甲兵器とは基本的に燃料と爆発物の塊だ。サイズが大きくなればなるほど誘爆の危険も高まる。同じ飛行機でも農薬散布用の小型レシプロ機とステルス戦略爆撃機とでは被害の規模が変わる事は分かるだろう。

巨大兵器とは総じて歪(いびつ)なのだ。

『あの』オブジェクトが核にも耐える装甲を備えているのは、外傷を恐れているというより機体内部に抱え込んだリスクを管理するためのものではないだろうか。マリーディは時々そんな取り留めのない事まで考えてしまう。

「……使っている燃料はディーゼル系か。船か潜水艦のエンジンでも流用しているのか」

「?」

「実際に兵器運用に直接関わるのは八〇〇人前後。だけど流石(さすが)に分厚い装甲板の内側を都合良く焼損させるのは難しい。今回は『爆破』で仕留めるのは難しいな」

そもそもまともに地上を進んでも『レーヴァテイン』に取り付けるとは思えない。

廃墟(はいきょ)となった街では厳密な計算に基づいてビルが爆破処理され、大量の瓦礫(がれき)を覆(おお)い被(かぶ)せる事で巨大な立体迷路を作っている。それらを通り抜けるために必要な場所には必ず人員が置かれているし、頭一個抜きん出た『レーヴァテイン』が真上から迷路を睥睨(へいげい)している。万が一気づかれれば数千規模の騎兵隊との戦闘は避けられない。至近に張りついて巨砲の死角に入ればおしまいではないのだ。

「ぐ、具体的にどうするんですぅ?」

「兵器そのものを壊せないなら、それを操る人間がいなくなれば良い」

マリーディは両手を細い腰に当て、息を吐き、そして青い惑星を満たす大気の素晴らしさに感謝しながらこう答えた。

「燃料は腐るほどあるみたいだし、ありふれた二酸化炭素で皆殺しにしよう」


今は瓦礫の山とは言っても、かつては北欧最大の巨大金融街だ。地下だって上下水道、地下電線ケーブル、ガス管、光ファイバー網、地下鉄線路、水没防止用緊急放水路などが蜘蛛の巣のように開発されていて、つまり数千人が作業している『小さな街』に忍び込むのも比較的容易だった。

マリーディ達が進んでいるのは腕より太い巨大送電ケーブルの地下メンテナンス口だった。普通の高圧電線にも見えない。おそらくは街中心の動力炉から外殻の対空対地防衛陣地のレーザービームやレールガンなどに大電力を送り込んでいた軍用規格だろう。とは言ってもマンホールに空いたオープナー用の小さな穴から雨水が流れ込んだのか、彼女達が踏んでいる地面はパリパリに乾いたヘドロなども多い。

木の棒とボロ布で造った松明を使ってトンネルを進み、梯子付きのマンホールを見つけるたびにマリーディはマンホール蓋に空いた小さな穴から地上の様子を観察する。

「何やっているんですかあ？」

「確認作業」

そして車の下にいると判断した場合は、マンホールの蓋をこっそり開けて、軍用車の腹に分厚いナイフを突き刺していく。勢いは少なくて良い。独特の異臭を放つ液体が地下まで伝ってくれれば。

それを何度か繰り返して、途中で給油車のタンクそのものにも穴を空け、マリーディは満足したように暗い地下で頷いた。

嗅ぎ慣れない異臭の充満に耐えられなくなってきたのか、ナンシーは時折頭をくらくら左右に揺らしている。

「うっぷ、これじゃあ私達の方が先にやられちゃいますよう」

「もう終わる」

蜘蛛の巣のように交差する地下通路のあちこちに水溜まりができていた。それらがアメーバのように接触し連結していくのを確認してから、マリーディはナンシーから譲り受けた松明を水溜まりへと放り投げた。

途端に闇がオレンジ色に塗り潰されていく。

燃えているのはガソリンだけではない。元々地面にあった乾いたヘドロなども枯草の代わりを務めているようだった。

結構な熱気が顔に迫ってきて、マリーディは思わず片目を瞑りながら、

「地下での火災は地上からは分かりにくい。だけど熱が生み出す上昇気流は確実に汚染された空気をマンホールの穴から地上へと送り出していく」

どこにでもある二酸化炭素だが、それ自体には色も匂いもない。また、『煙突の上』で作業している『正統王国』が煙や異臭の出処に気づいた時にはもう遅い。人間は地球の大気の中で生活しているが、窒素や二酸化炭素などの配合がわずかに変わり、酸素がほんの数%よそへ追いやられるだけでも意識を保てずにバタバタ倒れてしまう。

密閉空間ならともかく、開けた大地でそんな事が起こり得るのか。

答えは一つだ。

「……なまじ自分達で廃ビルを薙ぎ倒して塹壕紛いの巨大な立体迷路を作っているんだ。何重にも折り重なった分厚い壁がどれだけ空気を澱ませているかは、日々の作業の中でうんざりしているほど理解しているよなあ？」

「で、でも、これだけで『レーヴァテイン』の中まで二酸化炭素で満たす事はできるんですかあ？　あれだけ巨大な構造物なら、ダクトに浄化フィルターくらいつけていてもおかしくはないんじゃあ」

「だからもう一手間だ」

マリーディはあらかじめ用意していた、炎や煙の回らない安全な出口へ足を向けながら、

「『レーヴァテイン』本体はどうあれ、表で作業していた数千人はこれでお陀仏だ。つまり私達が二酸化炭素対策をしておけば、外を自由に闊歩しても誰にも見咎められる事はない」

「そ、それが何なんですか？」

「そして『レーヴァテイン』自体も巨大なディーゼル機関で動いている。となれば車の中での自殺と一緒だよ。排気パイプに近づいて物を詰めて出口を塞いでしまえば、内部はもっと危ない自家生産の一酸化炭素で埋め尽くされていくさ」

ちなみに俗に言う防毒マスクは、現場の毒素や細菌ごとに対応したフィルターを装着しなければ何の意味もない。

大量の二酸化炭素によって空気配合を乱された貧酸素空気の場合は何を使うか。

答えは簡単、石灰だ。

詳細な造り方は省くが、二酸化炭素吸収材としての効果を持つ石灰を利用すれば汚染空気の中でも呼吸を維持できるし、理屈の上では苛性ソーダ方式と同じく自分の吐いた空気から二酸化炭素を吸着してもう一度吸い込む、循環環境マスクに挑戦できるはずだ。

今回の場合は肌から直接吸収するような化学兵器ではないため、トンネル工事用の防塵マスクとペットボトルを組み合わせてちょっと夏休みの工作をすれば手が届く。フィルターに使う石灰も含め、瓦礫と化した街のどこにでもあるものだった。

『よっと』

マリーディは適当なマンホールの蓋を開けて地上へ身を乗り出す。

ボーイレーサーのデビューアルバムで使われたジャケット写真と同じ場所。少女にとっての聖地には無味乾燥な死の世界が広がっていた。

『国際条約ってのも善し悪しだ。単純な炎が生み出す化学変化は毒ガス攻撃に分類されないんだよな。それじゃ戦争が回らないって話なんだろうが、何ともおっかない……』

『ひぶっ、ひいい』

銃声も流血もなく、しかし訳が分からないまま四桁単位の兵士達がバタバタと倒れている。決して安らかな死に顔ではなかった。苦痛そのものよりも突然訪れた死に対する恐怖や混乱がべっとりと張り付いていた。得体の知れない呪いやたたりに襲われたような顔だ。

『うぇえ、うっぷ』

『マスクの中に吐くのは構わんが、絶対に外すなよ』

戦闘列車レーヴァテインは沈黙していた。おそらく向こうも向こうで外からの仲間の通信から尋常ならざる状況については伝え聞いているはずだ。それでも耐爆ドアを固く閉ざして隙間一つ開けようとしないのは、当然自分達の命を優先したからだ。決して開く事のなかった出入口の周りには、折り重なるように亡者が山を作っていた。

マリーディには誰を責める権利もない。

そもそもこの地獄を作った張本人なのだから当然だ。

そして数千人の作業員の目がなくなれば、マリーディ達は巨大兵器の壁面に張り付く事ができる。人が自分の顔にくっついた羽虫を直接見る事ができないように、かえって至近距離は死角となるのだ。

『さて』

マリーディはどこにでもある青いビニールシートを引っ張り出して丸めていた。排気ダクトは先頭車両の屋根の上。普通に考えれば四〇メートルの絶壁など登れるものではないが、今はメンテナンス中で様々なクレーン車やリフト車などが寄り添っている。エビフライを置いて、斜めにせり出した金属アームの上を伝って『レーヴァテイン』の屋根まで上ると、丸めたビニールシートを排気ダクトの口に詰め込んでいく。

このままでも十分効果はあるし、熱で溶けてしまってもより高い効果が見込める。

(せっかくフィルター付きの換気口を複数用意しているのに、吸入口を一ヶ所にずらりと並べたらあんまり意味がないと思うんだがなあ。ま、ひょっとすると内部の造反を防ぐ意味での集中管理かもしれないが。何にせよこんなもんは排気口と一緒に全て塞ぐに限る)

同じ作業の繰り返し、というのも心が折れるが、確実な効果が見込めるなら悪くない。

果報は寝て待て。

そもそも異変に気づいて『レーヴァテイン』の運用部隊が慌てて外へ飛び出したところで、そちらもそちらで貧酸素空気で満たされているのだから末路は同じだ。狭い密室で死ぬか広い密室で死ぬか。彼らにはもうそれ以外の選択肢はない。

少し距離を空け、たっぷり時間をかけて巨大兵器の死亡確認を待った。

やぶれかぶれの大混乱でそこらじゅうに大火力が撒き散らされるリスクもあるにはあったが、実際にはそんな事にもならなかった。自分達の身に何が起きたかを正しく理解していない以上、おそらく憎むべき敵が存在するか否かも判断できなかったからだろう。

『レーヴァテイン』は沈黙した。

『そろそろ行くか。魔剣が壊れた事を知ればよその勢力が攻め込んでくるだろうし、それこそ今までこいつに頭を押さえられていた「資本企業」の連中が改めて鬼ごっこを始めた場合も厄介な事になる。風向きを考えて、ここを離れてからマスクを外そう』

『こんなえげつない方法が条約違反にならない世界はやっぱりおかしいと思いますぅ』

問題の墜落機 Zig-27 がどこにあるのかは、破れかけのパラシュートにすがって遊覧飛行をしていた頃のマリーディの記憶だけが頼りだった。あの時見た光景を基に概算で方角と距離を定めていく。

ちなみに二度目の惨劇に見舞われた崩壊首都アースガルドには鍵の挿さったままのバイクや車は死ぬほどあったので、『正統王国』の軍用四駆を一台拝借してアシにしている。

「ぷはっ。ようやっとの解放だ」

当然のように運転席に乗り込んだマリーディは手製のガスマスクを顔から取り外したが、

「んっ、ああくそ」

「どうしたんですか？」

「っ、何でもない」

助手席に回ったエビフライがキョトンとしているが、何故(なぜ)だか顔を赤らめたマリーディは答えようとしない。ガコガコガコ、という金属の関節を動かすような音が続くが、これは車のイグニッションとは関係ないようだ。

ややあって、メガネは視線をマリーディの顔から足元へ下ろしていった。

「……おい何でそっちに目をやる。ほんとに何でもないぞ」

「ああ、足が短いから届かな
「短いんじゃない！　ふざけるなよ贅肉(ぜいにく)の塊!!　全体のバランスを比率で考えてみろ、お前より腰の位置だって高いはずだ!!」

「はいはい、スタイル抜群のナイスバディでちゅねー？」

「……、」

「待っててちょっごめんなさい何でどういうシートベルトってそんな物騒な使い方できぐえぇえっ」

ようは運転席の椅子をアジャストするのに四苦八苦していた訳だ。さっきのオフロードバイクと違って、規格外という冠が似合うマッチョな四駆だと流石に苦労するらしい。

助手席と比べると随分腰の位置が低くなったマリーディの足の裏が、ようやく各種のフットペダルを撫でていく。

「出発進行」

「そんなに低くしちゃって、ちゃんと前見えてます？」

「どうして何もしてないお前がさっきから勝ち組オーラ出しまくってんだ⁉ いつから私をおちょくるほど偉くなったんだお荷物‼」

カーステレオをいじくってもどいつもこいつも夢とか愛とか語っちゃってる擦り切れた量産品みたいな頭の軽いポップスしかなかったのでマリーディは舌打ちし、自前の携帯音楽プレーヤーを接続する。

途端に激しい重低音が頑丈な車内を包み込んだ。

「うっ、うえぇ⁉ 何なんですかこれぇ⁉」

「何ってボーイレーサーのクラックライフだよ。やっぱり聖地に来たならメジャーデビュー曲で盛り上がるに限るよなあ！」

「これが話に聞いたあの……」

「どこで偏見を仕込まれたか知らないが、ここで私の機嫌を損ねるなよパンピー」

舞台は街の中から再び針葉樹の溢れる森に移っていた。木々が一部薙ぎ倒され、黒々と焦げている場所もある。Zig-27の墜落時に出火したようだが、大規模な山火事になる事なく小火で終わったらしい。

(……結構大きな塊のままゴロゴロ転がってるな。今時戦闘機なんて誰も見向きもしないとはいえ、こりゃあ後でアルミと酸化鉄の粉末でも混ぜて焼損処理しておいた方が良いかもしれないぞ)

戦車にしても戦闘機にしても、最新技術の塊ほど前線で撃墜される事が許されないというのも何とも皮肉な話だった。かつては、高過ぎるステルス機などはショーケースに飾って航空ショーで敵国を威嚇するためにしか使えない時代もあったのだとか。

ともあれ、今は落ちた機体のフライトレコーダーが最優先だ。

墜落現場の近くに四駆を停めると、燃料タンクやミサイルなどの不発弾に気を配りながら、マリーディは身を低くして中心へと近づいていく。エビフライ女ナンシーは完全にマリーディの足跡を追い駆けてくる係だ。

「あった」

マリーディは身を屈めて、ぐしゃぐしゃになった鉄くずや配線の塊の中から何かを引っ張り出していた。トーストよりは分厚いくらいの、難燃強化プラスチックのパッケージだった。すっかり黒ずんでいるが、ネジを回してカバーを外せばきちんと端子が生きているのが分かる。

少女は自前の携帯音楽プレーヤーとフライトレコーダーの端子をケーブルで繋いで、ダイヤルを操作して中身のデータを漁っていく。

フライトレコーダーのデータは改ざんや消去は極めて困難にできているが、反面、再生だけなら手軽に行えるようになっている。本来の役割を考えれば当然の事だ。

「……そもそも落ちる直前何があったんだ……？」

元々、極限の緊張の中で莫大な慣性Gに揺さぶられ、頭の血液が足りずにブラックアウトへ陥るリスクを常に背負うパイロットだ。戦闘機に乗っている間の記憶に限っては、所々ぼんやりと霞がかかりがちになるのも事実だった。

同じアイス飛行隊の仲間を救うために、地対空ミサイルを機銃で吹き飛ばした時に誘爆に巻き込まれたのは覚えている。だがそれはレーザー光の目潰しと頭痛の中での話だ。そこだけのインパクトが強くて、同じ飛行隊との馬鹿話など、直接の生死にかかわらない部分までは事前に何をしていたか完全には思い出せない。

その失われた時間を、この上なく客観的な記憶装置を使って復元していく。

……とはいえ、マリーディ達には『何が』トラブルの具体的なトリガーになっているかは分からないため、検索エンジンのように単語を入力して一発検索とはいかない。人としての言葉が分かるくらいの早回しにはなるが、それでも基本的には流し聞きで付き合っていくしかない。

すると、だ。

「ふええ、まだなんですかあ……？」

「……、」

「根本的に調べる場所を間違えているんじゃないですかねえ」

「気が散るぞエビフライ」

こいつは人の不安や疑念を形に変える女悪魔か何かなのか、とマリーディが白い目を向けた時だった。

バカが何かしていた。

「ふんふふふんふんふーん☆」

「……おいエビフライ、お前一体何をしているんだ……？？？」

「じゃじゃーん！　はなかんむりー☆」

「ここは地面に落ちてる枝を踏んだか踏まないかで生死を分かつ戦場だよ！　なのに何で辺りの草花をぶちぶち毟りまくってんだっ⁉」

「そんな風に自分で自分を追い込むから心が荒んでいくんですよ。いったん戦争モードは忘れて、ほら、これを被るだけでこんなに女の子らしくなりましたー」

挙げ句に人様のギリースーツまで取っ払って頭の上に草花の冠を乗っけてくるエビフライ。

「……こんなに人様のドタマを目立たせて何が狙いなんだエビフライ。もしやどこに隠れているかも分からない狙撃手に私の頭でも狙わせているのか」

「ていうか、『レーヴァテイン』の人達はもう全滅したのでは？」

そんなのお構いなしにいつどこに越境した精鋭が浸透しているかは全くの未知数なのだが……まあ、これ以上拘泥（こうでい）してても仕方がないだろう。そもそもうずくまって墜落機のレコーダーと格闘している時点で、無防備は無防備でもあるんだし。

(早く終わんないかな、ああもう)

「〜〜〜」

「あれ、カワイイ系って慣れてないんですか？　中身はともかく顔だけは良（い）いのに」

「うるさいちょっともう黙ってろ」

わずかに顔を赤らめて落ち着きなくもじもじしていると、ようやっと『変化』が訪れた。

機械的なノイズが耳についたのだ。

『ザザー……!!　ガリガリガリ！　……ちら、管制（CT）。……ータリンク、難あり。ザザザ！　更新速度の遅れに注意されたし!!　ジジジジリジリジリ!!』

「何だかすっごい雑音まみれですねえ。やっぱり機械が壊れちゃっているんでしょうか？」

「そんな訳あるか」

そもそも墜落時の衝撃を想定して設計されているフライトレコーダーだ。想定通りの負荷をかけて壊れるようではリコールの対象になってしまう。

だとすると、この会話全体を覆い尽くすノイズの正体は……、

「……作戦空域（MA）がジャミングされていた？」

自分の口で呟(つぶや)いて、後からマリーディの頭に実感が湧いてくる。

「そう、そうだ。私達が『トールハンマー』の閃光にやられたのは地図の更新が遅れたせいだけど、それは管制(CT)の失態じゃなかった。ジャミングのせいでデータリンクが途切れ気味で、細かい情勢変化に応じた地図の更新が追い着かなかったからだった」

しかしこのジャミングを仕掛けてきたのは一体どこの誰なのか。

当然ながらマリーディら『資本企業』ではない。なら『トールハンマー』を運用していた『情報同盟』側か。単純な利害を考えればその線が一番ありえそうではあるが、そもそもここは四大勢力が入り乱れる泥沼の北欧禁猟区だ。漁夫の利を狙って全く別の『正統王国』や『信心組織』が横槍(よこやり)を入れている可能性もゼロではない。

少女は録音された自分の音声に耳をやる。

『ランダムノイズの中に、それとは別に規則性を持った電波が流れているようだぞ』

マリーディの声だけノイズがかかっていないのは、通信機を介さずに録音されているからだろう。

『ははん。おそらく聞かれてはまずい秘匿通信を覆い隠すため、それとは別に大規模なジャミングを放っているな。それなら……』

『ジジジジ!! アイスホ……3よりア……ガール1。ガリガリガリ! 隊長、一体何……っているんだ。ザリザリザザザ!!』

『Zig-27は演算機器を積み過ぎなんだ。ミサイルの複数ロックだってこんなにいるか。余計なウェイトを実戦で役立ててもらおう。余剰演算領域を割り当ててこの微弱な規則性電波の暗号を解読できないかな、と』

　ぱんっ、とマリーディは自分の額を軽く叩いた。

　過ぎた過去を呪うのは人間なら誰もが通る道ではあった。とことん不毛ではあるが。

「……私の大馬鹿野郎め。そんなもん暇を持て余してる早期警戒管制機の大型サーバーにでも投げ込んでおけば良かったものを……」

「つまり何が何なんですう？」

　答えようがなかった。

　この北欧禁猟区では大規模なジャミングを隠れ蓑にしてこそこそ内緒話している輩がいて、彼らの内緒話をこっそり録音してしまったマリーディに懸賞金が懸けられた。分かっているのはそれだけだ。具体的な敵の正体やその規模などははっきりとしていない。

　暗号自体も解読作業は終わらなかっただろう。

　生のデータがそのままレコーダーに残っているなら、これを暗号解析に使えるスパコンなどに繋がなくては『答え』は出ない。

五〇〇億ドル。オブジェクト一〇機分に匹敵する額を出してでも握り潰したいと願う誰かにとっての、必殺のデータ。これを手に入れただけでも良しとするしかない。実際に解読できるかどうかはさておいて、オリジナルデータを保有しているという条件だけで、ある種の牽制や恫喝を行えるチャンスもある訳だし。

そんな風に思っていた時だった。

それは来た。


ぐるる……。

がるぐる、という低い獣の唸り声、だ。


「チッ」

音源は一つではない。囲まれているようだ。マリーディは舌打ちすると、ひとまず焼け焦げたフライトレコーダーを拾い上げ、それから周囲をぐるりと見回した。おそらく相手は訓練された軍用犬ではない。兵士として完成されたシェパードやドーベルマンは威嚇などの必要に迫られない限り、そもそも吼えないからだ。そう考えると、野生の狼などが顔を出した可能性が高い。

それだけでも十分な脅威だ。

しかも迂闊に銃を撃てば誰に聞き咎められるか分かったものではない。ここは『正統王国』の『レーヴァテイン』の実効支配地域だったが、実際には四大勢力の誰かが浸透して越境展開しているかは分からないのだ。可能な限り銃声は控える、というのは基本である。

よってマリーディは即決した。

「服を脱げエビフライ」

「ナンシーですうっていうかいきなり脱げとか私女の子だしここ北欧の森の中だし寒空の下だし色々ムチャクチャ過ぎて頭の処理が追い着かないんですう!!」

「良いからその上着が必要なんだよ」

有無を言わさずメガネのエビフライからジャケットを奪い取ると、マリーディは左腕にぐるぐると巻きつけた。そして右手で足首から軍用ナイフを引き抜く。わざと分厚い布を噛ませてから喉笛を掻っ切る。怪我と音なく確実に獣を仕留めるならこれが一番だろう。

「狼がそっち行ったらご破算だ。思いっきりケツを噛まれて左右どっちかの肉がなくなると思うがダイエットと考えて我慢しろ」

「絶対に嫌ですう何か私にも防具をくださいそれ私のジャケットでしょお⁉」

「そんなに怖ければスカートでも腕に巻いたらどうだ。(……まあどっちみち、的確に腕へ誘導して顎を固定させてから三秒以内に喉を掻っ切る技術がなければ振り回されるのがオチだろうがな)」

「ボソッと言ってるトコ説明義務があると思うんですけどねえ!!」

本気で脅えているのかいそいそとタイトスカートのサイドにあるファスナーへ手を伸ばした

ひよこパンツメガネエビフライデカパイ（てんこ盛り）であったが、そこで異変があった。

低い唸り（うな）は確かにあった。

下草をがさりと踏みつけ、森の木々の隙間から何かが顔を出した。

だがそれは狼（おおかみ）や野犬などではなかった。

現れたのは……、

「……にん……げ、ん……???」

おそらく『レーヴァテイン』の整備運用を行っていた『正統王国』のものだろう、軍服を纏（まと）った若い男がふらふらと頭を左右に揺らしていた。焦点の定まらない瞳、口（くち）の端（はし）から垂れたよだれ、武器も持たない素の両手などを見るに、おそらく意識ははっきりとしていない。二酸化炭素を利用した貧酸素攻撃を受けたせいで、脳の機能を半端（はんぱ）に破壊されている可能性もある。

マリーディは目を細める。

敵は敵だ。あくまでナイフでやるかとも思ったが、そこでさらなる動きがあった。

がさ。ごと。

がさがさがさりぐしゃがさごそりごそごそがさり、と。

音源は一つではなかった。次から次へと軍服を纏（まと）う男女が木々や茂みの奥からこちらへ近づ

いてきたのだ。その数はざっと二〇人以上。まだまだ増える。こうなってしまえば隠密行動など無意味だ。マリーディは軍用ナイフからカービン銃へ持ち替えて、躊躇なく無抵抗の兵士へ銃撃をかました。

脳天をぶち抜かれた若い男がそのまま真後ろへと薙ぎ倒される。

反動を殺し切れず若干狙いがブレたまま隣の女性兵士へ。今度は肩口の肉を抉り取るが、そこでおかしな事が起きた。

表情一つ変わらなかったのだ。

急所であるか否かなどに拘わらず、ライフル弾が直撃すればそれだけでショック死してもおかしくないはずなのに、だらだらと出血したまままさらにこちらへ歩み寄ってくる。

(何なんだ……っ)

こちらも心臓をぶち抜いて完全に命を絶ったが、そこが限界だった。

銃声に触発されたように、二〇人以上いるふらふらの兵士達が一斉にこちらへ駆け寄り、飛びかかってくる。

マリーディはとにかく後ろへ下がりながらカービン銃で数を減らせるだけ減らそうと努め、ぽかんとしていたエビフライ（白ブラウスにひよこパンツ一丁）は慌てて少女を追い駆け走っていく。胸や腹に赤黒い穴を空けながら構わず突進を続ける有象無象は訓練された戦闘員とはまた違った恐怖を植え付けてくる。

明らかに痛みや恐怖の感覚が消えてなくなり、そして原始的な暴力の欲求に支配されていた。ただ意識朦朧としているから、だけでは説明がつかない。

そう、ここまできて彼らはまだ拳銃やナイフの一本も取り出さない。あくまで両手を伸ばし、大口を開けて噛み付いてこようとしている。

とにかく軍用四駆のある場所まで走って逃げた。

助手席側に回り込んだナンシーへ用済みのジャケットを放り投げてエンジンを掛けると、エビフライはメガネの奥の瞳に涙を溜めて青い顔でこんな風に喚いていた。

「何なんですか今のっ！　まるでゾンビ映画に出てくる怪物じゃないですかあ⁉」

「ゾンビ……？」

何か頭の片隅に引っかかる単語だった。

とにかく四駆を急発進させる。真正面にボロボロの兵士がいようがお構いなしだった。そのままアクセルペダルを底まで踏んで車高の高い四駆で轢き潰す。がたんごとんと鈍い音が響くたびに助手席のナンシーは両手で頭を押さえて固く目を瞑っていた。

「そうだ、ゾンビだ。聞いた事がある」

「今度は何なんですか何の冗談なんですかあ⁉」

「冗談なもんか、人工分子モーターだ」

「……、ゾンビと言えば謎のウィルスでなくてですか？」

「似たようなもんだよ」

墜落現場に残った金属塊を焼損処理できなかったのは残念だが、フライトレコーダーを手に入れた以上はこの森に用はない。四駆の馬力に任せてさっさと抜け出してしまうに限る。

「人工分子モーターはある種の光や電磁波に反応して分子レベルの細かい『出っ張り』を出したり引っ込めたり回したりできる技術だ。応用すればコンピュータや記憶装置の超小型化が期待できるとか言われている」

「それがゾンビとどう関係あるっていうんですかあ？」

「何事も応用次第だよ。想像してみろ、狂犬病のウィルスと酷似した形に人工分子モーターを組み合わせてばら撒いたら？　つまりそいつは狂犬病と全く同じように振る舞う人工物になるって事なんじゃあないのか。まして、完全人工物で外から自由にオンオフできるんだ。一万人に潜状させてから特定のAさんだけ発症させたり、GPSと連動して一つの街の中だけで暴れさせてエリア外に出ると自動的にオフになるようプログラムしておく事だってできる。まさに『映画の中にしかいない架空のゾンビ』の完成って訳だ」

「……、」

「ま、実際の狂犬病は人がかかっても犬のように誰彼構わず噛み付くとも限らないんだが、その辺りも『開発者の好みに合わせて』再調整できるのが完全人工物たるこいつの怖いところだ。私の知っている天然痘ベースの実証試験モデルの場合、体内侵入から疑似発症までの時間の調整もできるらしい。考えてみろ、対象の死後にパズルを砕くように人工分子モーターを崩したり体外排出を促したらどうなる。科学検査も怖くなくなるんだ。狂犬病分子モーターの場合も、実際より相当早く深く感染を広げられるだろうな。ゼロから新しい病にしないのは、トラブル時に被害予測をつけやすいからか」

もうエビフライは声も出ないようだった。

……しかしだとすると、目に見えない狂犬病分子モーターをばら撒いてゾンビを調達し、マリーディ達へけしかけた第三者が存在する事になる。そいつがおそらく黒幕側。ジャミングの裏で行われた内緒話の録音データを回収し、録音者であるマリーディの殺害に五〇〇億ドルもの大金を積んだ連中の尖兵という事に。

可能なら是非とも捕まえておきたいところだが、流石に四方八方から追われるこの状況では苦しいだろう。まずはこの汚染地域を脱する必要がある。

とはいえ楽な道でもない。

狂犬病分子モーターに頭をやられた感染者達は拳銃もナイフも使ってこないものの、

「うわっ⁉」

突然横合いの木々の上から落ちてきた白目の兵士を撥ね飛ばし、さらに続けて茂みから這って顔を出した別の兵士の上へとタイヤごと乗り上げる。普通の車だったら地面と車体の隙間にゾンビが挟まる事で自動車の動きも止められていたかもしれない。いいや、大勢が山のように折り重なった場合、軍用四駆でも車体下が詰まってしまうリスクはゼロではなくなる。

ベースになっている狂犬病は嚙み傷から感染していく経口感染型だ。加速度的に感染者が増えていくと仮定すると、いかに軍用四駆を駆っていても山あり谷ありの陸路で基地まで戻るのは多大な危険を伴うかもしれない。狭い峠道で大量のゾンビに道を塞がれた場合、一度足止めされたら車の周りをゾンビ達に取り囲まれてしまうリスクもあるからだ。

「どっ、どっ、どうするんですかあ⁉」

「そうだな」

となると考えは一つだった。

マリーディ＝ホワイトウィッチはそもそも戦闘機のパイロットである。

「……どこかの空軍基地から戦闘機をかっぱらおう。いかにゾンビどもでも空を飛んでしまえば手出しできなくなるさ」

# Track 06 Dead to the Next

とにかく動くものを追い駆けてくるのか、明確にマリーディ個人を襲うようプログラムする事さえ可能なのか。

背後から追ってくる分については流石に軍用四駆の速度で振り切れるが、正面へ転がり出てくる分は普通にガンガン接触してくる。そのたびに車体が激しく揺さぶられ、柔らかいものが千切れ、体液が撒き散らされ、タイヤやサスペンションに少しずつ何かがこびりついていくようだった。その内ラジエーターが焦げてエンストでもするかもしれない。

「ボーイレーサーの名盤がなけりゃいい加減にうんざりしていたところだ」

「何回も何回もループされてこっちはもう頭がぐるぐるですう!!」

陸路だ空路だという話ではなく、そもそもこんな連中を引き連れたまま自前の基地へ帰るのも問題だ。そうなると、やはり追跡を振り切る必要が出てくる。

「……何にしても航空機か」

大きなハンドルを握るマリーディの横では、助手席でダッシュボードを開けたメガネのエビフライことナンシーが折り畳まれた紙の地図を発見していた。

「これって『正統王国』の車ですよねえ。色々印がついている所が彼らの軍事施設だと思いますうー」

「色々じゃなくて具体的にナビしてくれよ」

「そもそも今どこなんですかあ？」

　真正面の風景と地図を見比べて困り顔、しまいには手元の地図をぐるぐる回し始めたナンシーを横目で見てマリーディがため息をつく。エネルギー保存の法則というか、消費と生産が全く追い着いていない。

　ヴヴヴーーーっっっ!!!!!!　と壊れたブザーのような射撃音が天空から炸裂した。

　どうやら狂犬病分子モーターを使った軍用ゾンビ達の騒ぎは他の勢力にも漏れ聞こえているらしく、大きな二等辺三角形のシルエットを持つ攻撃機が頭上を突っ切るたびにガトリング式の機関砲の掃射が一直線に地面を縫っていった。機関砲のラインと同じ場所に重なっていたゾンビ達が水風船のように吹き飛ばされていく。

「ひひっひい!?　あんなもんでぶち抜かれたら私達もお陀仏ですう!!」

「その通りだが……撃ってくる様子はないな。今さら紳士協定という訳でもあるまいに」

　マリーディはアクセルペダルを踏み込みながらも思案して、

「……ああ、掃討しているのがデルタ翼信仰のG-22だとすると……『正統王国』からかっぱらった四駆を乗り回してるから、ヤツらのお仲間として認識されているのか。そいつは好都合」

つまり『正統王国』の基地を守るため、『正統王国』の攻撃機が、『正統王国』の感染者を攻撃している図式になる。決断までにかなりの時間が必要だったのだろう、四駆を乗り回すマリーディからでも開けた場所にフェンスで囲まれた複数の滑走路が見て取れた。空軍基地だ。防衛線を築くにはあまりにも近すぎる。

そして何かと勘違いな命の恩人を前にして、マリーディ＝ホワイトウィッチの出した決断はシンプルだった。

「ちょうど良い」

「鬼！　悪魔ァ!!」

「なかなか的を射ているご意見だが、一つ不確定要素があるのを忘れるなよ。狂犬病分子モーターをどこの勢力がばら撒いているかは未知数だ。下手するとこれも『正統王国』かもしれないぞ」

ひいいいいー……とエビフライがメガネまでガタガタ震わせて黙ってしまった。本当にそうなら現場はとことん報われないが、戦争なんてそんなものだ。可能性はゼロとは言えない。

さらに何度か攻撃機が頭上を横切り、ついに機関砲でなくロケット砲でゾンビの殲滅を始めた段階で、ある程度空軍基地まで近づいていたマリーディは一度軍用四駆を停めた。

「どっ、なっ。早くしないとゾンビに追い着かれちゃいますよう!!」

## 【G-22】

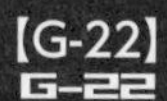


**全長**…20.4メートル

**全高**…8.5メートル

**全幅**…15.2メートル

**火器最大装備時重量**…20.0トン

**最高速度**…時速1400キロ（アフターバーナー展開時）

**用途**…地上攻撃専用機

**乗員**…最大2名

**運用者**…『正統王国』

**動力**…アームズギルド航空製ホワイトホースⅢ×1

**兵装**…40ミリ地上攻撃ロケット×16、
30ミリ地上攻撃ガトリング×2、
護身用短距離空対空ミサイル×6、
欺瞞兵装など

**メインカラーリング**…モスグリーン迷彩

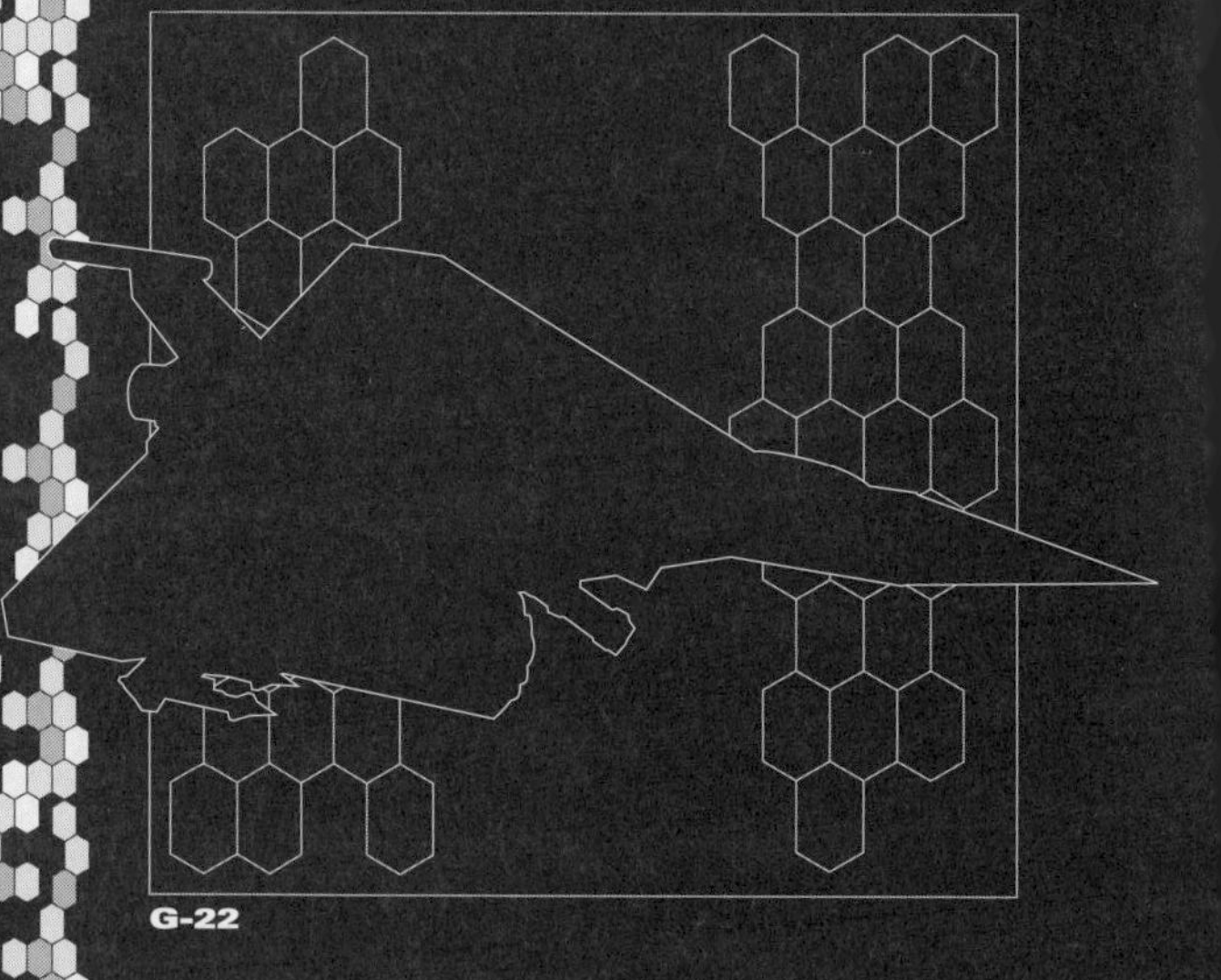

G-22

「それで良いんだ」

「？」

一〇分後。

マリーディ達は再び四駆を走らせ、今度こそ『正統王国』の空軍基地に向かう。小細工抜き、見張りの立っている正面ゲートまで一直線だ。

「ほ、ほんとにやるんですかあ？」

「いい加減にスカート穿けよ。大体、対人レーダー完備のスパイアクションじゃないんだ、警備厳重な基地の中にこっそりとなんか潜り込めるか」

同じ『正統王国』の四駆とはいえ、流石にゲートでは身分照会を求められる。敵国の『資本企業』の人間が乗っているとバレれば問答無用で逮捕拘留かその場で射殺かだろう。大穴でゾンビパニックの非常時だから人道措置として受け入れてもらえる、という線もあるにはあるが、そいつはカジノのルーレットで〇に全額ぶち込むのと同じくらいのギャンブルになる。

なので踏切みたいに上げ下げするポールのついた正面ゲート前で四駆を一時停止させ、見張りの兵士と応対したマリーディの行動はこんな感じだった。

「ヘイ！　マニュアル通りの問答なんてのんびり繰り返している暇はないんだ！　どこの人間だ。さっさと身分証出してゲートを潜れ、ゾンビどもはすぐそこまで迫ってる!!」

「ああそうかい。ところで一面倒した後部シートがガタゴト鳴ってるのが分かると思うんだが」

「？」

「薄情者だなあ、元を正せばアンタ達の仲間だろう。ちなみにこのシートの背もたれを上げたら足置きに挟まれていたゾンビは真っ先に何をすると思う？」

開かれた後部ドアから血まみれの誰かが飛びかかり、ちょいとした流血沙汰が起きた。

新たな阿鼻叫喚と銃声の連続。

「ふんふーん、あらよっと」

マリーディはその混乱に乗じて鼻歌交じりで正面ゲートのポールをへし折って四駆を敷地内に突っ込ませてしまう。足元にも凶悪なスパイクロックの金属爪が横一列に並んでいたが、むしろパンクするくらいでちょうど良い。傍目にはゾンビの混乱で味方の車が事故を起こしたようにしか見えないだろう。

ここまで混乱が広がればこそこそする必要はない。

ゾンビの利点は事前に用意した数の差だけが戦況を決定するとは限らないところだ。分子モーターはオリジナルの病原菌よりも感染速度を高速化しているのだ。『正統王国』の兵士が兵士を噛んで、あっという間に感染勢力が膨らんでいく。

「おっかない話だ」

こうしている今も次から次へと敷地内で感染者が増えていく。右を見ても左を見ても『正統王国』の軍服しかないだろうに、一つの基地の中で銃弾や砲弾が飛び交って給油車のタンクやホースを引き千切り、あちらこちらで航空燃料が爆発して炎や黒煙をばら撒いていた。

マリーディは携帯音楽プレーヤーを回収するとナンシーと共に四駆を降り、身を低くして、立ち上る黒煙の陰に紛れるような格好でだだっ広い空軍基地の敷地を走る。

「正義の味方なんていやしねえのですう」

「のこのこついてきてるお前もしっかり恩恵を享受しているけどな」

滑走路脇には何機もの戦闘機や攻撃機が停められていた。正規のオーダーもなく機体に近づいていくマリーディ達だが、見咎める者はいない。話は簡単で、格納庫や滑走路のあちこちに飛び火しているため、大至急航空機を火の気のない場所まで移動させる必要があったのだ。レッカーで引っ張っても良いし、間に合わなければパイロットが直接乗り込んでも良い。煩雑な手続きをしていると燃料タンクや主翼からぶら下げたミサイルなどが引火してしまうため、細かい区分を抜きにしている状態である。

「S/G-31……『信心組織』にコピーされたデルタ翼機か。へえ、独自性をアップデートしようとしてるのか無理矢理複座にしてやがる。赤点ギリギリだがまあ贅沢は言わん」

「ですう?」

まともな耐Gスーツを着てもいないナンシーさえ素通りされるような有り様だった。手伝ってくれるなら誰でも良いの精神なのだろうが……火事場泥棒は災害現場じゃ意外とマメに炊き出しやゴミ拾いなどを手伝っているものだ、という鉄則を彼らはご存知ではないらしい。

マリーディが前に、ナンシーが後ろの座席に乗り込み、透明な風防を閉めていく。

(S/G-31は垂直離着陸対応だが……まあ、滑走路使えるなら使った方が安心だよな。管制からの気象データをもらえないと不意打ちの横風一発で普通にひっくり返るかもしれないし)

ようやっと、久しぶりに、マリーディは頭の上から被っていた手製のギリースーツを取り外した。それこそ着ぐるみを脱ぎ捨てたような解放感に身を委ねる。

(……くっそ。コピー機の方はHUDじゃなくてHMDのはずだぞ。それに誰が着けているかも分からん悪臭まみれの酸素マスク式か。旧式め)

感覚的には見知らぬ人のじっとり湿った柔道着や剣道着を借りるようなものだが、今は好みの話をしている場合ではない。さっさと装着して準備を進める。

「今度は座席を低く落とさなくても大丈夫なんですね。ぷっくく」

「……これが一蓮托生でなければ座席の射出レバーを引いてやりたい気分だ。何でゾンビパニックって気に喰わないヤツほど長生きするんだちくしょうめ」

「ちょっそんなそこまで追い詰められていたんですか⁉」

「追い詰められてねえわ不当な評価にイライラしているだけだっっっ‼」

ぎゃあぎゃあ言い合いながらもマリーディはずらりと並んだボタンやスイッチを弾いて着実に準備を進めていく。やはり何だかんだで戦闘機が一番良い。心が落ち着く。

「適当な紐か何かで両足の太股を縛っておけ」

「えっ」

「耐Gスーツなしだと、いったん慣性Gが働いたら足回りへ流れた血が上まで上がらなくなる。そのまま頭が酸素欠乏に陥って脳細胞が壊れていくぞ」

「えっえっなんかの復讐(ふくしゅう)タイムですかこれ？」

「ただの事実だ」

ひいいいいいー!!　とナンシーが慌ててわたわた両手を動かすのも気にせず、

「管制(CT)の指示を無視して離陸(テイクオフ)のモーションに入れば流石(さすが)に周りから怪しいとバレる。そうなったら十字砲火されるが、まあ何だ。とりあえず祈れ」

「もうちょっとまともな作戦会議はないんですううう!?」

大混乱の中でマリーディはデルタ翼のフラップなどの細かい調整を行い、ジェットエンジンを点火。違和感を覚えて機体後方から追いすがろうとした勤勉で哀れな消火隊(ダメージコントロール)を爆炎で五メートル以上吹っ飛ばす。ようやっと管制塔から疑問の声が上がるが、始動から三〇秒ですでに時速二五〇キロを叩(たた)き出(だ)していた。

滑走路上に消火ホースなどがのたくっていなかったのは幸運だった。

黒煙を突き破り、マリーディの駆るS/G-31はさっさと飛行場から離陸していく。

「うっ、うぐうええええ……」

「早速『見えない手』に腹でもまさぐられたか？　吐くのは構わんがマスクの中ではやめてお

## 【S/G-31(複座カスタム)】

**S/G-31 two-seater custom**

**全長**…17.1メートル

**全高**…5.5メートル

**全幅**…13.1メートル

**火器最大装備時重量**…25.5トン

**最高速度**…時速2550キロ(アフターバーナー展開時)

**用途**…多用途戦闘機

**乗員**…最大2名

**運用者**…『正統王国』

**動力**…プレミアム重工製チャリオット×1(VTOL推力可変モデル)

**兵装**…短距離空対空ミサイル×12、
20ミリ機銃×1、
欺瞞兵装など

**メインカラーリング**…グレー

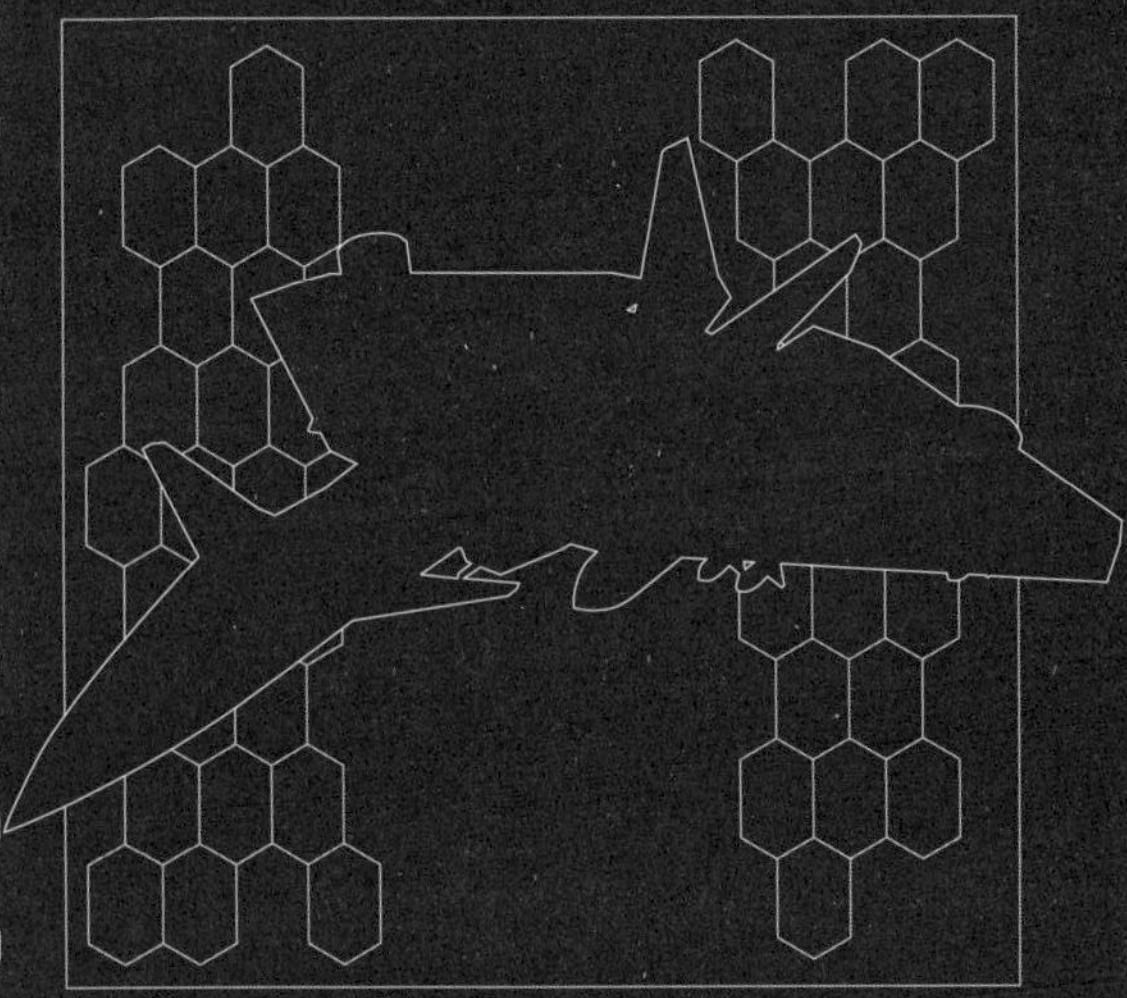

S/G-31 two-seater custom

け。地獄を見るのは自分だぞ」

「これからどうするんですか。うっぷ、すぐに追っ手がかかると思いますけど……」

「少なくともさっきの基地（AB）から新たに飛び立つ事はないさ。軍の兵装は何につけても手続き手続きまた手続きだ。あれだけゾンビの群れで混乱している状態じゃ誰が資料を提出して誰がサインをしたか把握なんてできなくなる」

「ふ、ふいー……」

乗り物酔いというよりは透明なガラス板でゆっくりプレスされていくような声色のナンシーだったが、それでも直接的なゾンビパニックから脱した事で多少の安心感は得ているのだろう。吐息の中に一仕事を終えたような色が混じっていた。

「あ、あな、あなたは普通の生活とかに憧れた事はないんですかあ？」

「生憎（あいにく）これが私の普通なんだがな」

「……、」

とはいえ、それで危機が全て去ったとは限らない。

レーダー画面に目をやれば、いくつかの光点が急速にこちらへ接近してくるところだった。

「……話を戻すが、だから危険なのは元々空を飛んでいた連中だ。制空権を守るためにな。こいつらさえ振り切ってしまえば、後は安全な空の旅に入れる」

「どっどどどっどうやってどうやっどうやってやるんですかそんなものお……」

マリーディは特に応えず、携帯音楽プレーヤーを指先で操作した。

自分の心臓に外から活でも入れるように重低音が彼女の全身へ注入されていく。

「やっぱりこういう時はロックに限る」

「……、うへえ」

「おいプレーヤー見るだけでそのうんざり顔は何だ？　ようし今日はボーイレーサーの真髄をたっぷり教え込んでやる。こいつは4thアルバム最高の名曲でな……」

「いやあ逃れようのない空飛ぶ密室の中で布教活動は勘弁してくださいいいい⁉」


『パニッシュクロス1よりアンノウン。パニッシュクロス1よりアンノウン。所属と拝命任務を回答せよ。下での状況は報告を受けているつもりだ。君がもし一時的な恐怖で混乱し持ち場を離れたとしても最大限の便宜を図ろう。我々の誘導に従って別の空軍基地(AB)へ着陸してほしい』

四機一組、高機動戦闘に特化した前進翼カナード機のS36。普通の飛行機なら前方の主翼が大きく、後ろへ流れていき、後方の尾翼が小さいものをイメージするだろうが、こいつは後方につけた主翼が前方へ流れていく、軌跡に逆らったような異形の機体だ。独特の空力制御で『果実搾り』と言われるほどの高負荷慣性Gを生み出す急旋回が可能だが、逆に言えばやり過ぎて失速し機体の制御を失うリスクも高い、非常にピーキーな機体だった。

そしてマリーディは唇を尖らせていた。

「ちえ。どうせなら向こうの方が良かったな、こいつは平均すぎて面白味がない」

「あ、あのうー……後ろにぴったり張り付かれているようなんですけどお」

「当たり前だ。セオリー通り第一声が猫撫で声だとすると、次は恫喝が来るぞ」

『パニッシュブレット2よりアンノウン!! 付け上がるんじゃねえぞ任務放棄と敵前逃亡はそれだけで銃殺だって分かってんのか!? 異常気象で北欧禁猟区に鉄くずと挽肉の雨を降らせたくなけりゃ今すぐ指示に従いやがれ!!』

「部下を諌めてカウントダウン。スリーカウントかな」

『よせブレット2、彼らは同じテーブルでパンとワインを味わった味方だ。だが指示に従えないようならロックオンするしかない。ファイブカウント待つ。お願いだから我々の言う事を聞き入れてほしい』

「おや五秒も待つか、意外と仲間想いだなパニッシュ飛行隊」

『ファイブ、フォー……』

「話には伝え聞いていたんだ。だが奥深くの防衛任務ばかりで表に出てこないもんだから、なかなか直接やり合う機会がなかった」

『……スリー、ツー』

そして獰猛に笑ったマリーディは無線機のスイッチを指で弾いた。

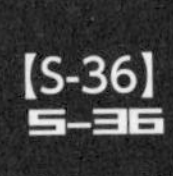

## 【S-36】

S-36

**全長**…23.8メートル

**全高**…4.4メートル

**全幅**…18.7メートル

**火器最大装備時重量**…26.5トン

**最高速度**…時速3000キロ(アフターバーナー展開時)

**用途**…迎撃戦闘機

**乗員**…最大2名

**運用者**…『正統王国』

**動力**…プレミアム重工製サーベルタイガー×2

**兵装**…短距離空対空ミサイル×12、
30ミリ機関砲×1、
欺瞞兵装など

**メインカラーリング**…ホワイト

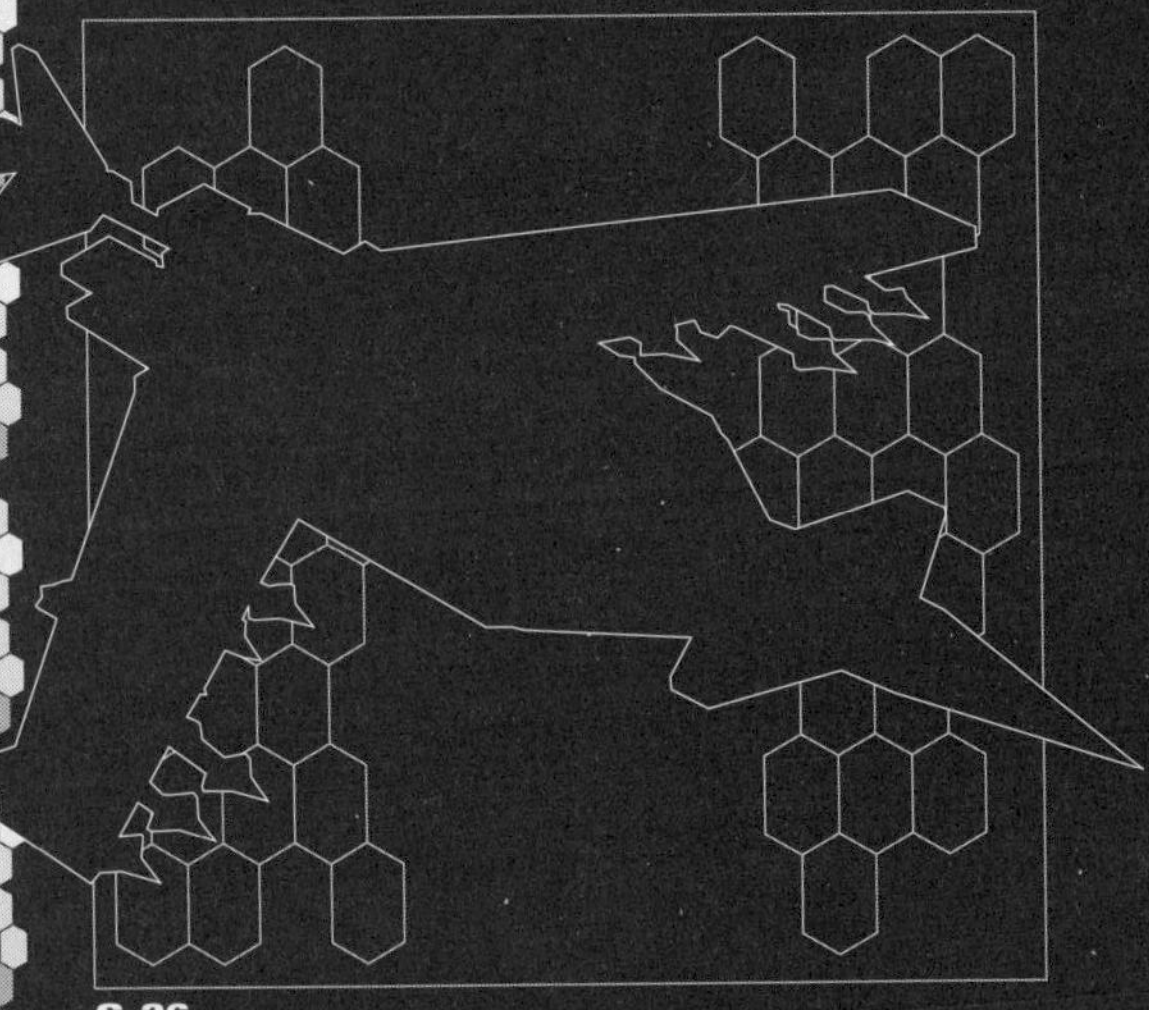

S-36

黙って襲いかかれば良いものを、わざわざ彼女は敵軍のエース隊に敬意を表した。

一曲終わって次の曲に移ったその瞬間に、

「我はアイスガール1。楽しませろよ『正統王国』の悪魔祓い!!」

ゴッッ!!!!!! と。

突然マリーディは操縦桿を手前に引いて機首を真上に突き上げ、機体全体を使って空気抵抗をまともに浴びた。機体が急減速し、感覚的には背後についていたパニッシュ飛行隊の前進翼カナード機が次々にすぐ近くを突き抜け、追い越していく。

プガチョフ・コブラと呼ばれる特殊マニューバ。

そして戦闘機同士のドッグファイトでは基本的に後ろの取り合いに終始する。迂闊にケツを見せた者から順番に突っ込まれるのがこの世界の流儀だ。全身を重低音に貫かれながら、心地良い刺激に任せてマリーディは精神集中に入っていく。

(追い越しは二機、残り半分はまだ私の後ろに張り付いているか。だが距離は詰めた!)

「電波照射」

前面の視界に重ねて戦術情報を表示するＨＵＤの中で、二機のS-36と重なるように四角い枠が浮かび上がる。

今時の戦闘機なら一気に複数の機体をロックオンするのも難しくない。二機それぞれを浮動する別のガイドが追い駆けていく。オーバーシュート、いわゆる追い越しの直後なら彼我はほぼ一直線に並んでいるため、誘導直後に二つの表示は重なってくれる。

「あっ、あのう。前に集中するのは良いですけど後ろはどうするんですかあ!? 思いっきり喰らいついてきていますけどお!!」

(だから集中させろよ馬鹿野郎!!)

「照射完了(アタックベータ)」

二つの表示が重なると緑色だった四角い枠が赤に変色する。これでいわゆるロックオン完了。操縦桿(そうじゅうかん)の上にある赤いボタンを親指で押し込めば空対空ミサイル(AAM)が発射される。

「ひいい! ひいいいいいい!?」

一方でこちらを追い越すようにすぐ横をオレンジ色のラインが何本も突き抜けていく。真後ろの二機が機銃掃射に入ったのだ。いきなり当てる気はないだろう。こちらの動きを制限し、鈍らせてからの確実なロックオンを狙う気だ。

「びーびー警報が鳴ってますけどこれ何なんですか!? どっか当たったんですかあ!?」

(……向こうも照射完了(ディフェンスベータ)か。時間がないな!!)

「誘導開始(アタックチャーリー)」

ハードロックのメロディに割り込んでくる不躾(ぶしつけ)な警告ブザーに顔をしかめながらも、マリーディの指先は正確に動く。S/G-31に搭載されている空対空ミサイル(AAM)は『バリスタII』、いわゆる撃ちっ放しなので最後までミサイルの行方を追い駆ける必要はない。ミサイルを撃つだけ撃ったマリーディは尾翼から馬糞(ばふん)のようにフレアを撒(ま)き散(ち)らしながら急旋回を始める。

「着弾確認(アタックデルタ)、撃墜(ストライク)ツー」

ボバッ!! とマリーディの前方にいた二機のS-36——パニッシュ飛行隊の何さんと何さんかは知らないが——が大空で大輪の華を咲かせた。敵機撃墜に集中するあまり回避をおろそかにしたため、当然残る二機からのロックオンも完了し、すでにミサイルも撃たれている。

だが吹き飛ばされてバラバラになった『正統王国』の機体が激しい空気抵抗を受けて真後ろへと流れていった。マリーディを狙う生き残りのS-36から発射されたミサイルに激突して妨害し、さらにはマリーディへの復讐(ふくしゅう)を誓った仲間の機体へと雪崩(なだ)れ込(こ)んで、特殊合金の胴体をぺらぺらのアルミ缶に鉈(なた)でも振り下ろすように引き裂いていく。

『資本企業』のパイロット養成マニュアルの二四二ページにはこうある。

ドッグファイトは距離が近いほど攻撃を当てやすい。だが彼我の距離が三〇〇〇以内にまで近づいてしまった場合は破壊した敵機の破片や残骸に留意せよ、と。

「偶発事態(アクシデント)、撃墜(ストライク)ワン」

「うえっぷ。大層ドヤ顔で格好つけていらっしゃいますけどまだ一機喰いそびれているじゃないですかあ‼」

「良く分かったな。だからちょっと揺れるぞ」

「あああー余計な事言ったーああああっっっ‼‼‼」

ぐんっ‼　と機体がスクリューでも回すように回転し、そのままさらに深く鋭く曲がっていく。騎士道精神の表れなのか、わざわざ無線越しに誰かさんは通達してくれた。

『パニッシュクロス1よりアンノウン……』

「アイスガール1とでも呼んでくれよ」

『貴様の意図は了解した。散っていった部下の魂を慰めるため、その体重を二〇キロほど増やしてやる。つまり二〇キロ分だけ鉛弾をぶち込んで殺すという意味だ。全部で何発になるかは貴様の頭で計算しろ……‼』

「そっちこそ沸騰した頭で考えてみろ、三〇ミリの機関砲でそんだけ撃たれたらむしろ体重が減るよ。骨までバラバラに吹っ飛んでな。自分の体で勉強しな」

気軽な調子のやり取りが合図となった。

互いにSの字を描きながらの後ろの取り合いが始まる。しっかり巴を描いてぐるぐる回ったりしないのは、マリーディ側に目的地があるからだ。

『噛み合わないな殺人鬼‼』

「バックとシックスナインは好みじゃないんだ」

とはいえ、状況で言えばマリーディの方が不利だ。さっきも言ったがドッグファイトは基本的に後ろの取り合い。元から張り付かれている場合はどうしても有利不利が生まれてしまう。それにパニッシュクロス1の操るS-36は機体の安定性を無視してまで高機動性に特化した格闘戦専用機だ。対地対空とオールマイティだが個性の乏しいS/G-31だと、パイロットの技量以前にスペックの関係で振り切りにくい。単純に同じ動作でカーブを切っても旋回半径に違いが生まれてしまうのだから当然ではある。言ってみれば重たいダンプでレーシングカーから逃げ回っているのに近い。

「げえっ！　ぐえっっぷ⁉」

「おいげっぷはやめろよ、ここは密閉されたコックピットの中だぞ」

「そんなっ、ぐえっ、ぐへっ、そんな事より！　これってまずくないんですかっ。またびーびー鳴り始めましたけどお⁉」

ちなみにびーびー鳴っているのは言うまでもなく敵機からレーダー照射されたからだ。照射イコールロックオンではなく、完了までにいくらか待ち時間がある。マリーディは尻を振って右に左に逃げ回っているのでまだ完全にロックオンはされていないが、それも時間の問題だろう。

「分かってるよ。あと四五秒」

「それって死のカウントダウンじゃないですよねえ⁉」

「何を言っているんだ、空を飛んでるパイロットの口から生きるか死ぬか以外の言葉なんか出る訳ないだろう。仕事中だぞ」

「ぎゃあー‼」

　メガネのエビフライがなんか絶叫していたが、マリーディは最初から気にしていなかった。

（……それにしても耐Gスーツも着ていないのに良く保つな。両足の太股を紐で縛るのなんて気休めだというのに。というか、こっちとしてはさっさとブラックアウトで気絶でもしてくれた方が静かでやりやすいんだが）

「あっ、この沈黙……。なんか大層不穏な事を考えてはいませんかあ⁉」

「素直に感心しているんだよ。マゾヒズムも一種の才能だ」

　そして約束の時が来た。

　操縦桿を握るマリーディは警報だらけの中で舌打ちする。

「照射完了」

「つまり何なんですか世界に通じる英語でしゃべりやがれですうこの野郎‼」

「ディフェンスとベータが何語の単語かも分からんのか貴様⁉」

　平たく言えばきっちりロックオンされたのだが、それを説明するとエビフライが機内で暴れかねないので黙っておく。

だがマリーディとしても闇雲に逃げ回っていた訳ではない。

彼女は最初からS字を描くように後ろの取り合いをしていた。敵味方が互いに半円を描いてぐるぐる回る巴形(ともえがた)とは違う。……むしろそのせいで大胆な行動に出られなかったといった方が正しいのだが、当然ながらデメリットを享受する理由はきちんとあった。

「アイスガール1より各機」

無線機のスイッチを指で弾(はじ)いて、マリーディは歌うように語る。

「ただいま、アイス飛行隊」


真正面であった。

『資本企業』支配圏に突入した直後、彼女の良く知るZig-27三機がこちらへ突っ込んできた。機体より先んじて空対空ミサイル(AAM)が発射煙の尾を引いてマリーディ機のすぐ横を突き抜ける。

もちろん平素であればありえない。だが目の前の敵に追いすがり、右に左に急旋回を続けるパイロットは方角や距離を見失いやすい。特にS-36のような一人乗りの小型機の場合はサポート要員もおらず、また今回は地上の管制(CT)がゾンビパニックで破綻(はたん)していたためアドバイスも受けられなかった。おそらく地図やレーダーを細かく眺めている余裕もないほど頭に血が上っていたのだろう。目の前にニンジンをぶら下げられた競走馬のように。セミアクティブの場合はミサイルを撃った後にレーダー波を当ててもロックできるため、事前察知も難しい。

『……ツッツ!!!???』

パニッシュクロス1からの断末魔はなかった。

ただその息を呑(の)む音には、悔しそうとも羨(うらや)ましそうとも受け取れる不思議な響きがあった。

直後。

騙(だま)し討(う)ちで仲間を失ったパニッシュ飛行隊のリーダーが、数多くの仲間の支援を受けたアイス飛行隊の手で空中炸裂(くうちゅうさくれつ)していく。脱出(ベイルアウト)の気配はなかった。できなかったのか、しなかったのか。それは帯同していた別の隊ならともかく、完全に身内の飛行隊に属する味方を目の前で撃ち落とされた事のないマリーディには分からなかった。

「……、敵機(レッド)の撃墜(ストライク)を確認」

背もたれに体を預けた少女は一度だけ胸の前で十字を切った。マリーディは『信心組織』の流儀に興味はないが、浄化の十字架に敬意を表したのだ。

が、

「あ、あ、あのうー……」

「何だ」

「『資本企業』のZig-27なんですけどね、何だか私達の真後ろにぴったりくっついてきていません。さっきと全くおんなじように」

エビフライはもじもじしながら、

「ええと、これって私達が『正統王国』の機体に乗っているから敵機と間違われているとか、そういう話じゃありませんよねえ？」

「なら最初の交差で一緒に吹き飛ばされているさ。そりゃ識別信号(IFF)は放てないが、代わりに無線で私の声の後ろにボーイレーサーの名盤を流してる。同じ隊の連中なら私と分かるはずだ」

「へ、えへへ。そうですよねっ、全部最初からお見通しで考えに考え抜いていましたよね!?」

「そうだとも、何も心配する事はない」

「なぁーんだ良かったあっはっはー‼」

「あー、帰ったらしっかり風呂(ふろ)に浸(つ)かりながらキンキンに冷えた炭酸でもいただきたいものだ。小瓶のヤツが良(い)いな、セレブリティで」

あっはっはわっはっは、と笑い合っていたその直後だった。

容赦なく真後ろから機銃(レギュラーガン)で掃射された。

# Track 07　Last,Lust,Lost

すっかり戦闘は終わったものだと思い込んでいたマリーディは慌てて操縦桿(そうじゅうかん)を握り直した。その間にも立て続けに警報が鳴り響く。同じアイス飛行隊の仲間達からレーダー照射を受けているのだ。

ボーイレーサーの名盤に全身を委(ゆだ)ねても、緊張の汗が止まらない。ロックしてから強制着陸(FL)を命じるアクションでもない。それなら電波照射の前に勧告の通信が入る。大体、同じ隊の仲間ならそもそも強制着陸(FL)を促す必要はない。

「ほら見ろやっぱりいいいい‼」

「うるさいっ‼　……ありえないぞ、同じ隊の仲間から尻を狙われるだなんて‼」

「うっぷ、やっぱり日頃の恨みが積もりに積もって……」

「後ろに向けて一発ぶち込んでやろうか‼」

混乱しながらもマリーディは機体をひねって急旋回へと移行していく。

やはり敵軍の機体に乗っていたから信用されなかった？　それとも例の五〇〇億ドルを出し

た黒幕の手先となっている？　様々な憶測が彼女の頭の中を駆け巡るが、どれも決定打に欠ける。今の状況と自分の中の仲間への認識が追い着かない。

（……どうなっているんだ、くそ‼）

「アイスガール1より各機、アイスガール1より各機‼　私だ‼　ドッグタグに刻んだ所属番号でも読み上げてやろうか⁉」

無線を開いて声を放つが応答すらなかった。

さらに機銃（レギュラーガン）の曳光弾（えいこうだん）の列がマリーディ機に追いすがり、彼女の移動の自由度を削り取っていく。このまま慣性Gの限界に搦め捕（からめと）られれば動きは単調化し、本格的にロックオンが完了してしまう。逃げ切れない。

（……ヤツらが敵に回ったとすればどんな理由がある？）

それでもマリーディの頭にあるのはそこだった。

（家族や恋人を盾に取られた？　撃破報酬を上乗せされた？　私を落とさなければ成し遂げられない正義がある？　いいや説明できない。元々ヤツらは私の捜索を直談判（じかだんぱん）するために帰投命（BtB）令を無視してまで飛び回っていたような馬鹿どもだぞ。そこまでの跳ねっ返りが今さら多少の恫喝（どうかつ）や誘惑を受けた程度で性根を曲げるものか）

だとすれば、何だ？

同じアイス飛行隊の仲間達がここまで執拗（しつよう）にマリーディの『撃墜』を狙ってくる理由として、

妥当なものは……？？？

「……なるほど、そういう事か」

「？？？」

「あの馬鹿ども、未だに私と飛びたがっているのか」

「どおしてそんな結論になるんですか袋叩きにされているこの真っ最中にい!!」

「だから!!」

マリーディは分からず屋に多少苛立ったように、

「ヤツらは私と敵対し、撃ち落とす事で上の信頼を得ようとしているんだ。組織の中で独自の調査を続けるためにな。おそらく他の飛行隊に作戦を譲ればこちらの通信なんて知らぬ存ぜぬで『正統王国』の乗員を仕留めましたで済ませる腹でもあるんだろう！」

「っ」

「そもそもこのタイミングでいの一番に馬鹿どもが出張ってきたのは、それだけ正確な情報を摑んでいるからだ。陰謀を巡らせる上層部に食い下がるほどにな！」

実際に懸賞金が取り下げられるかどうかはさておき、同じ向きを見る仲間がいるだけで充分だ。マリーディとしても飛行隊のメンバーを窮地に立たせる訳にはいかない。

だとすると、

「……仕方ない。撃墜されてやるか」

「はいいい⁉　いっ、今なんて言いましたか今今イマ今ァ⁉」

誰が何と言おうが操縦桿はマリーディが握っているので、さっさと急降下に入る。『敵機』は教本通り、二機が少女を追いつつ一機は真上を塞ぐ。これでマリーディは険しい山々の間を縫って進むしかなくなった。そのまま突っ切った場合は速度を上げればどこかの山肌に激突し、脅えて減速すれば真後ろから追いすがるZig-27のミサイルで落とされる。かといって顔を上げれば上を押さえる別の機に無防備な尻を見せる事になるので以下略。

まさに理想的な追い込み方だった。

かえって実戦では先を読まれてしまうからやらないような、という一文がつくが。

レーダー照射の警告ブザーが激しく鳴り響く中、マリーディは鼻歌でも歌うくらいの気軽さで決定を下した。

「あの辺で良いな」

「ちょお待っアレまさか冗談でしょぉ‼」

エビフライが喚き散らしている先にあるのは明白だった。

緑色の山肌。そこにぽっかりと開いた、

「廃棄トンネルだよ」

実は空母への着艦よりは難易度は低い。滑走路へ降りていく動きでマリーディの操るS/G-31が奇麗に収まった直後、真後ろから発射された二発の空対空ミサイルがその入り口で大きな爆炎の花を咲かせていた。

せっかくレーダー上の光点が消えたのに、そのままトンネルを抜けてしまっては管制から再捕捉されてしまう。なのでマリーディは胴体の真下から三つの車輪を出し、そのままトンネル内で強引に着陸モーションに入った。

ばづんっ‼　という鈍い破裂音と共に機首が下へ傾く。

「わあ、わあ、わあああ‼」

「チッ、やっぱりタイヤがパンクしたか。おいエビフライ、何とかするからチビるなよ」

ガリガリガリガリ‼　と、分厚い金属を電動のグラインダーで削り取るような轟音が後に続く。外から見れば火花の尾がさぞかし奇麗に映っている事だろう。

戦闘機は基本的にレッカーで引っ張られるもので、自動車のように自力で地上を旋回するような構造はない。が、この辺りは垂直離着陸機能も備えたS/G-31。偏向ブースターによって噴射の方向を細かく調整する事でハンドル捌きのように滑る機体の向きを微調整していく。

はっきり言って、プロのパイロットとしても全く必要のない技量だった。

最終的には傾いたデルタ翼とトンネルの壁の間はわずか四〇センチ。

だが顔色一つ変えずに無事に着陸を成功させたマリーディは風防を真上に開ける。

乗り降りするためのタラップはないが、前輪をやられたおかげで地面は近い。ヘルメットを捨て、邪魔にならないよう尻に敷いていた手製のギリースーツを引っ張り出し、携帯音楽プレーヤーを回収すると、マリーディはさっさと廃棄トンネルのひび割れた地面へと足を着ける。

「……こいつはどうするかな。出入口の辺りまで持って行って爆破するか。いいや、変に偽装するとかえって現場検証の段階で不自然に映るか。仮に地上部隊が調べに来るとしても、このままにしておいた方が良いな。それなら『アイス飛行隊とマリーディ＝ホワイトウィッチは敵対しているが、手配犯の方が一枚上手だった』で済ませられるし」

「ひ、ひいい。つまり結局何がどうなったんですかあ？」

「何にしても乗り捨てて徒歩に逆戻りだよ」

マリーディは適当に呟きながら、レモンイエローの特殊スーツを覆い隠すように頭からギリースーツを被っていく。

今やるべき事は何か。いったん冷静に考えてみる。

……まず黒幕が欲しがっているフライトレコーダーは相変わらずマリーディが持っている。この中にある暗号データは黒幕にとってもアキレス腱になっているから、是非とも中のデータを押さえておきたい。

だが、暗号解析のためにはスパコン級のマシンが必要になってくる。当然ながら、撃墜されて地べたをさまようマリーディにそんな用意はない。

かと言って、このまま元の空軍基地に帰るのもダメだ。アイス飛行隊がわざわざ猿芝居まで行ってマリーディの件を調べる時間を稼いでくれているのだから、のこのこ顔は出せない。

つまり、だ。

「自前で暗号解読するため、大規模マシンのある場所まで赴く。これがベターかな」

「サラッと言っていますけど具体的に何をどうするんですかあ……？」

「ふむ」

ぶっちゃけると単純にスパコン級のマシンだけならそこらに候補はある。数万人の兵士達の通信を一手に処理するデータリンクの交換や網の目のような対空レーダー網の処理など、枚挙にいとまがない。そもそもインターネット自体元を辿れば軍用通信インフラの研究開発から始まったものなのだから当然だ。イマドキの戦場は危なっかしいフリー wi-fi で溢れ返ったカリフォルニアより電波が飛び交っているものなのだ。

ただし当然、それらの大型通信処理施設はことごとく大量の警備兵が詰めている。

マリーディとしても、自分の古巣である『資本企業』の善良な（とは流石に言いすぎか）兵士達とまであまり派手に事を構えたいとも思えない。それは自分を生かしてくれたアイス飛行隊の信頼を裏切る事にもなりかねない。

彼女は少し考え、

「……適当なマシンさえ触れられれば何でも構わない。できれば警備兵の詰めていない施設が望ましい」

「そんな都合の良いものどこにあるっていうんですか」

「軍が放棄した設備を借りれば良い」

「普通に考えれば、撤退前に主要な設備は持ち帰ってしまうと思いますけどお」

まあそれも当然だ。機密をしこたま抱え込んだマシンをわざわざ現場に残す方がおかしいし、ましてマリーディ達の所属は『資本企業』だ。一セントだって自分達に損になる事はしない連中が、みすみす大枚をはたいたコンピュータを置き去りにするはずがない。

ただし、だ。

「持ち帰りたくても持ち帰れない事情があるとすれば話は変わってくる」

マリーディは片目を瞑(つぶ)りながらこう言った。

「……例えば、大破して暗礁に乗り上げた巡洋艦(クルーザー)なんてどうだ？　重さが重さだから引っ張って持って帰る訳にもいかないと思うんだがな」


アルゴ級巡洋戦艦五番艦。

『信心組織』の自慢の一品ナグルファル号は、本来であればその快速と分厚い装甲でもって主に輸送船団防衛の要(かなめ)となる大型艦であった。建造の理由からも分かる通り、どちらかというと通商破壊戦に精を出す猟犬相手の対潜装備(アンチサブマリン)に比重を傾け、航空戦力については別枠の護衛機編隊に任せる毛色が濃い。特にガトリング式のＣＩＷＳの制御は破格と言っても過言ではなく、潜水艦から放たれ海面すれすれを飛ぶ六発の大型対艦ミサイルを同時に落とし、一切味方に被害を出さなかったエピソードは半ば神格化している。

「……逆に言えば、上を守る護衛編隊がヘマして全滅すると袋のネズミになるんだがな。私達アイス飛行隊の航空爆弾でトドメを刺せたのも彼らの責任じゃない。ナグルファルの艦長以下一同は最後まで勇敢だった。我々に余計なサービス残業を強いらせるほどにな」

マリーディが『資本企業』なりの賛辞を贈ったのはご愛嬌。

海辺まで歩いていくと、北欧の寒々しいフィヨルドの一角に小島のように盛り上がった何かが鎮座していた。例の座礁した巡洋戦艦だ。撃沈の報告をしてから三ヶ月ほど経ち、すっかり海鳥の巣と化しているが、それでもかつての威容は失われていない。

「でも、どうやってあそこまで行くんですかあ？」

「三キロくらいなら泳げるだろ」

「無理に決まってんでしょお！　大体ここ北欧だって事忘れていませんかねえ⁉」

一二歳の少女の腰にしがみついて駄々をこねるオトナなエビフライに辟易しながら、マリーディは浜辺を散策する。ここ北欧禁猟区は激戦地なので機密情報を内包する兵装は必ず持ち帰るよう指示が出されているが、どうでも良い薬莢や小銃なんかは割とあちこちに転がったり流れ着いたりしている。もちろん捨てる前には一応破壊されているが、同型装備をいくつか見繕えば、無事な部分だけを組み合わせて新品を一つ用意できるのだ。

そう。

上陸用に使われたまま放ったらかしにされている軍用のエンジン付きゴムボートなんかも。

「……ガソリン入れたまま放置するなよな。こんなだから小遣い稼ぎのために砲弾の薬莢拾いに来た子供や老人が誤爆で吹っ飛ぶんだ」

そんな風に呟きながら、マリーディとナンシーはボートに乗って出発進行。さしたる苦労もなく巡洋戦艦まで辿り着いたは良いが、完全な船底から甲板までざっと九メートルほどの高さがある。しかも壁は垂直ではなくこちらに向かってじんわり反っているのもポイントだ。

「ど、どうしましょうかねえ？」

「手足を使ってよじ登れば……」

「アンタがプロテインとステロイドまみれで頭のおかしくなった超人兵士なのはよぅく分かったからひとまず人間レベルに難易度を落としてもらえませんか⁉」

仕方がないのでその辺に流れ着いていたロープを真上に放り投げ、手すりに引っ掛けてからまずマリーディがよじ登る。エビフライはロープがあってもどうにもならないため、胴体にくくりつけてからマリーディが綱引きする羽目になった。

「ぶぎゅる……‼　みっ、実が……実が出る……っっっ⁉」

「お前はっ、本当にっ、お荷物として天性の才能をっ、そんなのばっかりだなっっっっ」

どうにかこうにか二人して甲板に乗り上げ、改めて行動開始。

いったん内部に入ってしまえばナンシーは気軽なものだった。

「ふんふふんふふーん☆」

「一体どうした気持ち悪い」

「いやだって放棄された軍艦って事は、少なくともここには敵兵はいないんでしょう。いやあ安全って究極の贅沢(ぜいたく)だなあ、私ののびのびできちゃうなあ……」

「……えと、放棄された軍艦って事は内部は大量の火薬と燃料がそのまんま取り残されている訳で、整備不足で錆(さ)びたり何なりでいつ誤爆が起きるかもしれない超危険地帯なんだが。二五〇メートル級のでっかい不発弾の中を探検している事が何故(なぜ)分からん？」

ぎゃあーっ!!　という絶叫が響き渡ったが今さらどうにもならないのだ。

極めて高精度の対潜ソナーやCIWSで有名だったアルゴ級五番艦だ。となると相当大きなコンピュータを積んでいないと辻褄(つじつま)が合わない。撤退時に焼夷手榴弾(しょういしゅりゅうだん)とかで処理していなければ良いが、とマリーディは祈りながらひとまず機関室(ER)を目指す。

「コンピュータなら艦橋(ブリッジ)か戦闘指揮所(CIC)じゃないんですかあ？」

「放棄されて三ヶ月ならバッテリーの中は空っぽだ。エンジンを動かさない事には電力を確保できない」

ただし当然、

「何しろ一六発の航空爆弾(ab)を受けて座礁した船だ。壁の内部のどこで配線が接触不良を起こしているか分からないから、電気火災の恐れもある。さっきも言った通り軍艦の中は火薬と燃料でぎっしりだから、いったん火が回ったら大ピンチだ。覚悟は決めてくれ」

「この国にはセーブポイントってものはないんですかね？」

そりゃ北欧禁猟区にいるんだからアドレナリンが出ない時はないのである。もしも安心を求めているのなら、ご愁傷様と言う他ない。

船体後部、最下層に位置する機関室(ER)の分厚い鉄扉(てっぴ)を開けていくつかのバルブを開放し、長らく止まっていた船の心臓に再び活を入れる。ひとまずいきなり爆発音がして船が真っ二つになる事はないようだった。そっと胸を撫(な)で下(お)ろし、今度こそマリーディは艦橋(ブリッジ)に向かう。

「しめた。ヤツら焼損処理が不発に終わった事に気づかなかったのか」

彼女は頭から被(かぶ)っていたギリースーツを取り払いつつ、表面が溶けて黒ずんだフライトレコーダーを掴(つか)み直(なお)しながら、

「コンピュータが生きていればこれで解読を任せられる。通常任務を無視してマシンパワーを一つの計算に全て注げばあっという間だろうな」

後は壁際(かべぎわ)に居並ぶ冷蔵庫より大きな演算機器の群れとレコーダーを専用のケーブルで繋(つな)いで命令を下せば済むはずなのだが……、

「んっ……」

「？」

いた。

「……んんーう？？？」

あのマリーディから珍しく素っ頓狂な声が出てきて、メガネのエビフライも目を白黒させて
背伸びしてる。

なんか思い切り無理をしている。

エビフライから背を向けたマリーディが爪先立ちになり、背筋をピンと伸ばして、細い手を真上へギリギリまで上げて……だが届かない。どうあっても一二歳のクールビューティでは必要なスロットまで手が届かないのだ。

そしてエビフライは久しぶりに腹の底から笑ったような気がした。

「ぷっ、くく。小いちゃい。どうしようもなく小いちゃい」

「いっ、いや届く!! 何一つ問題なく届くはずだ!!」

もう背伸びどころかその場でぴょんぴょん飛び跳ねる始末だったが、足りない背丈はどうにもならない。

ナンシーはひとまずぴっちりスーツの背筋を人差し指で下から上へなぞってみる事にした。

「おじょーうちゃん？」

「ひああっ!?」

「ローマは一日にしてならずですよ。もっと牛乳を飲んだら良いんじゃないですか？」

「げふんげふん！　その胸に言われると腹立つな!!」

「はいはい。差し込むのはそこで良いんですか？」

　マリーディの背中に張り付くように寄り添ったナンシーがレコーダーを受け取り、ぎゅむと大きな胸を小柄な少女の頭の上に乗せるようにしながら追従しようとするも、

「嫌だっ、チャンスを取り上げるな！　私はまだ負けていない!!」

「あーもう。じゃあこうしましょう」

　するすると両手を下に下ろし、エビフライは真後ろからマリーディの細過ぎる腰を抱き寄せた。そのまま小さな子供をあやすように真上へ持ち上げていく。

　眼前に目的のスロットはある訳だが、何故だかマリーディの表情はえらく神妙だった。

「……、」

「どうちまちたかー？　早くお手伝い終わらせまちょうねー？」

　何故だか知らないが未だかつてない敗北感と共にフライトレコーダーと演算機器をケーブルで繋いでいくマリーディ。

　多大な自尊心の損失と共に、ようやっと解析作業が始まる。

　金髪の少女は涙目でほっぺたを膨らませながら、誰とも目を合わせようとせずに、

「屈辱だ……。これが『島国』ならハラキリしているところだぞ……」

「順調に進んでいるんだから素直に喜びましょうよ」

「お前もいつまでそうしているんだっ！　早く下ろせ!!　おい聞いているのか、優しく上下に揺さぶるんじゃないっ!!」

待ち時間はそんな感じで消化されていった。

どうやらナンシーはここぞとばかりにリベンジを決めるつもりらしかった。

「よしよーし、たかいたかーい」

「……これがほんとに銃弾で腕をぶち抜かれた女のやる事か、どんだけエンドルフィン出してるんだ根暗女め!!」

でもって。

こうして見る限り、ナグルファル号の装備はほとんど現役時代のままだ。運悪く暗礁にさえ乗り上げていなければあのまま戦闘続行できていたかもしれないと、実際に海上戦闘に参加していたマリーディはわずかに寒気を覚える。

「何か出ましたけど」

「ふむ」

てっきりマリーディは黒幕同士の会話でも出てくるものだと考えていた。

だが実際には違った。

艦橋(ブリッジ)にあるいくつものモニタの一つに表示されたのは、もはや人の言葉でもなかった。

「……一六桁の英数字？」

意味のある言葉の連なりとは思えない。メガネにエビフライなナンシーが首をひねったままこう呟(つぶや)いていた。

「うーん、何かのパスワードとかなんですかねえ？」

「……、ちょっと待った」

思い当たる節が一つあった。

「〇から九までの数字と、アルファベットはAからSまでしか使われていない。それに一六桁……。ああくそ、聞いた事があるぞ。こいつは軍の上層部から発効される爆破コードだ」

「なっ、な、一体何の……？」

「オブジェクトに搭載されたJPlevelMHD動力炉の。操縦士エリートが命令違反して暴走した際に外からトドメを刺すための緊急手段(フェイルセーフ)だよ」

自分で言ってから、しかしマリーディは眉をひそめた。

こんなものを無線でやり取りするのは良(い)いが、この北欧禁猟区のどこにオブジェクトの動力炉があるというのだ。そもそもマリーディの職場はオブジェクトを使った直接運用はできない。だからこその禁猟区だ。ならば無用の長物のはずなのに……。

「いや」

何か引っかかる。もう喉(のど)まで出かかっている。あれはどこだったか。マリーディはこの北欧禁猟区の中でオブジェクトに関わる『何か』を目撃していたはずだ。厳密にはその爪痕(つめあと)とでも呼ぶべき『何か』を。

それはどこだったか。

どんな形をしていたか。

「そうだ……」

「ですう？」

「……『レーヴァテイン』だ、『正統王国』の戦闘列車『レーヴァテイン』」

マリーディは細い顎に手をやりながら、

「ヤツが立ち往生していたのは死んだ街だった。オブジェクトの動力炉の平和利用を謳って街のど真ん中に埋め込み、周囲を高火力の砲で固めて強固な防衛網を築いてしまったばっかりに、逆に集中砲火を受けて動力炉ごと吹き飛ばされた哀れな街、アースガルド。この北欧禁猟区を禁猟区にしてしまった、街の形に広げたオブジェクト!! 私達はそいつを見ていたはずじゃないか!?」

「でっ、でも、だからどうだって言うんですか？　アースガルドはとっくの昔にでっかいクレーターを作っていて、つまり動力炉はもうありません。今さら爆破用のコードが発効されるだなんてとても思えないんですけどお」

その通りだが、引っかかる。

フライトレコーダーを回収して中身を全てつまびらかにしたという事は、過去の会話も全て引き出せるという事だ。彼女自身、任務と関係ない飛行隊の馬鹿話など全ての記憶を事細かに思い出せる訳ではない。マリーディはかつて自分が行った会話の音声データの中から、必要な単語だけを抜き取って検索処理していく事にした。

フレーズはもちろん決まっている。

「アースガルドで検索」

フライトレコーダーは作戦行動中の全会話を録音するため、ファイルは細切れにはならない。一本の長い長い記録の中から該当する時間帯にいくつかピンが立った。

（……？）

墜落する直前、同じ隊の僚機を『トールハンマー』の閃光と爆発から守る前の、束の間のインターバルの事だった。

その一つを選んで再生すると、自分のものとは思えない、いったん録音して機械を通した声はこんな風に呟いていた。

『しかし正気の沙汰かね。今さらになって第二のアースガルドを造るだなんて。歴史が泣いているぞ』

『分断商都なんだから仕方ありませんよ。「資本企業」と「情報同盟」でしたっけ？　これも抑止力ってヤツじゃないですか』

『分かってはいるが、街のど真ん中に動力炉を埋めるんだぞ。そんなトコで生活していて怖くはないのか』

『大丈夫ですって。爆発はしませんよ』

航空無線を使った呑気なやり取りだった。

おそらく実際に『その街』の上空を飛びながら、次の作戦空域に向かっている最中の世間話なんだろう。

自分とは思えないそいつは言った。

『ようは、海側と山側で互いに起爆スイッチを握って睨み合いの構図をわざわざ作っているんだろ？　互いを尊重する政治形態だなんて馬鹿げているよ。考えるだけで胃が縮む』

「……、」

「……。」

マリーディとナンシーは互いの顔を見合わせていた。

メガネのエビフライの顔は明らかに引きつり笑いを作っていた。

「ばっ、ばっ、爆破コードがよそに洩れているじゃないですかあ⁉　これじゃ海も山も関係なく、いつでも第三者が外から街を吹っ飛ばせるって事になるんですけどお……‼⁉⁇」

「五〇〇億ドルを使ってでも私を始末したがっていた黒幕の理由はこれか」

マリーディは自分の額を軽く叩いて息を吐き、

「分断商都っていうと北欧禁猟区南端のヴァルハラだろうな。北欧禁猟区と東欧を繋ぐ玄関口というか、わざわざそのために大量の盛り土で山脈を造って、陸路の要衝として交易と金融で荒稼ぎしていた一〇〇万都市だ。鉱山や港の整備で出た残土をかき集めてな。今では領有権の問題で『資本企業』と『情報同盟』が一つの街を管理している。善意の鉄格子と言って、街の真ん中に金属のコンテナやタンクを隙間なく一列に山積みして崖を作っている訳だ。書類上ではあくまでもプレゼント扱いでな」

「い、い、いつの間に動力炉なんて持ち込んだんでしょうかね」

「さてな。山側の『情報同盟』は北欧禁猟区フォーマットだが、海側の『資本企業』は欧州『安全国』フォーマットに近い性質を持つ。ここ最近の二酸化炭素排出規制とかの要件を満たすために発電方式を変える必要があったのかもしれないが」

「それがどうしてヴァルハラの爆破なんて事に……?」

「そいつも不明。禁猟区にオブジェクトを持ち込んだ事に対する思想的なテロか、私のために支払った五〇〇億ドルに見合う利益が発生するのか。今のままでは流石に何とも言えんな」

マリーディは適当に立てた人差し指をくるくる回しながら、

「……ただ一〇〇万都市の爆破コードをこっそり受け渡ししていた黒幕は単なるテロ組織じゃない。四大勢力の裏で根を張る超国家組織だ。その場の思いつきでこんな事を実行する訳ではないんだろうな」

爆破コード自体は黙っていても定期的に変更されるし、火急の事情があれば即座に停止して別のコードと差し替えられるはずだ。つまり一つのコードの有効期限は決まっている。爆破コードを知っているからじわじわと統治者を脅して小金をせびる……なんてちんけな真似には使えない。

本気でこんなものをやり取りしている以上、その誰かさんは必ず実際に分断商都ヴァルハラを木っ端微塵にするつもりだ。それも爆破コードが有効な内に、つまり近日中にである。

「え、えと、ええと！　そうだ私達から通報して爆破コードを差し替えてもらうっていうのはどうでしょう!?」

「一応一六桁の英数字と一緒に送りつけてやっても構わんが、さて実際に統治者さんまで連絡が届くかね。ヤツらは四大勢力どこにでも浸透している。窓口から統治者さんまで、その連絡経路の一人でも黒幕が紛れていればその時点で握り潰されて上まで届かなくなるぞ」

そして腹芸は実際に爆破が起きる数日間保てばそれで良い。永久に秘密を守り通さなくてはならない訳ではないから、かなり強引な手にも出られるはずだ。

「じっ、じゃあもう世界に繋がるインターネットとかで！　誤魔化しようがないくらい全世界にばら撒いちゃえば!!」

「全世界の誰もが一六桁の爆破コードを知る訳か？　その瞬間から誰がイタズラで爆破に踏み

切るか分からなくなるぞ。ま、普通のインターネットから繋がるかは知らんが」

あうあうあう……とメガネの巨乳が涙目で両手をわたわたさせていた。

結局人任せにはできない。確実なのはマリーディ達が直接動く事だ。

その上で、

「……未だに黒幕の目的が分からないのが問題だな。一〇〇万都市を吹き飛ばして何を得ようとしているのか。それが判明すればヤツらの素顔も浮き彫りになりそうなものだが」

「そんなもの具体的にどうやって調べる気なんですか。どこに隠れているか分からない幽霊みたいな相手なんて捕まえて話を聞く訳にもいきませんし」

「ああ。だから加害者がダメなら被害者を当たるしかないな」

「え……それって……」

「分断商都ヴァルハラまで出向いて現地の人達から話を聞けば良いだろう」

「嫌ですよおそんなのっ!! いつ何時動力炉の暴走で吹っ飛ぶか分かんない街に潜り込むだなんて私は絶対に真っ平ですうここで置いていってくださいいいい!!」

「あのな、ここで動かしているコンピュータのログを調べれば、私とお前が共に秘密に触れてしまった事はすぐバレる。つまりお前も私と同じく『五〇〇億ドルかけてでもぶっ殺すべし』に該当するんだよ。こんな状態で何の対抗手段もなく『資本企業』の拠点に帰ってどうする？ そのまま轢き逃げか不自然な首吊りにでも巻き込まれるのがオチだぞ」

「うっ」

「あと船のエンジンを回してしまったから衛星で二酸化炭素の分布量を調べればこのナグルファルが怪しい事もすぐバレる。海鳥も不自然に飛び立っているだろうしな。残るのは構わんが絶対に黒幕が一番乗りしてくるぞ。まあここは広い船だ、かくれんぼに自信があるなら止めはしないが」

「うわあー!!」

頭を抱えるエビフライだったが、もう遅いのだ。

北欧禁猟区に安全安心のふかふかベッドなんてありゃしねえのであった。

# Track 08　Night City

　北欧禁猟区は激戦地なので、あっちこっちに壊れた銃や焼け焦げた戦車なんかが転がっている。現地の子供達が鉄くずを拾いに来るのも頷ける話だ。ボートを使って陸まで帰ってきたマリーディは隊を離れてイカれた氷砂糖の合成に精を出していた兵士達の首をナイフで掻っ切り、四駆のキーを拝借する。同じ『資本企業』の人間だが、こいつらについては容赦ナシだ。

「経緯だけ説明するとしれっとしていますが、実際には片手の指じゃ足りないくらいの死体が転がっているんですけどお……ひいいいいいいー」

「爆薬の材料とコンテナラボであんなもん自由研究できるだなんて世も末だ。私はまともな下拵えもしていない赤身の肉と老人の背中を蹴る子供と例のアレだけはどうしても容認できなくてな。大体ボーイレーサーが転落した理由だって半分以上はアレが原因だ、クソ忌々しい」

　そんな訳で手に入れた車へ乗り込む。四駆の中でギリースーツを被っていても仕方がないので、今は頭の上から取り払って尻に敷いておいた。

　そうなると当然例の時間がやってきた。

「あっ、今さら何も言いませんよ？　運転席のアジャストの時間ですよね？　大丈夫大丈夫、何も恥ずかしい事じゃありません。そうだあっち向いてますね」

「……気を遣うなよ、それはそれで哀しい」

「わーお嬢ちゃん足ながーい背筋きれーいお姉さん羨ましーい」

「『お姉さん』に悪意ある見下しを感じたッッッ!!」

「痛い痛い痛い!!　気を遣うなって自分で言ったじゃないですかもおーっ!!」

彼女達は運転席と助手席のヘッドレストを引っこ抜き、ちょっと固めの枕投げ合戦感覚でボカスカと殴り合う。戦況は八対二でマリーディ有利といった感じだった。

「ぶっ、ぶひっ、どうせ私は勝てませんよう。ぶひひ」

「おい贅肉にしてもせめて牛を目指せよ豚。前々から気になってはいたんだが、お前は何で負けると分かっていてケンカを売ってくるんだ。敗軍の将にロマンでも感じる女なのか？」

　適度に体を動かして機械的にストレスを払拭できたマリーディは、ようやっと本来通り、自分の体に合った形で座席の高さを調整していく。

　もはや手慣れた動きで携帯音楽プレーヤーをステレオに接続するマリーディに、助手席のナンシーはうんざりした顔で、

「まあたおんなじ曲の繰り返しですかあ？」

「こいつはボーカルの奥さんが再編集に関わったヘヴィーリミックスだよ!!　違いが分からな

いとかどうかしてんじゃねえのか⁉」

　車は手に入れたが、問題の分断商都ヴァルハラは北欧禁猟区の南端に位置するためアクセルペダルを踏み込んで飛ばしたところで結構な時間がかかる。途中で同じ『資本企業』の装甲車の列なんかとすれ違いながら、マリーディは息を吐いた。

「今の連中も黒幕だろうな。これから巡洋戦艦(バトルクルーザー)を調べに行くところらしい」

「ひいー‼」

「さっきから気になっていたんだが、もうちょっと可愛(かわい)らしく泣けよ。とはいえ現場をうろちょろしている末端を締め上げても詳しい話は聞けないかもしれないがな」

　それにしてもやはり『資本企業』の領内は走り心地が良(い)い。車内をハードロックに支配された中、エビフライは使い方次第では一般のラジオ放送も受信できる車載無線に目をやって、

「あ、あ、あのう。ニュース番組とか気にならないんですかあ？」

「戦争真(ま)っ只中(ただなか)の北欧禁猟区で一つ一つの死体の話なんぞ事細かに読み上げられるか。黒幕連中が適当にでっち上げた背任行為の濡(ぬ)れ衣(ぎぬ)にだって興味はない。なんか事情があって追われている事さえ把握できていれば十分だ」

　適当に言いながら、ダッシュボードにあった真空パックのレーションを豪快に頬張るマリーディは完全に山賊スタイルであった。元はと言えば死体の持ち物だった訳で、流石(さすが)にエビフライは食欲が湧かない。

ちなみに『資本企業』一般支給のレーションは冷めたハンバーグを袋に詰めてから靴のカカトで踏んづけたような一品だった。これでもまだ美味い方で、『正統王国』なんぞは味のない石鹸みたいな謎食品を食っている。ちなみにマリーディの感想では、四大勢力の中で一番美味しいのは『情報同盟』のものだった。何故そんなに詳しいのかと言えば、もちろん敵兵をぶっ殺した時に装備品をつまみ食いした経験があるからに決まっていた。

「スポーツドリンクくらいは呑んでおけよ」

「なかなかの難題ですぅ」

とか何とか人間らしい事を言っていたが、一時間も車を走らせた頃にはナンシーもナンシーで普通にもりもりレーションを食べていた。やはり動物は生理現象には敵わないものらしい。

分断商都の近くに到着した頃にはもう日は暮れて、夜空に星々が瞬いていた。

問題の街は周囲を海岸線や自ら築いた険しい山に囲まれた中、唯一まともに車が通れるくぼみのような場所に大都市を築いていた。人工の要塞地形とも言える立地だ。仮にかつてのアースガルドと同じく周囲を大火力の固定砲台で固める場合は、おそらく各々の山頂に砲を設置し、高圧電線を山の斜面地下に通すのが最も妥当だろう。

「街全体はドーナツ形に発展しているらしい。ど真ん中は直径二キロの『不可侵の森』だそうだ」

「……、ですぅ？」

「そろそろ慣れてきてる自分が怖いな。何でも北欧神話が巨大宗教に駆逐される前からあった森をそのまま残しているんだと。文化的支柱ってヤツだが、あそこも例のコンテナだのタンクだのを積んで作った善意の鉄格子ががっつり走っているって話だ」

「街の……中央」

「動力炉があるとしたら、何ともクサい立地だな。睨むには客観的な根拠が欲しいが」

ハンドルを握るマリーディは何故こんな話をしたのか。

いきなり本題に入るとエビフライがパニックを起こすかもしれなかったので、木を隠すなら森っぽく情報を希釈させる必要があったのだ。

「……北欧禁猟区側から入ると山のある『情報同盟』側になる。私達は敵国の兵士だ、見つかったら住人達の手で袋叩きは避けられないぞ。彼らに捕虜に関する条約は通用しないから、女に生まれた事を後悔する羽目になる。気をつけろ」

「ちょちょちょちょっと私達思いっきり『資本企業』の軍服なんですけどお!?」

慌てたように言うナンシーだったが、実際に軍用四駆に乗ったまま正面ゲートに近づいても、特に『情報同盟』側の兵士から厳しく詰問される事はなかった。滞在目的を問う二、三の質問を終えると、路面一列のスパイクロックの金属爪が真下に引っ込み、身振りで街の中に案内される。

「えっ、えっ、ふええ？」

「予想通り、どっちの軍の装備も入り乱れているな。戦場で盗んできたものか横流しの闇市でもあるのか。……それより言葉遣いだけ気をつけろ、『資本企業』標準語だと流石に疑われるぞ」

今でこそ分断されているが、元を正せば一つの街だったのだ。駐留している兵士のカラーはどうあれ、当の住人にとっては『資本企業』も『情報同盟』もないのかもしれない。

マリーディは適当なコインパーキングを見つけて軍用四駆をそちらへ転がす。踏切のバーみたいなゲートの前で一時停車して、窓から無人発券機へと手を伸ばすが、

「よっと。ん？　くそっ、手が……！」

「届かないんですか？」

「いやそんな事あるかっ。よっと、ああもう、どういう設計しているんだ⁉」

「小いちゃい。ぷっくく、色々小いちゃいからじゃないですか」

「ふざけるなよこのパーフェクト淑女がこんな所で躓いてたまるかっ‼」

どういう設計も何も真っ当な人間なら一二歳の少女が巨人じみた馬鹿デカい軍用四駆を乗り回す事態なんて想定できるはずもないのだが、オトナサイズの窓と発券機に阻まれてギリギリと手を伸ばしまくるマリーディを見ているエビフライの目が何とも微笑ましくなっていく。

面白いから助け舟は出さないと決めた覚悟の瞳であった。

そしていい加減に頭にきたマリーディがクラッチを切ったままアクセルペダルをガコガコ乱暴に踏みつけて、

「ちくしょうが、このままバーを突き破ってくれようか！　ぶっちゃけそっちの方が楽だろうよしそうしよう‼」

「わーわー！　分かりましたよ私がチケット取りますから‼」

助手席から降りたエビフライが四角い機械から飛び出したベロみたいな紙切れを引っこ抜いた事で、アクション映画じみたカオスが降臨するのは避けられた。

「はーいお嬢ちゃんアメ玉でちゅよー？」

「くそっ……世の理不尽に付き合わされたばっかりに、犬猫が考える家族の序列みたいなものをがっつり下げられたような気がするぞ」

適当な駐車場に軍用四駆を停め、携帯音楽プレーヤーを回収すると、マリーディは自分の足でヴァルハラに降り立つ。ギリースーツは手に持つだけで、頭から被る必要はない。文明国の大都市という看板をぶら下げているとはいえ腐っても北欧禁猟区だからか、年端もいかない少女がカービン銃を肩から下げているくらいじゃ誰も騒ぎを起こさないようだった。色々と狂っていて助かる。

とはいえ、いくら居心地が良かろうがいつ第三者の手で動力炉が吹っ飛ばされるか分からないので、あまり長居はできない。手っ取り早く現地の情報を集める必要がある。

「おいエビフライ、そっちはダメだ。あの罵声を聞いてみろ、デモに巻き込まれるぞ」

「ふぇえ？」

メガネが素っ頓狂な声を上げると、少し離れた交差点を人の川が横薙ぎに埋め尽くしていくところだった。あんまり統一感のないプラカードや横断幕を掲げる男女の一団が怒鳴り声を上げながら行進している。

『物資なんかいらない、善意の鉄格子を撤去しろ!!』

『ヴァルハラはあたし達の街よ! 兵隊は出ていけー!!』

『引き裂かれた家族の想いを知れー!!』

マリーディは腰に両手を当てて息を吐き、それから駐車場にあった時計へ目をやった。

「あーあー、年端もいかない若い男女が夜八時の繁華街で揉みくちゃになって。やっぱりこっちは平和だねえ」

「……笑うような事じゃないと思います」

珍しくナンシーが唇を尖らせていた。

「善意の鉄格子だ分断商都だって、あんなのここ一年そこらの話ですよね? いきなりよそからやってきた人達が切り分けた区分に従えなんて言われても、誰も納得できるはずもないでしょう」

彼女が眺めているのは群衆の中に紛れた小さな女の子のようだ。『いもうとをかえして』と書かれた手書きのプラカードを持ったまま右往左往し、左側だけのサイドポニーがぴこぴこ揺れている。親指や人差し指に絆創膏を巻いてあるのは、慣れない金槌を使ってプラカードを作ったためか。

「鉄くずの位置によっては『不可侵の森』も切り分けられて、同じ街で暮らす家族や親戚が引き裂かれた事例もあるんです。彼らにとっては世界を奪われたようなものじゃないですか」

病気の子供が死ぬ映画を観て三日坊主の募金に走る人種だな、とマリーディは呆れながら、

「言わんとしている事は分かるが、私にどうしろと？　一人きりで戦争でも始めれば何かが変わるか」

「それは……」

「具体的なビジョンの見えない訴えは無力だよ。そもそも交渉になってない。大体、デモの定義は何だか知っているか？」

「それは……大声を上げて行進する事で、自分達の主張を多くの人に」

「そうじゃない」

マリーディは息を吐いて、

「自分の意見を並べるだけなら、ＳＮＳで短文を呟いた方がよっぽど多くの人の目に留まる。凝り性なら動画サイトを使っても良いかもな。でもそんなもの響かないんだよ。日々溢れ返る情報の海の中じゃあ、個人の主張なんて簡単に呑み込まれる。あるいは広まったとしても人の口から口へ伝わっていく間に変質してしまう。世界を変えるっていうのはそんなに単純なものじゃあないんだ」

「なら、それなら何だって言うんですかあ？」

「大多数の民衆による経済効果へのダメージによって少数の統治者へ交渉を迫る行為、だ」

金髪の少女は即答した。

この辺りは預貯金の額が人権の序列を決めるとまで言われる『資本企業』のプリセットか。

「デモ参加者が五万人だか一〇万人だか知らないが、全員が優れた技術者でデモに参加している最中はその手が止まるというのなら、街の経済にとって大打撃だ。つまり統治者としても無視できなくなる。まあこれはデモというよりストライキの精神に近いが、こいつが驚くほど広大で信じがたいほど冷たい世界の中で己の主張を押し通す一番の近道だろうな」

ところが、と可憐な唇はそう動いた。

「あそこで喚いている連中は、そこまで街から重宝されているようには見えない。言い方は残酷だが、暇だからやっているといった印象がある」

「……、」

「そうなると道路を占拠して交通封鎖する事で経済的ダメージを与える事が次点になってくるが、そういうのは街の動脈たる幹線道路でやるべきであって入り組んだ繁華街でやっても効果は薄い。ナビに従って脇道を検索すれば済む話だからな」

顎で軽く指しながら金髪の少女は続ける。

「デモは弱者の自己主張の方法と思われがちだが、実際には本当の弱者にとって効果を生み出しにくい選択肢だ。いつでも切り捨てられる人材が問題行動を起こせば実際に切り捨てられるのがオチ、という訳だな。まして突き付けている要求に具体性がなく、落としどころが見えない状況が長引くと判断されれば……テレビカメラの前だろうが何だろうが、今にガス弾でも撃ち込まれかねないぞ」

マリーディとしてはこれだけ銃が氾濫した繁華街でデモ行進なんてやって、面白半分に外から銃撃されて大パニックになったりしないものかと気が気でなかったが、誰も彼もそこまで考えは及んでいないらしい。やはり街の中は平和だ。

そして少女達は少女達でやるべき事がある。今のまま時間の流れに任せれば、海側も山側も動力炉の大爆発で木っ端微塵だ。

「……やっぱり定番は外国の郷土料理かな。バーのついた安宿辺りが怪しいか」

「あ、あ、あのう。その歳でお酒を頼むのは流石に悪目立ちが過ぎるんじゃないですかね？」

「銃を抱えて四駆のハンドル握ってこの街に入ったんだぞ。何を今さらって感じだが」

マリーディは適当に目星をつけたネオンサインに向かって歩みを進めながら、

「それに、話を聞くのは酒臭い酔っ払いからじゃない」

「？」

小首を傾げるメガネのエビフライを引き連れ、マリーディはこれと決めた店舗の正面からは入らず、裏手に回って勝手口から押し入った。位置取りを考えれば厨房のはずだが、何故だか料理の他に丸焼き用の豚一匹の腹からビニール袋に詰まった札束がゴロゴロ出ていて、そして白い調理服だがコックさんとは思えないコワモテ達が雁首を揃えていた。

オーディエンスの大注目の中、マリーディは片手を挙げて笑顔で告げた。


「やあ諜報部門。同じ『資本企業』のよしみで話を聞かせてくれないか」


直後にサイレンサー付きの拳銃が複数引き抜かれ、マリーディは一番近くにいた男の首へ腕を絡めて自分の盾とし、その防弾ジャケットが全ての弾を受け切った。少女はぐったりした盾の腰から改めて拳銃を拝借し、山側に潜り込んだスパイ達ではなく業務用大型オーブンレンジの扉に向けて銃口を突き付ける。

全員がその意味を知って凍りつく中、マリーディだけが笑顔のまま続けた。

「弾頭は四五口径のハンマーヘッドか。二、三発も撃ち込めばガス管を傷つけて全員粉々に吹っ飛ぶぞ。ご自慢の七面鳥と一緒に丸焼きになりたいならご自由にどうぞ。だから、詳しい話を、聞かせてくれ。……お互い『資本企業』の兵士だろう？　何でもかんでも全世界をカバーしたがるネット通販の走狗も大変だな。だがこっちも任務続行に必要な事なんだ」

やがて片手を挙げて部下達に銃を下ろさせたのは、豚の腹から取り出した札束をマネーカウンターに詰めて数を数えていた中年の男だった。

「操縦士エリートの成り損ないとトロそうなメガネの内勤兵士の組み合わせ。だとするとお前がマリーディ＝ホワイトウィッチか？」

「……流石に耳は早いが、最初の一言は余計だな」

チリッ、と。

今までナンシーは感じた事のない焼け焦げた空気を鼻で感じ取り、背筋を凍らせる。当然、諜報部門の男達とてそれくらいの変化は摑んでいるだろう。

（壁にボーイレーサーのポスターが張ってなければここで一発ぶち込んでいたかもしれん）

だがリーダー格の男は構わずに続けた。

「何を知りたい。お前がゴタゴタに巻き込まれているらしき事は分かっているが、詳細までは摑んでいないぞ」

「そこまで期待しちゃいない。この分断商都ヴァルハラについて、お前達の持っている情報を知りたいだけだ」

「具体的には」

「五〇〇億ドルを払ってでも動力炉を吹っ飛ばしたい理由があるとすれば何か」

ざわりと空気が動いた。

男達の間を伝播した不穏は、まるで風に吹かれる針葉樹の森のようであった。

リーダーは鼻から息を吐いて、

「ならこれしかないな」

「何だ？」

「これだよ」

言って、彼はマネーカウンターから取り出した一〇〇ドル紙幣一〇〇枚分の束を気軽にマリーディの眼前にある調理台へ放り投げた。

「ヴァルハラは交易と金融で成り上がった街だ。農業や工業なんて生産的な事は何にもしないで、金、物、情報、そうしたものを右から左へ流す事で莫大な手数料を稼いでいる。わざわざ自前で山脈を作って交通アクセスを制限して、それこそ一〇〇万都市を支えるくらいにな」

「なら『資本企業』にとっても金づるだろう？　わざわざ四大勢力が揃って爆破したがる理由が見えない」

「実際の被害総額は知らないが」

リーダー格は肩をすくめて、

「今でこそ分断商都として『資本企業』と『情報同盟』がコンテナだのタンクだのの山積みして管理しているが、元はと言えば一つの街だ。地域住人もヴァルハラの人間である事に誇りを持っていて、四大勢力のどこの所属かなんて話は気にしちゃいない。ここまで言えばじんわり分かってきたかな？」

「……、まさか」

「先ほど俺は山積みと言った。障害物で地上の人や物の流れは厳しく管理されている」

　そんな前提を並べながら、

「だけど実際にはご覧の通り、お前さん達が『資本企業』の軍服を着て『情報同盟』が支配する山側を歩いていたって誰も違和感を覚えない。抜け道があるんだよ。……というか、上の連中は地上に善意の鉄格子を作って満足していたようだが、それでも地下道、地下鉄、地下街、そういう『迷宮』がそのまま残ってる。あるいは銅線や光ファイバーなんかもな」

「つまり海側も山側もお構いなしに、政府の許可もなくやり取りしているっていうのか？　金、物、情報の全てを⁉」

「ん？　んん？　それが一体何の問題なんですう？？？」

　いまいち良く分かっていないエビフライの方が、説明好きとしては食指が動くらしい。リーダー格の中年男は苦笑しながらも、

「大有りだ。つまり地下銀行ってヤツさ。海から山に、山から海に。まあ三往復もすれば怪しい金なんて誰でもまるっとロンダリングできる。コンビニ強盗で得たくしゃくしゃの一〇〇ドル紙幣から大企業の本格的な脱税数十億ドル単位まで何でもござれだな」

　ロンダリングの基本は『自分の手元にある出自不明な大金を、第三者から追跡不可能な形に置き換える行為』だ。つまり管理の甘いカジノや私営賭博人（とばくにん）の下で荒稼ぎした事に見せかけても、全財産を電子マネーに変換しても、経済犯罪相互協定を締結していない独裁国の口座を通

して名義を変更してしまっても構わない。

そういう点では、『世界的勢力をまたぐ』大フェンスの存在は格好のカモなのだ。

「まずはネットバンクなんかで海か山にある街の銀行に送金してから、口座の名義を変えつつ地下の迷宮や光ファイバーを通してシャッフル。そしたらまたネット経由で依頼人の別口口座にお渡しすれば洗浄完了。後は偽名通帳をどこかの貸金庫にでも寝かせておけば、誰にも追跡できないキレイなお金の出来上がりだ。誰にも追跡できないって事は、犯罪捜査はもちろん納税の義務からもスッパリ逃げ切れるって話だな」

お金が全ての『資本企業』上層部からすれば死活問題となる話だ。いいや、四大勢力どこの戦争だって結局金を使って回している以上、どこだって危機感を抱いているに違いない。

「海側の『資本企業』も山側の『情報同盟』も、善意の鉄格子をまたぐ迷宮は見つけ次第爆破かコンクリ詰めで埋めているようだが、そもそも全体像を把握しきれていないからどうにもならん。一ヶ所埋めたところでドリルやツルハシ抱えて壁を崩せば横道の拡張もできる訳だしな。しかしまあ、そもそもヴァルハラの住人は違法行為だと思っていないのが一番大きいんじゃないか。さっきも言ったが、彼らにとっては海も山もなく全体で大きなヴァルハラだ。自分達の街の中で自分達がどう金を動かそうが自分達の勝手だというのが彼らの認識だろうな」

「……なるほど。つまり戦争継続が困難になるほど大企業や投資家がこぞって脱税しまくる訳だから、財源を締め上げられたニューヨークだのロンドンだのに居座る軍のてっぺんがブチ切れて病巣を抉り出そうとした訳か。オブジェクト一〇機分の金を使って、東西合わせて一〇〇万都市をクレーターに変える荒療治に手を染めてでも」

「いいや、もっと大きい。北欧禁猟区は実験戦場として敢えて残している色が強いが、世界の戦争を詰まらせるくらいならまとめて解体もあり得る話だ。つまり、そうなっちゃ困る連中がいるんだよ。こっちに駐留して利権利権また利権で美味い汁をすすっている現地四大勢力の上層部からすれば、自分で耕した畑を取り上げられたくはないんだろう」

「そのためだったら多少の焼き討ちは許容する？」

「残念ながら、人権は金で売り買いできる時代だからな」

男を盾に取ってオーブンレンジに銃口を突き付けたまま、マリーディは静かに思案する。

（……爆破計画があくまでも北欧禁猟区でしか力を振るえない『現地』四大勢力の上層部に限定されるなら、意外と根は深くないな。これが四大勢力『本国』の大決定とかいう話なら流石にお手上げだったかもしれないが、まだ逆転の目はあるか）

「四大勢力の代表が秘密の会合を行うとすればどこだ？」

「分かってんだろ。軍のネットは常にモニタリングされているから使い物にならないし、携帯電話なんてもってのほか。内緒話なら直接顔を合わせてやるのが一番だが、それにしたってデートの待ち合わせをパパラッチにでも隠し撮りされたら週刊誌を賑わせるどころの騒ぎじゃなくなる。国家反逆罪の火消しをするために、流氷と一緒にお偉方の死体が冷たい海に浮かぶ羽目になっちまう」

「……、」

「それに、仮に動力炉の爆破コードを第三者が手に入れたとして、どこからでも自由に発破を仕掛けられる訳じゃない。海と山、双方の官邸から動力炉に伸びる光ファイバーの直通回線のどこかに割り込む必要があるんじゃないのか。それが実際にできる場所はどこか。答えはもう分かっているよな」

つまり、だ。

中年男は自分の足元を指差し、片目を瞑(つぶ)ってこう結論づけた。

「例の忌々(いまいま)しい地下迷宮。これ以上に秘密を保持できる会合場所が他にあるか？　何しろ『政府の手でも全貌(ぜんぼう)が把握できない』のは自分達で証明しちまったんだからな」

# Track 09　Life is Dungeon

「ああくそ。街に来るのが分かっているならレーションなんてつまみ食いするんじゃなかったな。流石に自分の無計画ぶりに呆れざるを得ない」

「ですう。でもこんなこってりしたの空腹一発目で胃に収めたらお腹がびっくりしませんかね？　事前にちょっとお腹の運動しておくくらいでちょうど良いんですう」

　東欧と北欧の南端が入り混じるこの街は、ヘラジカのステーキやカタクチイワシのフライ(に良く合うブドウのお酒も)なんかで有名らしい。その辺の露店に出ているノンアルの果物ジュースや安物のお肉が普通に美味しい。元の味付けが濃いので、パンよりもライスの方が相性は良さそうだった。ちなみに諜報部門が切り盛りしている店で食べなかった理由はもちろん何を盛られるか分かったもんじゃないからに決まっていた。

「ほら口元。フライのケチャップついていますよ」

「ちょっと甘めのトマトピューレだっ。……んー」

　なんか無理してオトナの表現に言い換えようとしたマリーディの口元をナンシーが拭ってや

る。いったんやられてしまえばマリーディの方も為すがままだ。

　でもって、

「あれえ？　お嬢ちゃんはステーキにはマスタードとか使わないんですかあ？？？」

「……何を勝ち誇ってるんだか。香辛料は匂いの塊だろ、実戦に身を置く者としては
「あー、まあ仕方がないかもしれませんねえ。それだけ味蕾が生きているって事かもしれませんし。お姉さんとしては素直に羨ましい限りです」

「？」

「つまり味覚がお子様なん
　ガッ‼　とマリーディは黄色いボトルを掴んだ。

　分厚い肉の上へとぐにゅりと粗挽きの辛そうなヤツをたっぷり垂らしていく。

「これくらいがデフォルトだよな！　ああもう何しろ私は完成された淑女なのだから‼」

「あーあー、でもそれじゃもうお肉の味が分からないんじゃ」

「まあ味覚がすっかり退化したババアじゃ区別はつくま
　ガガッ‼　とメガネのエビフライがマスタードのボトルを奪い返す。

「いやあ今日は刺激に餓えていたんですよねえおほほお姉さんはオトナの女であってあなたのような硬い蕾とは違う人種なんですからあ‼」

「結局一度も咲かずに枯れていった芽が何を言ってやがるんだ豪華絢爛とはこういう事を言う

んだよヴァルハラの夜はまだまだこれからだなあ!!」

「デキル女はこれくらいやるんです!!」

「いいやもっとだ!!」

「……ッ!?」

「!!」

そして不毛な争いの果てに自慢の料理で遊ばれている店主が哀しい顔をして、二人の思考よりも先に唇がギブアップ宣言を発した。

それでも良い子の二人は全部食べ切ったのであった。

「あぶ、あぶぶ……」

「おいこれ氷水だ、唇にグラス当てとけ。……まったく私達は何をやっているんだか」

だがそんなハメを外しやすい空気なのだ。

流石はわざわざ大量の残土を買い取って交通の要衝を丸々作った街だ。繁華街のサガとして罵声や怒号も多かったが、今夜はそういう訳でもないらしい。遠くの方からはこんな声が飛んできている。

『ヴァルハラはヴァルハラだ、海も山もあるかー!!』

『不当な滞在は切り上げてさっさと帰りなさいよ!』

『ネクレカを返せっ、いもうとを返せー!!』

「……まだ続いているんですね。さっきのデモ」

基本的に自分の事で人生がいっぱいいっぱいといった感じのメガネのエビフライが遠くからの叫びに心配そうな声を上げるとは珍しい。さては貧困の子供達のドキュメントを観て涙を流しながらダイニングテーブルに並べた料理をもりもり食べる人種か。

「歴史を動かしたけりゃSNSの運営会社でも作れば良いのにな。まあこっちの道に溢れなければ何でも構わんが」

そんな風に言い合いながら、雑な贅沢で腹を満たしたマリーディィは本題をこう切り出した。

「じゃあ下水道に潜るか」

「今食べたの全部吐かせるつもりですかこの悪魔めえぇぇぇ!!」

「そうは言っても黒幕の根城が迷宮にあるんだから仕方がないだろう。ぶちのめして元の生活を取り戻すためには、軍の中に浸透しているゲス野郎の具体的な名前がいる」

「……一見良い話みたいですけど、その元の生活っていうのは」

「安心して銃をぶっ放せる戦争ライフに決まってんだろ」

「ええっ、ええー？　も、もうちょっと違う道もあると思いますほら例えばこういうほらほらマリーディィちゃーん？」

「おいちょっと待て、私の人生を勝手に軌道修正しようとすんな。おい！」

よっぽど食後真っ直ぐ下水道に行きたくないのか、引きつり笑いのエビフライはマリーディィの後ろに回ってぐいぐいとどこかへ押し出す。

どこにでも並んでいるような洋服店のウィンドウの真ん前であった。

マネキンで飾られているのは、マリーディの背格好にも似合いそうな子供向けのパーティドレスであった。ワインレッドで華美に固められた肩出しのドレスと、ガラスに映る少女自身の影とが重なり合っていく。

「ほらほらー。血と硝煙ばっかりじゃなくて、こういうきらびやかな人生もあるんじゃないですかー？」

「……お前は一体私をどう改造したいんだ？」

「そうですねえ。例えばピアノでもバイオリンでも良いから自尊心の柱となる芸術的な特技を一つ身に付けてもらって、そこを軸に色んな業界の人達と若くして人脈を構築してもらい、戦争とは無縁の『安全国』での地位を固めてもらって、後は誰もが羨むせれぶりちーな高級住宅街に一軒家でも建ててもらって幸せな家庭を築いてもらえれば……」

「具体的過ぎて怖い!!」

なんか勝手に妄想を膨らませてぽわぽわしているようだが、やるべき事は変わらないのだ。

一も二もなく街の地下、下水コース一直線である。

一応は軍が取り締まっているため、地下への入口は大っぴらに公開されてはいない。利用している側も、迂闊に見張りをつければかえって悪目立ちしていると踏んでいるのだろう。怪しいマンホールや暗渠の口なんかは割とそのまま放置されている。統一されたマフィアやギャングが地下ルートを独占していれば、逆に組織が摘発された時に全ての出入口の情報を吐かされて命脈を断たれていただろう。どこの誰が使っているか分からない。目的や思想も一つではない。おかげで全貌が把握できずにいるのだ。

逆に言えば、だからこそ一〇〇万都市を丸ごと爆破なんて大それた事をしなくてはならないほど黒幕が追い詰められたのだろうが。

「ひとまずここから入るか」

「う、うう……。どぶ川からトンネル侵入ツアーですう」

「雨水ルートなだけマシだろう。し尿ルートのマンホールにでも入りたかったのか」

暗闇の中でライトを点けるのは危険だが、かといってこうも真っ暗な中を手探りで進む訳にもいかない。なのでマリーディは適当なホームセンターでLEDを束ねた懐中電灯を買っておいたのだ。ちなみに買い物自体は肩からカービン銃を下げていても普通に入店できた。やっぱりこの街は北欧禁猟区だ。色々と麻痺している。

ちなみに暗渠とはつまり都市開発のために上からコンクリートやアスファルトで蓋をされた川の事だ。中央部分には濁った水が流れているが、両サイドには作業員が通るための細いコンクリートの道が別に用意されている。わざわざ水に入る必要はないので、マリーディ達は素直に一段高い通路を歩いていた。

ずーっと点けっ放しというよりは、細かくオンオフしてフラッシュを焚くような感覚で、風景を網膜に焼きつけて奥へ進む。大体一〇秒間隔で網膜の情報を更新し、点と点を結ぶように。もちろん理由は仮に敵から察知された場合も可能な限り捕捉されるのを防ぐためだ。点けっ放しだと光源に向けて銃を撃ち込まれるだけで当たってしまうので、容赦なく蜂の巣にされる。

都市部には似合わないが、レモンイエローの特殊スーツよりはマシだろう。マリーディは街中では着けていなかった手製のギリースーツを被り直しつつ、

「うえっぷ、匂いっていうよりほとんど見えない壁ですう」

「お前悲鳴かげっぷ以外に何か出ないのか？」

とはいえ、流石に匂いがきついのも事実だった。一言で言えば泥が腐ったようなヘドロの匂い。水もまた微生物によって汚れを分解してもらっているので、光が入らないだけでこうまで変質してしまう。

「ふむ」

少し進むと流れが枝分かれしていたが、その内の片方が塞がれていた。水の流れはそのままだが、人が通れないように無数の鉄筋が乱暴に溶接されている。

「なるほど」

続けてマリーディがライトの光を真上に向けた。そちらにはマンホールがあるはずだが、金属の梯子は切断され、さらに蓋の近くは鉄筋が溶接されている。おまけに何か先の膨らんだ棍

棒のようなものがぶら下げられていた。

「あれ何なんですかね？」

「陽気なマラカス。平たく言えば棒付き手榴弾だ。派手な振動を与えるとピンが抜けて落ちてくるぞ」

ぎゃー、と思わず叫ぼうとしたエビフライの口を慌てて押さえつける。だからそういうのをやめろと懇切丁寧に警告しているのが何故分からないのか。

「こ、こ、これってやっぱり海とか山とかの軍が迷宮を塞いでいるからなんですかねえ？」

「いや、連中なら大量の資材や機材を大っぴらに運び込めるから、爆破して埋めるなりコンクリートの壁で分厚く塗り固めるなりして完全に塞いでしまうはずだ。むしろヴァルハラの住人達の工作じゃないかな。軍の兵士の見回りを阻止するために、ここをトラップだらけのダンジョンに作り替えているんだ」

しかし迷宮には決まった管理組織が存在せず、地域住人なら誰でも自由に出入りできるものらしい。鉄筋や棒付き手榴弾のトラップもまた各々が勝手に持ち寄って拡張している事になる。……となると、次々更新されていく罠の存在に気づかず吹き飛ばされている住人も少なからずいるんじゃなかろうか？

（……見たところアナログ工作ばっかりだが、光に反応するトラップがない事を祈るしかないぞ。塩素ガスをばら撒く安易な洗剤爆弾とかと組み合わされたら最悪だ）

一〇秒間隔だったライトの点滅を五秒間隔に修正して、見落としがないよう細かく観察する事に努める。

「具体的にどこで会合が開かれていたか、目星はついているんですか？　網の目みたいに一〇〇万都市の真下に広がっているんですよねぇ」

「まあいくつか条件がある」

マリーディは先行してトラップの可能性を潰して回りながら、

「地域住人が誰でも自由に出入りできるって事は、誰かが圧力をかけて人払いができる訳じゃない。黒幕の高官達は集まって話し合いをしている現場を見られちゃまずい訳だから、こういう開けた通路は絶対にない。どんな形であれ、密閉された部屋なんかを使うはずだ」

「そりゃあ、まあ」

しばらく歩くと、壁に不自然な大穴が空いていた。爆破ではなく手持ちの工具でも使って無理矢理壁を崩したものだろう。潜り抜けてみればそちらは金属シャッターの降りた地下街だった。暗渠から流れ込んだ悪臭がそのまま溜まっているので小洒落たブランドショップのイメージは微塵もない。

「四大勢力の高官が集まっての話し合いなら、当然ながら元の所属はバラバラだ。街の海側と山側、どちらからでも入れる場所が好ましい」

「それもまた、道理ではありますよねぇ。出入口が山のある『情報同盟』側しかありませんなんて話になったら、四大勢力でのバランスが崩れそうですし。通行料とか会合費とかせびられそうではあります」

「極め付けに、ヤツらはヴァルハラの地下に埋まっている動力炉を起爆しなくちゃならない。爆破コードを入力するため、直通の光ファイバーにはいつでも割り込みをかけられるようスポットを確保しておきたいはずだ」

「もうぶっちゃけて欲しいんですけどつまり答えはどこなんですう？」

「簡単」

マリーディは適当に嘯（うそぶ）いてから、結論を言った。

「ヴァルハラ中央、大フェンスのちょうど真下。『資本企業』と『情報同盟』が埋設したJPlevelMHD動力炉の地下保管室さ」

　複雑に入り組んだ通路だらけの地下街を抜け、やはり壁の大穴を潜（くぐ）ると、今度はお堅いお役所みたいな所に出た。どうやら何かしらの庁舎の地下らしい。

　いいや、

「ヴァルハラの中心は例の『不可侵の森』……歴史的な遺産ってヤツだ」

　マリーディは辺りを見回しながら、

「ただ、それとは別に街の中心に権力者の城を建てたいと願う輩も少なくないみたいでな。木々さえ傷つけなけりゃ良いんだろうって精神で、森の地下から真下に向けて大規模な地下市庁舎を造っていたらしい。巨大なジオフロントってヤツだ」

「……、」

「海側と山側をそれぞれ治める軍属としては、『不可侵の森』よりもこいつを真っ二つにする事で旧来の支配体系を取り潰してしまいたかったんだろうな」

挙げ句その地下にオブジェクトの動力炉を置き、総数一〇〇万の命をいつでも瞬時に奪える最も危険な自壊施設に作り替えた。まったく世界というのは順当に狂っている。いつかどこかで何かの死病にでも冒されたように。

「でっ、でも、そこってつまり悪の親玉の本拠地なんですよね？　大軍勢とか待ち構えているんじゃないですかあ」

「何で秘密の話し合いをするのに大勢部下を連れてこなくちゃならないんだ。人の口に戸は立てられないんだぞ」

つまり、待っているとすれば口の堅い少数精鋭のプロ集団だ。

『クリーンな戦争』なんてお題目を一％も信用せず、体面的には四大勢力が互いの正義を掲げていがみ合っている中で上層部が裏でこっそり握手をしているのを眺めてもプライドを傷つけられない連中。究極的なリアリスト達。おそらく赤子や妊婦であっても命令があれば眉一つ動かさずに銃殺できる機械のように精密な兵士だろうと予測をつける。……別にだからどうしたというか、褒めるつもりも憧れるつもりも一ミリだってありはしないが。

「いよいよ唾棄すべきクソ野郎が待っているぞ。覚悟は良いか？」

「えと？　具体的に私って覚悟を決めて何すりゃ良いんですかね？？？」

呆れたように息を吐いてマリーディはサイドアームの拳銃を放り投げようとしたが、すんでのところで踏み止まった。何しろ軍人と言っても普段現場へ出ずに書類仕事ばっかりやっている内勤のエビフライだ。迂闊に銃を渡してもこっちの背中を撃たれかねない。

すんごく渋い顔で少女は告げる。

「……………………………………………………………………………………………、応援係？」

「いくらどん臭いとご近所で評判の私といえど、思い切り小馬鹿にされている事くらいは伝わるんですからね？」

地下市庁舎と言っても見た目の上では大企業の受付なんかとそう大差はない。普通のビルとは逆に奥深くに向かうにつれて重要度が上がっていく仕組みか。ここはどこかのセクションというよりは、おそらく地域振興のための貸し出しスペースといった方が近かったのだろう。まだ正常に機能していた頃はイベント会場や物産展なんかで賑わっていたに違いない。

階下へと続く大きな吹き抜けのフロアに、その端には動きを止めたエスカレーター。壁際にはそれとは別にエレベーターと非常階段も並んでいる。

そんな中、

「あ」

遠方。ライトの点滅の中に、明確に人の影が浮かび上がった。

向こうも向こうで驚いているのだろう。覆面で顔を隠し、唯一露出していたであろう両目のラインも暗視ゴーグルに覆われていた。その両目のレンズが軋んだ音を立てて拡縮して、

パパン!! と。

彼が再起動するより早く、マリーディはその顔面に二発ほどライフル弾をぶち込んでいた。

頭部の半分を失って薙ぎ倒されるように後ろへ転がった死体の代わりに、派手な銃声をその場にいる全員に聞かれる羽目になった。

手近な柱にエビフライを押し付けながら彼女は舌打ちし、

(チッ、やるなら心臓にしておけば良かった。ゴーグルかっぱらった方が便利だったのに叩き割ってしまったぞ)

この暗闇の中ではギリースーツもレモンイエローの特殊スーツも変わらない。動くたびにわ

しゃわしゃとチアリーダーのポンポンみたいな音を立てるギリースーツは接近戦に向かないので、適当に放り捨てる。

ここから先、取るべき道は二つ。

ライトを全開にしてでも視界を確保して銃撃戦に専念するか。

銃撃戦を放棄してでも暗闇に紛れて隠密行動に専念するか。

マリーディは即決した。

(……そりゃ良いトコ取りしかないよな)

「一度しか言わない。枯れた観葉植物の鉢植えの裏に回ってうずくまってろ。銃声が聞こえなくなるまで顔を上げなければ生き残れる」

「えっ、ちょ」

拘泥している暇はなかった。指示に従わないならそれまでだ。

マリーディは足首から軍用ナイフを抜いて、等間隔で並ぶ柱から柱へと移動する。ライトがない状況では全貌の把握は難しいが、床は模造大理石のパネルを均等に敷き詰めているだけだ。ゆっくりと身を屈め、パネルとパネルの継ぎ目に指を這わせるようにして進めば暗闇の中でも方向感覚を見失わずに済む。

敵は高精度の暗視ゴーグルを装備した所属不明の精鋭だ。

情報面では圧倒的にこちらが不利。

しかし一方で彼らは透視能力の使い手ではないので、柱や壁の裏に隠れてしまえば、暗視装備があろうがなかろうが発見はされない。そしてマリーディ側からも敵の位置を捕捉するための重要な情報源があった。言わずもがな、

（……暗視ゴーグルのファインダー。オートフォーカスかな、さっきっからチュインチュインうるさくて仕方がない）

暗闇の中で敵に位置を知らせてしまう暗視ゴーグルなどリコールものの欠陥品ではあるが、おそらくそもそも極至近まで接近される事態は想定されていなかったのだろう。

丸い柱に張り付き、ぴったり向こう側にいる誰かさんの位置を正確に把握する。後は回り込んで防弾ジャケットの隙間、肩口から首筋目がけてナイフを突き込めば良い。悲鳴を上げる暇もなく命を刈り取り、派手な音を立てないようその体を支えてゆっくりと床に下ろす。

この分だと暗視ゴーグルは色々問題ありだ。今のまま進んだ方が効率的だろう。手探りでまさぐると胸元にパイナップル型の手榴弾（しゅりゅうだん）がいくつかあったので拝借し、ピンを抜いてからレバーを押さえ付ける格好でうつ伏せにした死体の腹と床の間に押し込んでおく。後は床のパネルの継ぎ目に指を這（は）わせて静かに立ち去るのみだ。

柱を三本挟んで要観察。

「（……まずい、また一人やられているぞ！　止血帯‼）」

呼吸を確保する意味でも、うつ伏せの負傷者を見れば思わず仰向けにしてやりたくなるのが

人情というものだ。そして仲間想いの誰かさんが近接無線でやり取りしながら死体をひっくり返したところでレバーが外れた。彼は手榴弾の存在に気づけたか。どっちみち三秒では逃げ切る事もできなかったようで、あっさり破片まみれの爆風の中へと消えていく。

轟音と閃光に闇が拭われた瞬間を狙って、マリーディは柱の陰から身を乗り出してカービン銃を点射する。派手なエフェクトに紛れて射殺できたのは三人。残りは四人だ。

（……二人まで削ったら光源制限を打ち切って真正面から連射で殺そう）

ひゅっ、と小さく風を切る音が響いた。

マリーディは床のラインに指を這わせてその場を離れながらも、

（指示出しを指サインに変えたか。パニクってるのか、また大振りだが……暗視ゴーグルと併用されると流石に盗み見るのは不可能だな）

とはいえ、暗闇の中で息を潜めていれば、軍用ブーツの硬い靴底がどうしても立ててしまう微細な音に、ベストと手榴弾が擦れる金属音、これみよがしな暗視ゴーグルのチュインチュインなんかでも大体の動きが分かる。どうやら態勢を立て直すためにバラバラに動くのをやめ、生存者四人を一ヶ所に集めて全周警戒しながら捜索を続行する事にしたらしい。

（四人全員、か）

となれば作戦変更、遠慮なしだ。

さっき拝借した手榴弾の一つのピンを抜いて、素直に暗がりの音源目がけて放り投げる。

信管設定は三秒。起爆と同時に柱から身を乗り出してカービン銃を突き付ける。

誰もいなかった。

派手な閃光と共に網膜に焼きついた映像を反芻する限り、おそらく吹き飛ばされたのは床の上でやかましい音を立てる本末転倒な暗視ゴーグルだけだ。

「やるう」

素直に感心した直後、複数の方角から人の動く気配がした。柱の陰へ体を引き戻すと同時、暗闇の中で連続してフラッシュを焚くように閃光と轟音が撒き散らされる。

やがてその銃声も鳴り止んだ。

これでお互いに暗闇の中。

マリーディは改めて軍用ナイフを握り直し、パネルとパネルの隙間に指を這わせてじんわりと移動を再開していく。

もう分かりやすいチュインチュインもない。

純粋に暗闇の中で息を潜めての先の取り合い、命を賭けた潜水艦ゲームが始まる……。

条件は五分だったが、意外なものが雌雄を決した。

(ウェットティッシュ、か。まあこんな悪臭まみれの廃墟の地下で無制限待機を命じられたん

じゃ風呂には入れないだろうし気持ちは分かるが、贅沢品だな。アルコールの匂いは鼻につく）
　そういう意味ではマリーディが直前まで食べていたヘラジカのステーキやカタクチイワシのフライも実はかなり危なかったのだが、暗渠からここまでうっすらと漂う悪臭が生死を分けたようだ。ぎとぎとの脂と消毒用アルコール。ヘドロの積もったような悪臭とより反発するのはどちらかを考えれば答えは出る。

（せめて囮としてウェットティッシュをあちこちに放り投げる機転があれば、もう少し善戦したんだろうが）

　そもそも向こうはアルコールの匂いが致命傷になっている事に気づいていないのだから、詮もない意見ではあるのだが。
　二人まで背後から近づいて静かに首を掻っ切ると、マリーディは光源制限を解除した。ＬＥＤ懐中電灯を点灯させ、カービン銃で残り二人を一気に始末する。
　そして懐中電灯の光をエビフライがうずくまっている辺りに投げ込んだ。

「もう良いぞ」

「ううう……何だか暗闇の中が不穏な鉄錆臭い匂いでいっぱいに……うぐえっ!!　や、や、やっぱり見なくて良いです変なもん照らさないでくださいいいいい!!」

　どうやら死体と手榴弾を使ったトラップでグシャグシャになった方を眺めてしまったらしい。エビフライが尻餅をついて絶叫している。しっかりメガネはずり落ちていた。

「ほらゲロ吐きげっぷヒロイン。さっさと下に降りて調査を続けるぞ」

「あれあれえ？　明らかに私の方が普通の感性のはずなんですけどねえ？？？」

　首をひねるナンシーを引き連れ、動きを止めたエスカレーターから吹き抜けの階下へ。床にはマリーディの腕より太いケーブルが何本ものたくっていた。

「何なんですかねこれ？」

「分厚い被覆がしてあるから問題ないとは思うが、おそらく列車の高圧線よりヤバいものだぞ。一〇〇万都市を支える送電線にうっかり触って木っ端微塵にされないよう一応気をつけておけ」

　ひぃー、という相変わらずな叫びは放っておいて、マリーディは床の送電ケーブルを辿っていく。垂直ではなく水平に伸びているのを見ると、どうも大本命はこのフロアにあるらしい。

（地下市庁舎自体は二〇階以上ありそうだが、随分親玉までの深さが浅いな。まあ、あんまり大深度地下に放り込むと起爆しても旧時代の地下核実験みたいに爆風が籠ってしまうのかもしれないが）

　行き先は半分以上イベントホールとなった大広間から廊下側に逸れて、両開きの扉へと移っていった。埃を被ったドアプレートを見ると大会議室とあるが、こんな一般スペースから丸見えで誰に立ち聞きされるかも分からない場所で本気の内緒話などやる訳がない。実質的には記者会見の場として利用されていたものと推測される。

　ドアは閉まり切っていなかった。

例ののたくるケーブルが邪魔をしているからだ。

「おいおいおい……。嘘だろ、大金庫みたいなトコに安置してあるんじゃないのか」

冷静沈着なマリーディでさえ思わず引きつり笑いを浮かべてしまいそうな光景だった。手にしたカービン銃の銃口で半開きの扉に触れ、奥へとゆっくり押し開けていく。

五〇メートルプールが丸々収まりそうな、広い広いスペースだった。

その中央に全てのケーブルやコード類が集約されていた。

つまり、それが。

直径一〇メートル足らずの金属球体。

こんなものが、一〇〇万都市をまとめて焼き尽くす特大の爆弾であった。

無造作だった。

あまりにもあっけなかった。

これが核の時代を終わらせた超大型兵器の心臓部だ。全てのエネルギーを作っている源だ。逆に言えばオブジェクトと呼ばれる兵器はたった一機の中に一〇〇万都市を丸々賄えるほどの大電力を格納して暴れ回っているという話でもある。そりゃあまあ既存の戦車や戦闘機が束になっても火力・装甲、その他諸々歯が立たない訳だ。

そんなにもとんでもないものが、こうもあっさり。

どこの馬鹿がゴーサインを出したんだか知らないが、これだけで当局の危機管理意識の低さを嫌というほど見せつけてくれる。これもまたオブジェクト＝クリーンという安全神話がもたらした悲劇なのかもしれない。

「見たところ、動力炉を操作するためのコンソールみたいなものはどこにもないですねぇ」

「そりゃまあ現場の作業員の手で吹き飛ばされちゃ叶わないだろうからな」

マリーディは金属球体の周りに侍っている精密機器を指差しながら、

「動力炉のご機嫌はセンサー類で計測して、離れた場所からモニタリングしているんだろう。実際に本体へ干渉できるのは海か山の官邸だけ。作業員からパラメータに異変アリと言われたら、報告を受けた統治者が言われた通りに数値入力して機嫌を直す。普段は無人の状況だったから、あんな覆面連中を常駐させる事ができたんだ」

「でも、あらかじめここを占拠できたんなら、爆破コードなんてなくても直接動力炉を破壊できたような気も……？」

「一理あるが、確実性に欠けるんだろ。万が一不発になればロンダリング天国を一掃する計画を一から練り直さなくちゃならなくなる。一つの計画を立案して準備して実行に移すまで、三年？　あるいは五年？　その間にどれだけ損失が膨らんでいくかは分かったものじゃないぞ。それなら多少遠回りでも一〇〇％確実な手で行きたいと思うのが人情だろう」

逆に言えば、マリーディ達からこの動力炉にしてやれる事も特にない。安易に破壊した結果、臨界爆発が起きるかもしれないし、起きないかもしれない。先ほど大深度地下に放り込めば爆風が籠って十分な効果は期待できないと頭に浮かべたが、それもまた仮定の話でしかない。無理に動かした途端に安定が失われて臨界状態に突入するかもしれないし、地下の地盤がまとめて砕けて地上部分が大陥没を起こすかもしれない。何しろこちらとしても一〇〇万人の命がかかっているので、軽々しく選択はできないのだ。

そして今の本題は動力炉ではない。

ここに居座って秘密の会合を開いていた四大勢力のクソ野郎の顔と名前だ。

「……でも、そんなのどこかに名簿でも転がっているんですかあ？」

「何で秘密の会合に本名を残していこうとする人間がいるんだよ」

マリーディは呆れたような息を吐いてから、

「こういう時は基本に立ち返ろう。どんなに努力をしたって人がそこにいた痕跡は必ず残る」

「ですう？」

「何でも小首を傾げて先を促す前に自分でちょっとは考えような!!　……つまり、指紋、唾液、毛髪、その他色々。採取できるだけ採取したら、上に戻ってもう一回さっきの諜報部門とコンタクトだ。ヤツらのデータベースと照合して、登録済みの人間がいないか確かめてもらうしかない」

# Track 10 Database

　マリーディ達がどぶ臭い最悪の暗渠(あんきょ)から元のヴァルハラ繁華街まで這(は)い出(で)てくると、外では相変わらずデモ行進が続いていた。

　満員電車のような人の川に呑(の)まれて身動きを封じられている暇はないので、金髪の少女達は上の道路には上がらず、堤防沿いにある一段低い側道(そくどう)をしばらくそぞろ歩く。

『い、いもうとを返して。ネクレカを返せー‼』

　ん？　とマリーディは眉をひそめて真上を見上げ、

「さっきのガキ、まだその辺歩き回っていたのか。周りの連中は小石一つでいつ暴徒化するか分からないってのに危なっかしいな」

「そ、それだけ逼迫(ひっぱく)しているって事じゃないですか。あんな小さな子がなけなしの勇気を振り絞って……」

「……ふうん、オトナってのはああいうのがソソるのか。なるほどなあ」

「オメーからは邪悪な何かしか感じられねえわ」

そんなこんながありつつ。

まさか昨日の今日でもう舞い戻ってくるとは思っていなかったのだろう。逆に面食らったような顔をしているコワモテ達に、マリーディはもう一度拳銃を突き付けながら笑顔で言った。

「きょーりょくして、おにーたんっ☆」

「……こっちは適当な理由をでっち上げてさっさと街から離れようとしていた矢先だぞオイ」

どうやら夜逃げの真っ最中らしかったが、知った事じゃねえの精神で押し切るマリーディ。

もちろん場所は分断商都ヴァルハラの人工的に造られた山側、『情報同盟』支配地域の片隅にあるバー付きの安宿の厨房だ。ちなみに今度は調理服のスパイ達が牛のブロック肉の中から大粒のダイヤをザラザラ取り出している真っ最中であった。

「なんか景気が良いんだよな、お前達」

「じゃなけりゃ三六〇度敵国の人間に囲まれた二重生活なんて送れるか。しかも相手はビッグデータだAIアルゴリズム解析だで民衆の温水便座の癖までデジタル管理する『情報同盟』だぞ。いつでも互いのケツを見守ってるアンタら兵隊とは緊張感が違うんだよ」

「あと赤身の肉はしっかり寝かせて旨味を出せよ。そういう雑な処理が私は滅法嫌いなんだ」

はあ、とマリーディが息を吐いた時、ちょうど厨房の壁に貼られたボーイレーサーのポスターが目に入った。

「そういえば、アレはアンタ達の中にファンでもいるのか？」

「それもあるし、北欧禁猟区の街に溶け込むならマストでもある。知らねえのか、ボーカルのヘンリー＝ブラッディブルは表向きロサンゼルス暮らしで有名だったが、実際にゃあここ、北欧禁猟区の生まれで魂もこの地に置いてきたって話」

「ああ。都市伝説レベルの噂だが、まあ、ブラッディブルっていうのも変な字面だしな。本名はブレイズ＝モヒートで、こっちでは珍しくないんだっけか」

「……、」

話についてこれないのか、メガネのエビフライは困った顔で沈黙したままだ。

「ヤツらが狂った理由は両手の指より多いが、中でも一等飛び出ていたのが白い粉だった。とはいえそれで人気が落ちる訳でもなかったのが本物のスターって事なのかね」

マリーディが適当に嘯くと、中年男から意外な言葉が出てきた。

「ああ、変に歌詞の中に戦争の時代への皮肉なんて埋め込まなけりゃあ、国が送り込んだ美女なんぞ摑んじまう事もなかったろうにな。ハニートラップで白い粉のセット付きなんて、上もえげつない真似しやがる」

「……おい？」

「何だ失言だったか。見た目の派手さに惑わされずに歌詞カードをようく睨んでみな、韻を踏んでる単語の順番を入れ替えると全く違った意味が浮かび上がってくるんだぜ。連中がメジャーデビューのアルバムのジャケット撮影に、吹っ飛んで荒廃しきった崩壊首都アースガルドを選んだのも知ってんだろ」

この辺りの裏事情は、諜報部門として各種の破壊工作に勤しむ中年男だからこそそのものだったのかもしれない。ひょっとしたらこいつの先輩がハニートラップとやらに直接関わっていた可能性だってある。

一ファンとして非常に気になる情報だったが、ともあれ今は本題だ。

戦争の話をしよう。

マリーディは旧地下市庁舎跡地で採取し、ビニールパックで封をした諸々の証拠品を調理台の上に並べていく。

「なるはやで」

「おーらい分かったよ、じゃなけりゃ爆発に間に合わねえからな！」

ぱちんぱちんと中年男は指を鳴らして部下を呼びつけ、仕事の手順を命じていく。

「とはいえちょっと時間かかるけど、せっかくだ。コーヒーとか呑んでくか？」

「お宅からもらったものは口にしないよ、おっかないから」

むしろ中年男はドヤ顔で溜飲を下げた。どうやら警戒されている事、危険視されている事でプライドを慰めたらしかった。男としてなのか、大人としてなのか、はたまた軍人としてなのか、はいまいち見えてこないが。

一方のエビフライナンシーはと言えば内股で椅子に座ったまま自分の髪や腕を鼻にやって、

「ううー。あんなどぶ臭いトコに籠っていたから諸々心配ですねえ。シャワーかお風呂でも貸してくださるくらいの気遣いがあっても良いと思うんですけどお」

「……、」

あっ、また中年男がしかめっ面に戻った⁉　とマリーディは残念に思ったが、損ねてしまった機嫌はどうにもならない。どうやらここから仲良くなるのは難しそうであった。

おかげでエレベーターの中みたいに気まずい沈黙をたっぷり味わう羽目になるが、怒濤のエビフライはお構いなしである。

「お風呂を借りましょう、うー‼」

「変な気合いの入れ方をするのは構わんが何故私の腕を引っ張る⁉」

「私一人だと気迫負けする予感しかないからです。おらー！　か弱い乙女は身だしなみを要求しているぞー‼　要求に逆らうとこの猛獣が噛み付くぞー！　がおー‼」

さっきまで不機嫌だった中年男も青い顔になって両手を挙げ、それから顎で奥のドアを指し示した。マリーディが怖いというより、あのマリーディをオモチャにしているナンシーの命知らずっぷりが怖いといった顔つきであった。誘爆に巻き込まれたくないというか。

（……こいつもこいつで十分大物じゃないか）

そんな風に息を吐いている場合ではなかった。

そう、エビフライはマリーディの腕を掴んでいるのだ。

「おいちょっと待て、風呂なら勝手に入れば良いだろう⁉」

「だーめーでーすー。条件は同じなんだからあなただって入ってもらいます。この歳で女を捨てさせる訳にはいきませんっ」

「いつまた野山に戻るか分からないんだ、そういうシャンプーだのボディソープだのの人工香料の匂いは致命的な事にな……あっ、あっあああああああーっっっ‼⁉⁇」

　基本的に百戦錬磨のマリーディだが、一つだけ弱点がある。あまりに小柄なので、誰でも簡単にお姫様抱っこできてしまうという事だ。当然、両手両足が全部浮いてしまえばどうにもならない。

　バスルーム付きの仮眠スペースへのドアへ二人が消えていくのと、プリントアウトした紙の資料の束を抱えて諜報部門の部下の若者がやってきたのはほぼ同時だった。

「あれ？　要警戒協力者のお二人はどちらに？？？」

「……どっちがどっちの手綱を握っているんだ、あいつら」

　ちなみにドアの向こうはロッカールームと簡単なシャワールームが併設しているはずだが、世にも奇怪な叫び声しか聞こえてこない。

『やめろバカヤロー‼　あっ、ああ‼　私の髪にシャンプーがっ、致命的な人工香料が、うおおおおおおおおおァァあああああああああああああああーっ⁉』

『ほーらー、お嬢ちゃんはシャンプーハットが必要でちゅかー？』

『このたゆんたゆん邪魔だな!!　それよりこの匂い本当にどうすんだ!?　このまま街を出たら自殺行為にしかならんぞ!?』

『マリーディさん、今までが間違っていたんですう。これが世に言う女の子の匂いなのです』

『誰も聞いてねえわそんな事ォォォおおおおおおおおおおおおおおおおおおおおおおおおおおおおおおおおおおおおおおおおおおおおおおおおおおおおおおおおおおおおおおおおおおおおおおおおおおおおおおおおおおおおおおおおおおおおおおおおおお!!』

　どんがらどーん!!　とついにけたたましい轟音が奥から響き渡ってきた。

　厨房で待つ男達が（諜報部門なのにノゾキの一つも頭に浮かぶ余裕もなく）ビクビク肩を震わせていると、こちらに繋がるドアが勢い良く開け放たれる。

　牛柄の着ぐるみパジャマをすっかり頭まで着込んだマリーディ＝ホワイトウィッチその人であった。

「はあー、はあー!!　お前達も大変用意が良いなクソ野郎!!」

「あー、ほらほらちゃんと体は拭かないとー」

　後からやってきたナンシー＝ジョリーロジャーにいたっては上気した素肌をバスタオル一枚で覆い隠しているだけである。ちょいと持て余しているのか、そのわがままボディから放たれる色香を本当に封殺できているのかどうかは謎ではあるのだが。

　諜報部門の中年男はもう一度両手を挙げてから指摘した。

サイズが大き過ぎたのか、ズボンは穿かずにぶかぶかの牛柄パジャマの上だけですっぽりと体を包み込み、首回りから眩い胸元、パジャマの裾から危なっかしい太股を見せつけるマリーディに向けて、

「……マリーディ、多分正しいチョイスは逆だ。お前さんが牛柄とか着たって自虐ネタにしか」

「コップ一杯の水と布巾で地獄を見せてやろうかオイ」

「まあフリーサイズの寝巻きはさておいて、そもそもお前さんの体格に見合った衣類に心当たりはないからなあ。……大佐の以外は」

「何だこの隠れ家裏のドンでもいるのか⁉　ああもう、とにかくホウレンソウでもレタスでも良いから、適当な葉物の野菜を鍋に突っ込んで煮立てておけ」

「んう？　野菜スープにでも目覚めたんですかあ？？？」

「このケミカル感満載の髪を洗い直すんだっ‼　体に打ち込む軍用犬の追跡試料より悲惨な事になってんだぞもぉー‼」

ちなみに軍の施設にだってシャワールームくらいはあるし、兵士は毎日髪や体を清潔にしているのだが、市販品と違って彼らの扱うシャンプーや石鹸には花のような匂いはついていない。

ここ一番のストレスの塊で爆発している牛パジャママリーディは男達の方をジロリと見て、

「で、そこのプリントアウトの束が調査資料か？　情報料は？？？」

「そ、そいつは問題じゃない」

中年男は青い顔をしたままそう言った。

何事にも金が絡む『資本企業』としては極めて異例の事態ではあるが、このカリカリした殺人兵器マリーディ相手に交渉事に挑もうなどとは考えなかったらしい。

彼は大きなクリップで留めた紙束をステンレスの調理台の上へ放り投げた。

「金ならあるんだ、ご覧の通りに」

中年男はブロック肉の中から取り出した大粒のダイヤを指差しながら、

「しかし金ってのは稼いで終わりじゃない。きっちり使い切るまでが華だ。だから俺達が脱出するまで爆破を引き延ばせ。それでチャラにしてやる」

「……少しは愛着持てよな。お宅の仕事場だろ」

「敵国に潜るためにテメェの胃袋搾りながら一つ一つの癖を覚えていけば俺達の気持ちも分かるだろうよ。つまりクソ喰らえだ。いくら表面を学ぼうが魂が迎合する事は一切ない。分厚い膜は少しずつ薄くなっていくが、決してなくなる事はない。むしろ上達すればするほど、溶け込めば溶け込むほど気持ちは冷めていく。どんだけヘラジカの肉と目玉焼きの味付けが上手くなろうが、結局俺が好きなのはチーズとトマトのサラダだってな」

ともあれ、タダより怖いものはないとかいう話でないなら素直に受け取るべきだ。

情報にはこうある。

『正統王国』。

マイク＝ナイトキャップ。

年齢五二歳、男性。陸軍准将にして北欧展開される陸軍勢力のまとめ役。陸路の兵站線(へいたんせん)を牛耳る事でどこの誰を見捨てるかも自由に選べる立場を得た、軍隊内部の死神。

『情報同盟』。

リセス＝ブラッドハウンド。

年齢二七歳、女性。自前のハッカー部隊の私的運用を繰り返す事で政敵の醜聞を掘り起こして次々と蹴落とし、この歳で異例の出世を成し遂げた北欧空母艦隊勢力全体司令。

『資本企業』。

ハヤト＝ブラックローズ。

年齢三六歳、男性。複数の大会社の代表者を束ねた技術試験評価会議の特別顧問にして超有力個人投資家、一人で企業と肩を並べる財力を抱えた『島国』の血を引くマネーモンスター。

『信心組織』。

ユーヴァー＝ダービーフィズ。

年齢四八歳、男性。北欧文化遺産保全委員会の代表理事。その発言力に宗教的な意味を付加させる事に成功した、自覚的扇動者。

そうそうたる顔ぶれに、諜報部門の中年男は口笛を吹いた。

「……いずれも北欧禁猟区に展開される軍関係の大物だぜ。おかげで個人情報の登録にも事欠かない、生体認証の機会も多いしな。こんなもん普通に考えりゃケンカを売るのは得策じゃない」

「ただしすでにケンカを吹っ掛けられた場合は逆転する。短期決着じゃないとこっちの体力が保たない」

こんこん、と中年男はさらに紙の資料の一部を人差し指で叩いた。

「四大勢力は普段はいがみ合っているが、一方で名目上各国が協力して北欧の平和と発展のために寄与するって声明も発表している。形だけで良ければ協力会議も存在している」

「……協力会議、ね」

「実質的には活動していなくたって、書類で枠を登録してりゃあ公金を流し込むのがお役所仕事ってもんだ。……おそらく黙っていたって相当額の金が集まってる。世界のみんなの税金でな。その全てを秘密部隊のために使っているとしたら、装備も充実しているはずだぞ」

今までマリーディとナンシーは散々な目に遭ってきたが、その中で所属不明勢力からのアクションがいくつかあった。

例えば。

狂犬病分子モーターの散布によって実行された軍用ゾンビパニック。

ヴァルハラ地下の動力炉を守っていた覆面達。

そもそものジャミング下で誤魔化しながらの爆破コードのやり取りだって。

「……基本的には既存の四大勢力をぶつける事で私達から体力を奪いつつ、空白のエリアについては自前の兵力を直接差し向けるって感じか。どっちにしても休ませてはくれなさそうだ。ますます短期決着向けだな」

牛パジャマからはみ出た眩い内腿を擦り合わせつつ、マリーディは細い顎に手をやりながらそんな風に呟く。

「さて、黒幕の正体が浮き彫りになってきたところで、この協力会議とかいう連中を追い駆けて何をどうするかが問題だな。ゴールが決まらない事には準備もできない」

「ですう！　終わりのない闘争を繰り返したって仕方がありませんし、秘密部隊の横暴をカメラに収めて脅迫してやれば私達の身の安全は保障されるんですう!!」

「珍しく前向きなのはさっさと話を切り上げて寝たいからか？　大体、それもどうだかね。不安材料を残して不発弾に脅えながら暮らしていくようなタマか、この悪党どもが。逆にいつ何時どんな事故を装って暗殺されるか分かったもんじゃないぞ。これだけ財力があれば病気の妹を助けてやるとか何とか色々囁いて片道切符の鉄砲弾だっていくらでも作れそうだしな」

「ならどうすんだ、お前さん」

「こいつらの考え方をそのままそっくり返してやろう。病巣をまとめて抉り取る」

牛パジャマのマリーディは冷たく言い放った。

「一つ一つの軍の最深部まで潜り込んでキングを奪っていくんじゃらちが明かない。だけどこいつらは協力会議って名目でこっそり繋がっているんだろ。つまり非常事態に遭遇すれば角を突き合わせて内緒話をする仕組みが最初から出来上がっているんだ。……だったら派手にやってヤツらを一ヶ所におびき出そう。それなら一回のチャンスでＶＩＰ共を皆殺しにできる」

…………………………………………………………………………………………。


しばらく誰も動かなかった。

耳が痛くなるほどの沈黙だけが世界を支配した。

やがて口を開いたのは、諜報部門の中年男だった。


「……、マジで言ってる？」

「ああ」

「一人殺すだけで歴史的な暗殺だ。旧時代にどこぞの大統領の頭を吹っ飛ばした狙撃手と同じ、伝説の人物Ｘとして名前が残る。それを、四人まとめて？　四大勢力の重鎮を一度に全部平らげる？？？　そんなもん事件じゃねえ、事変とか呼ばれるレベルの大騒ぎだぞ‼」

「ああ‼　それはそれは歴史的に退屈な後始末だろうよ。何しろ針の穴を通す殺しの技を見せたところで一セントも手に入らない、完全なタダ働きだ。だからその分だけ労働者の怒りを乗せてやる。元の生活を取り戻すためにな！」

「のぼせた頭が冴えてきました」

急にシャッキリ背筋を伸ばしたバスタオル一枚のエビフライが相変わらず寝言を吐いていた。

「実際問題、どんな黒幕だって人間なんだから頑張れば殺せない事はないと思います。哀しい事に」

「それが？」

「でも、そんなの一人倒すのにどんだけ時間がかかるんですか？　それも黒幕は四大勢力に散らばった重鎮達。パズルみたいにスケジュールを合わせて全部仕留める頃には一世紀かけた歴史事業になるんじゃないですか」

言いながらナンシーは細い人差し指を地面に向けて、

「……どう考えたって四人始末して事態を終息する前に、例の起爆コードを入力されてヴァルハラが地図から消える方が早いと思いますけど」

確かに道理だ。

この先何十年かかるか見通しの立たない大事業と、あらかじめ黒幕達の間で具体的なカウントダウンの決められた爆破予定。どちらが早いかは言うに及ばず、だ。

だが牛パジャマのマリーディは意地の悪い笑みを浮かべてこう即答した。

「そいつについては考えがある」

「お前さん、それはどんなだ？」

　中年の男は興味をそそられたというより嫌な予感がしたとでも言わんばかりの顔で尋ねてきた。

「まず大前提として、本当に海側と山側を治めている『資本企業』と『情報同盟』の軍属は動力炉を爆破したいとは考えていない。あくまでも危険なのは爆破コードを盗んだ第三者だ」

　少女は一本、二本と指を立てていき、

「次に黒幕が使うのは爆破コード、つまり人の手で入力される電気信号でしかない。……ものすごく簡単に言えば、仮に市外から起爆する奥の手を隠しているにせよ、分断商都ヴァルハラに繋がる全ての線を切断すれば爆破は起こせない。『大前提』にある通り、海と山の統治者のために用意された直通のホットラインを使える訳でもないからな」

「……情報封鎖で爆破を抑え込むってのか？」

「それじゃ弱い」

　牛パジャマのマリーディは片目を瞑って、

「ヴァルハラの人間だって馬鹿じゃないから、派手に線を切っても二日三日で修復される。どうやったって長い間安全を守る事はできない。それに情報封鎖程度じゃ黒幕の四人が慌てふためく事はない。見た目は善意の復旧事業を後押ししつつ、線を繋げ次第爆破コードを入力しておしまいさ」

「それじゃあどうするんです？」

「もっと派手にやる」

そして小悪魔は囁(ささや)いた。

甘く、危険に、即答でだ。

「ヤツらより早く私達が一〇〇万都市ヴァルハラを吹き飛ばし、跡形もなく地図から消す。散々暗がりで策を弄してきたというのに自身が全く身に覚えのないきのこ雲を目撃すれば、いくらブランデーとシャムネコの似合うガウン一丁の黒幕どもだって慌てふためくだろうさ」


まるで冗談のような言葉だった。

それが世界に放たれた直後、最初は誰もが信じようとしなかった。

だけどそれからわずか一時間も経(た)たずに、北欧禁猟区はかつてないほど膨大な通信電波が飛び交う羽目になった。

その混乱の中でこんな声があった。

『誰だ？　誰が鍵を挿した!?　情報の波状攻撃にも作法がある。事前に連絡してもらわなければば世論操作の段取りを組み立てられないぞ！』

『待て、それ以上は信号に乗せるな。非正規回線とはいえ誰が何を記録しているか分からんのだぞ!?』

『そもそも物理入力装置のパスワードは四つ、個別に設定していたはずよ。つまり私達四人の総意でなければ起爆コードは入力できないはず』

『……我々の誰かが先走った、という訳ではないのか？』

『なら誰が!?』

『これ以上はまずい。直接会って話そう』

『場所は？』

『安全対策も良いが一秒一秒が脱線した状況を広げていくぞ。準備に時間はかけられない』

『そもそもヴァルハラが吹っ飛んだ以上は「いつもの場所」は使えないわよ』

『そうだな。……なら次点を使うしかあるまい』

『次点とは？』

『「あそこ」だよ』

平たく言おう。

この時、双方合わせて一〇〇万の人間を抱えた分断商都ヴァルハラは『世界』から消滅した。

# Track 11　White Sun

それでは時間を『起爆前』まで戻してみよう。

しばし意味のない絶叫や怒号が続いた。

エビフライのナンシーはおろか諜報部門で敵国に長年潜り込んだ中年の男さえ総毛立っていたようだったが、マリーディは全く気に留めなかった。

彼女は不毛なやり取りには付き合わず、どうあっても冷静沈着に述べた。

「さっきもエビフライが言った通り、正攻法で世界の黒幕四人を一つ一つ誘導しながら叩いていけば一世紀に届く大事業になってしまう。私としてもそこまで付き合うつもりはない。……そのためには連中の計画をこちらから完全に砕く事で主導権を奪い、パニックに陥った連中が通信傍受を避けて作戦会議をするよう、平たく言えば直接顔を合わせるようセッティングしてやるのが一番だ。そこを叩けば一発のミサイルで四人全員片がつく。絶対に洩れては困る秘密会議なら自然と信頼できる部下以外は連れ歩く事を避けるだろうしな」

「でっ、でも、そんな、でもお⁉　きっ、今、きのこ雲って、今ァ⁉」

メガネのエビフライが慌てふためくように言ったが、マリーディはやはり気に留めない。

「見る者に与えるインパクトは絶大だが、何もきのこ雲は旧時代の原水爆だけの特権って訳じゃないぞ。歴史的には大規模な燃料気化爆弾(FAE)でも似たような形の雲が目撃されている」

「ありゃあ確か爆破に伴う大規模な気圧差が生み出す人工気象現象、だったっけか？」

中年の男がうろ覚えのように呟(つぶや)いていた。

マリーディは頷(うなず)いて、

「燃料気化爆弾(FAE)の場合は大量の酸素を喰(く)らうからな。だが瞬間的に気圧差を広げるだけなら、奪うのは酸素である必要は特にない」

「？」

「例えば、『資本企業』じゃ窒素化合爆弾(rtNCE)なんてものを拵(こしら)えている。爆薬はニトロ系、つまり窒素化合物を使う場合が多いんだが、この窒素成分を大気から確保する事で爆弾自体を小型化しつつ、パッケージからの瞬間展開と同時に空気中で調合しながら大爆発を起こす……といった起爆方式を取る。当然、地球大気の七割を占めるとされる窒素を奪い取りながらな」

「……なるほど、つまり酸素の代わりに窒素を貪(むさぼ)る事で急激な気圧変化を促す訳か。大気中の七割。削り取れる材料が多い分だけ気圧差も広げやすい、と」

「でっ、でっ、でも、でもですよ！　そんなもん街のど真ん中で吹っ飛ばしたら分断商都ヴァルハラはどっちみち光の中に消えてしまうじゃないですかっ!? 何の意味もありませんよそんなのじゃあ!!」

「平面な地図だけを見ればそうかもな」

マリーディは悪魔の笑みを浮かべながら、

「だが垂直方向を考えた事はあるか? 滅法高度を上げて空爆に不適切な高空で起爆させれば、地図の上では重ねつつ実際には被害をゼロに留めてしまう事ができる。もちろんきのこ雲自体が巨大な人工気象現象だから突風災害とかで窓なんかは割れるかもしれないが。ま、言ってしまえば『島国』のサンジャクダマを地上で爆発させるか打ち上げてから爆発させるかの違いだな」

「するってえと、さっき話をしていた情報封鎖ってのは……」

「どんな方式であれ大量の粉塵を吸い込んで上空一帯に巻き上げるきのこ雲はそれだけで現場の無線通信を片っ端から阻害させる効果がある。言ってみれば一つの街を埋め尽くす規模のチャフみたいなものだな。そして、この爆破のタイミングに合わせて外に繋がる電話やインターネットのケーブルを切断してしまえば万端だ。有線無線を問わずヴァルハラはデータ上『消滅』したように振る舞う。衛星から眺めようにも巨大なきのこ雲が覆い被さり、連絡を取ろうにもノイズまみれで誰一人応答しないんだからな」

ヴァルハラ自体が交通アクセスの限られた大都市なので、インターネットの外に繋がる線も蜘蛛の巣状ではなく、海底ケーブルのような太い光ファイバーで束ねられている。切断するのはさほど難しい話ではない。

「高空で爆破っつっても具体的なプラットフォームは？　まさか今から弾道ミサイルをハンドメイドするって訳でもねえんだろ」

「そこまで難しく考える必要はない。今は普通のヘリが六〇〇〇メートルまで舞い上がる時代だぞ。同じ方式で動くドローンだって電波さえ届けばかなり飛ぶ。窒素化合爆弾は火球自体が直径五〇〇、衝撃波殺傷圏は直径一五〇〇だ。山一つ分ほど上げておけば致命的被害は地上まで届かない。もちろん多少の爆音や衝撃波くらいはあるがな」

「あん？　その程度の爆発で奇麗なきのこ雲になるのか。特殊な起爆方式だって話は聞いちゃいるが」

「一つに留める理由がどこにある？　一〇機くらいドローンを上げて、空中で火球同士を融合してしまえば良いんだ。『島国』のセンコウハナビをくっつけるみたいにな」

「MIRV方式か」

「そういう事」

方針が決まれば即行動だ。

今日びヘキサコプターなどのドローン程度ならその辺のオモチャ屋にも置いてあるが、流石に数千メートル規模の長距離電波通信には対応していないため、諜報部門の装備を借りて分解する必要がある。複数のドローンを渡り鳥みたいに群体制御するにも専門のアルゴリズムが欲しい。……でもって、そもそも勤勉が過ぎる『島国』と違って欧州は夜七時になれば酒を並べる飲食店以外の店舗は全部閉まってしまうくらい商売に対してやる気がない。では夜も更けた今からカトンボみたいなドローンをどうやって頭数揃えるのか。

マリーディ＝ホワイトウィッチの答えは決まっていた。

「おにーたんっ☆」

「結局うちから毟り取るのかよ、何でもかんでも!?」

「デコに銃口押し付けられるのとどっちが良いっ？」

敵国に潜り込む諜報員がまず第一に考えるのは場の空気だ。こうして真正面からの笑顔の圧に押されて目を逸らした男の運命は確定した。

「ち、窒素化合爆弾はどうするんですかあ？　そっ、その腕まくり。まさかここで作るとかあ!?」

「知ったら簡単すぎて驚くぞ。また株主総会が大荒れになるかもな」

というように窒素化合爆弾は作るだけなら簡単だ。……ただし空気中の窒素と反応するため、作業に一手間かけないと完成を待つ間に自分が吹っ飛ばされてしまうのだが。

細菌兵器に手を伸ばすような特殊な密閉実験容器へ細腕を差し込み、改めてマリーディは安全に戦術兵器を拵えていく。もちろん詳しい隠し味は内緒であった。

「まあアレだ。おにーたんへ愛を込めて、めろめろズキューン、と。……はあ」

「そんな死んだような目で言われても……!?」

適当に言い合いながら、二リットル大のペットボトルくらいのアルミ容器を並べていくマリーディ。元々軽量安価な戦術兵器を目指して開発が進められた一品なので、配送用のドローンでも問題なく搭載できる。諜報部門が手を加えたハイパワーな偵察モデルなら万に一つも不備はないだろう。

諜報部門の中年男は出来上がった品を見て思い切り顔をしかめていた。

「……時代の変化ってのはおっかねえな。なんか冷静になったら俺達、今、歴史的に最悪な兵器を作ってねえか？」

「技術に罪はないよ。何事も使い方次第だ」

「だから最悪な方向に伸ばしているようにしか見えないんですけどお……!?」

操縦はRCカーなどに見られるコントローラではなく、タブレット端末を指先で操るものだった。一機を細かく操作するのではなく、一〇機の編隊全体の動きを制御するのが主目的だとこうなる。

「夜間の今なら空に上げてしまえば目撃される心配はないだろう。起爆には高度制限を設ける必要がある。万が一誤作動を起こして落ちた場合、地上で爆発したら元も子もないからな」

「パラシュートの自動開傘に使うセンサーをそのまま載せてるから心配ねえよ」

よし、とマリーディは頷いてから、

「準備が整ったらお前達諜報部門はきのこ雲の影響が出ない場所まで退避しろ。おそらく黒幕どもの電波が辺り一面を飛び交うから、可能な限り傍受するんだ」

「いつの間に俺達はお前に顎で使われる立場になったんだ」

「これでもお前達が夜逃げしなくても済むようにしてやってるんだぞ。感謝こそすれうんざり顔をされるのは心外だな」

ドローン自体はほとんどプログラム制御で勝手に飛んでくれるが、厨房の中に置き去りのままではプログラム通りに天井へぶつかるだけだ。よってマリーディやナンシーが物理的に外へ持っていく必要がある。

一度夜空に紛れてしまえばほぼ見えなくなるドローンでも、並べているところを一般市民に目撃されるのはあまり良い状況とは言えない。官民など関係なく、世間の認識ではドローンには覗き見の悪印象が強過ぎるため、いらんトラブルの素になりかねない。

「おいエビフライ、四駆を預けた駐車場まで戻ろう。開けた場所が必要だ」

「ええっ？　お店の裏がちょうど歯抜けの空き地になっていませんでしたっけえ？」

「お前っ、諜報員の巣の真後ろでドローンなんて絶対飛ばすんじゃねえぞ！　ここにスパイがいますってアドバルーン上げてるようなもんだぜ‼」

マリーディより中年男の方が総毛立って叫んでいた。

追い立てられるように二人はお店を出ると元来た道を戻っていく。

「どの辺に置くんですかあ？」

「まあ表を歩く通行人に見咎められない程度の位置で。四駆を盾に使えば良いだろう」

言いながら、駐車場に入ったマリーディ達はボストンバッグに詰めておいたドローンを取り出して一機ずつアスファルトの上に並べていく。総数一〇機になるとちょっとした展示会みたいだ。

「ふう。これでひとまず用意が整いましたねえ」

「ああ」

マリーディも頷いて、

「だが具体的な行動に出る前に、いい加減不透明な部分を払拭しておきたい」

はいい？　とナンシー＝ジョリーロジャーが間の延びた返事をする暇もなかった。

金髪の少女はエビフライの襟首を掴むと、その背中を四駆の壁へ叩きつけたからだ。突然の衝撃に呼吸困難へ陥り、ろくな悲鳴も上げられないメガネに顔を近づけて、マリーディはこう囁いた。

「お前は誰だ？」

「あっ、かはっ……」

「最初に会った時、私はお前の腕を撃って言動の真偽を確かめたな？　あれは当然、お前の言っている事が信用できなかったからだ」

マリーディの瞳に冗談の色は一つもなかった。

「痛みに対する耐性はない、傷に対する対処の仕方も知らない。放っておけば本当にくたばってた。私はそれらの事実からお前をシロだと睨んだが、言われてみれば結論を出す前にお前は気絶してしまって判定はドローのままだった」

ナンシーはあのログハウスでこう言っていた。

国境沿いで武器取引をしている『資本企業』の危険分子の追跡調査にやってきた。ログハウス近辺で『足取りを消した』武器がテロ組織などに横流しされているらしい事が分かってきたので現場に赴いて調査をしている間に捕まってしまったと。

だが銃の撃ち方はおろか森の歩き方も知らない人間が、内勤の制服のまま派遣される事は絶対にない。単独行動についても謎が多く、てっきり共に動いていたチームは全滅したものと推測してきたが、死体を見た時の『初めて感』満載の反応から考えるにそうした死者を目の当たりにした経験を積んでいるとも思えない。

「お前の目的が何であれ、『資本企業』の流儀に反していないなら私の邪魔はしない。そう思ってここまで連れてきた」

マリーディは襟首を掴んだまま低い声で言う。

「だがお前の態度が明確に変わったのはここだ。分断商都ヴァルハラ。……しかもその山側、つまり『情報同盟』支配圏でのお前の動きだ」

「ぐ、ぅ……。なにがっ、ですかあ……？」

「デモ参加者を見れば分かる通り、お前は何故だかここの住人に対し同情的な目で見る事が多い。その口調もそう、デモや住人の安否に関わる場合だけ間延びした調子が消える。もう一度言うぞ、『情報同盟』支配圏の人間を見るたびに、だ」

息を吸って、吐く。

そして少女はこう質問を放った。

「お前の魂はどこにある？」

一見して『信心組織』のような言い草だが、違う。

マリーディはデジタルにものを見ている。

「……あのログハウスは『資本企業』と『情報同盟』の不良兵士のたまり場だった。そしてお前はいつでも『情報同盟』に同情的だ。お前の所属がもしも『そっち側』の人間なら、対処を変える必要がある。私のミスではあるが、お前はこの街に潜伏している諜報員の顔や隠れ家まで見ているからな。彼らにとっては命にかかわる事態だ」

その上で重要なのは、最初からナンシー＝ジョリーロジャーは『五〇〇億ドルのお宝』について口に出していた件だ。それは最初はブラックマーケットの溜め込んだ隠し財産から始まり、マリーディの首へかかった賞金額になり、最後はここヴァルハラで行われる地下銀行一掃に妥当と思われる『武器』の一つへと化けていった。

ナンシーが何か意図をもってマリーディをここまで誘導してきたというのなら、その真意は探っておく必要がある。それが『資本企業』以外の主義や信念にまつわるものだとすると、自分の身も決して安心できない。

「……、」

短い沈黙があった。

マリーディが襟首にかける力を緩めても、ナンシーの口は開かない。それは逡巡を伴う意図した沈黙であった。何か隠すべき事を抱えた人間が、それを表に出すか否かを悩んでいる顔だ。

やがて正体不明の誰かは言った。

「……わた、しは、『資本企業』の人間です」

「だったらどうした。この泥沼の北欧禁猟区なら寝返るヤツはいくらでもいる。例えばお前と出会ったログハウスの連中みたいにな」

「特殊部隊シンデレラウィザード。……検索しても何も出てきませんから、何の証明にもなりませんけど」

これまでとは違った種類の、疲れ切った笑みがあった。

「マリーディさんは、そもそも北欧禁猟区がどうして存在を許されるのだと思いますか」

「歴史的に見れば五〇〇万都市アースガルドの消滅。経済面では意図的なガラパゴス化を促す事で通常のオブジェクト開発では得られない新技術の偶発的発生を誘発させるための巨大な実験戦場」

「……その程度の『貢献度』じゃあ、世界はこんな箱庭を許しませんよ」

「何だと？」

「この北欧禁猟区にはもっと他に利益があるんです。このオブジェクト主導の『クリーンな時代』に即した明確な利益が。そしてそれは、マリーディさん、あなたも例外ではないんです」

言われて、最初は少女もイメージが追い着かなかった。

あまりにも当たり前のものとして受け入れ過ぎていたからかもしれない。

「つまり操縦士エリートの『素体』の自然発生率、その高さ、です」

ナンシーはそう言った。

確かに明言した。

「ある種の戦争病変、例えば爆撃や略奪の恐怖に長時間さらされた子供の精神が操縦士エリートの『素体』として優れたものに『閉じやすい』傾向がある……といった悪夢のような研究レポートが発表されたんです。それもここ、北欧由来の世界的な科学賞のお墨付きを得てね。そのおかげで私のような部隊が設立される運びになりました」

世界一有名な爆薬の発明で得た大金を基に設立された科学賞。

だが知名度が大きくなれば様々な陰謀論の標的になるもので、こちらについても何の根拠もない様々な噂や憶測が流れている。特にビデオ方式などに見られる、対立する規格競争などではこの賞に選ばれた理論の方が圧倒的な知名度を得る。万能細胞やニュートリノだって、この賞を契機に詳しく知った人も少なくないのではないだろうか。当然、大衆の理解を得ている技術の方が予算も取りやすく、大規模な実験を進めやすく、より大きな成果を出しやすくなる。

逆もまた然りだ。これを利用して兵器転用を含む『世界の流れを変える技術』を取捨選択し、歴史の方向性を望む向きへ調整しようとする者がいる、などなどの噂が出てくる訳だ。

実際に、意図があったかどうかは分からない。

だけど現実として、世界の多くの目が向けられるようになっていったのか。

「まるで古着屋みたいな話だな」

「……ええ。新品のままでは売れないから、わざとジーンズを傷めつけて色を落として新しい値札をつける。そういう話です。しかも罪もない子供達に、目には見えない心の傷を」

ナンシーはゆっくりと息を吐いて、

「私は泥沼の戦場で両親を失った子供を回収し、その適性を調べ、合格ラインを満たした場合は各地の『安全国』へ『出荷』するよう命じられた特殊部隊の所属です。つまり超国家、世界的勢力ぐるみのスカウト組織。しかも表向きは爆撃や略奪の恐怖から身寄りのない子供達を保護して銃火のない安全な生活を保障する……というのだから誰にも止められない。長い戦争で苦しめられてきた子供達が国家権力の手で救済され、操縦士エリートとして大きく羽ばたいて一般家庭より高い収入を得るとされています」

元々戦災や被災の現場ではそういう問題が蔓延りやすい。例えば海外のボランティアが孤児を保護した結果、それが国境をまたいだ誘拐行為とみなされる事例は少なくないのだ。

ただしあらかじめガイドラインを作っている場合はそういったヘマをするとも思えない。おそらく『安全国』での操縦士エリート養成実験が明るみに出たとしても、戦災によって傷ついた精神を癒すための医療行為だとみなされるよう法的防護も固めている事だろう。実際に真っ白な密室の中で行われているのは拷問や虐待紛いの悪行だったとしても、正しく糾弾した者がかえって大衆メディアから悪役とみなされるように、だ。

「……ね？　王子様に救われた女の子のシンデレラストーリーとして、分かりやすいほど分かりやすい美談になるでしょう？」

「話の真偽はさておくとして」

マリーディは吐き捨てるように言った。

「だからどうした？　お前の所属が何であれ、内勤の制服一丁でお前が現場に踏み込み、ログハウスの中で囚われていた合理的な理由にはならないだろう」

「……私は戦う力を持ちません。現場に出る事なく状況を俯瞰して各員の連携を繋ぐ、オペレーターとハッカーの中間みたいな立ち位置でしたから」

ナンシーは四駆の壁に体を押し付けられたまま浅い呼吸を繰り返しながら、

「だから、その力を上手く使えば包囲網に穴を空けて子供達を逃がす事もできました。……とはいえ流石に何度も繰り返せば違和感に気づかれるはずですから、ひょっとしたら現場の兵士達も心の奥底では自分の任務に疑問を持っていたのかもしれませんが」

「それが現場に出てきた理由は？」

「例のコンテナやタンクを使った善意の鉄格子です」

すでにほとんどマリーディの腕の力は抜けていた。

もちろんナンシー側に不穏な動きがあれば、いつでも銃やナイフで殺せる状態はキープしているが。

「データをいじって子供達を包囲の外に逃がすのは構いませんが、その後も彼らの人生は続きます。闇雲に荒野を歩かせれば兵隊とかち合うまでもなく地雷や不発弾を踏んでバラバラになりかねない。過酷な環境の中で生き抜く術を学ぶとかで、銃を握る事に躊躇いがなくなってしまっても意味がない」

「……悪かったな」

「そうなると、銃火のない安全な街の中に彼らの居場所を確保するしかありませんでした。それでいて大人達の干渉のない安全圏を。……ヴァルハラ中央にある『不可侵の森』はちょうど都合が良かった。周りを大人達に守られて戦争を遠ざけつつ、その大人達から直接の干渉のない小さな家を作るには」

「あそこに保護院でも作っていたっていうのか⁉　一千年来の原生林だぞ‼」

「食糧その他生活物資についてはデータをいじればあの子達に回す事はさほど難しくなかった。元々、私達自体が存在しない部隊で正規の支給品もありません。よその正規部隊から枝分けして得た物資をさらに枝分けして配るだけで良いんです。こうして誰にも、そう、同じ隊の人間にも気づかれない聖域が完成した。教育については私が通信教育の真似事をさせてもらいました。私の身勝手な主観で良ければ、彼らは幸せそうに見えた」

「……とんだ後ろ暗い慈善活動だな」

「ええまったく。軍法裁判間違いなしです、二年も三年も続けられた事自体が不思議なくらいに。でもようやく芽が出るところだったんです」

何しろヴァルハラの文化的支柱で学術的な内部調査も禁じられてきた『不可侵の森』だ。潜伏するには最高の環境と言えるだろう。

一つの動きさえなければ。

「およそ一年前。このヴァルハラを海側と山側に分けた善意の鉄格子は、表向きは街の面積を等間隔に切り分けるために敷設されたものですが、実際には違います。五〇〇億ドルに勝るこの世界の宝をバラバラにしてしまう事が真の目的だったんです」

「世界の宝？　お前達の『家』には何かがあったという事なのか？」

「ええもちろん」

マリーディからの問いかけに、ナンシー＝ジョリーロジャーはうっすらと笑った。

「『資本企業』、『情報同盟』、『正統王国』、『信心組織』……」

そして言った。


「その全ての子供達が笑い合って、一つ屋根の下で暮らしていけるという事実。それこそが汚(よご)れたお金をいくら積んでも得られない、世界最高の宝なんですよ」


ロジックが違った。

血と硝煙に慣れ親しんだマリーディとは、決定的にプラグとソケットが噛(か)み合(あ)わない意見。

だけどそれ故(ゆえ)に、強力な意味を持つ言葉であった。

「戦争を継続する事で利益を得たいと考える人間がいます。それはきっとあなたが思っているよりもずっと広く、深く、この世界に根を張っている。何も世界の裏側に根付く謎の権力者だけじゃない。『安全国』のお茶の間でテレビ越しに遠い国の戦争を眺めている一家の団欒(だんらん)だって、自分は安全を金で手に入れたと優越感に浸っているでしょう？　『戦争の利益』は合成着色料より日々みんなの口に入っている。その事実を知れば誰もが震え上がるほどに、です」

ナンシーはその得体の知れない感覚を具体的な言語で表現していく。

あのマリーディにさえ、ある種の『恐れ』を生み出す言葉に。

「そんな意見を束ねた総意のような人間からすれば、この事実……『戦争は、必ずしも続ける必要なんかない』という一つの結果は、絶対に許せないんです。それも『クリーンな戦争』よりはるかに悲惨で泥沼な北欧禁猟区で発生した事態だなんて。あの子達のささやかな生活は社会実験とみなされたんですよ。世間に知れればやがて大きな運動へ広がりかねない、と。ヴァルハラの地下銀行だのロンダリングだのなんていう次元じゃない。彼らにとって敵国の人間はみんな人喰(ひとく)いか強姦魔(ごうかんま)しかいない鬼や悪魔の化身で、会話は一切できないものでなければならないんですからね。戦争の歯車そのものが、止まってしまうかもしれないという恐怖。彼らはたとえ一〇〇万都市を真っ二つに分断し、あの子達の生活をメチャクチャにしてでも『一つ屋根の下』を絶対に破壊したかった。その事実に蓋(ふた)をして、最初から存在しない事にしてしまいたかったんです」

ゆっくりと息を吐いて、ナンシーはこう続けた。

「彼らは散り散りに逃げた子供達を放っておかないでしょう。できる事ならその全員を捕まえてできるだけ残酷な結末を世に知らしめたいはずです。ただ殺すだけでは飽き足らない、『四大勢力の人間が仲良くしようとすれば結局こうなる』と世界を納得させるような『伝説』を作って溜飲(りゅういん)を下げようとしているはず」

だからナンシーは居ても立ってもいられなかった。

　おそらく得意とするデータ管理だけでは海側と山側へ散らばっていった子供達を全員助けられないとどこかで限界を感じて、勤務記録を誤魔化して時間を作り、内勤の制服のまま泥沼の戦場へと飛び込んできた。

「……結果は何もできずに不良兵士のゴロツキに捕まっちゃいましたけどね。下手な嘘をついてあなたにしがみついたのも、ここでリタイアする訳にはいかなかったからです。散り散りになったあの子達の安否を知る必要があった。まあ、現実は滅法過酷でしたけど」

　ナンシーはうっすらと笑って、

「どれだけ第一線で働いてきても、結局私は一度も現場の空気を嗅いだ事がなかったんです。本物の苦しみなんか何も知らないまま、あの子達を諭して救った気分になっていた」

　マリーディもマリーディで、ナンシーの襟首から完全に手を離した。

　舌打ちして彼女は言う。

「……やけにヴァルハラの住人に同情的だと思ったら、そういう理屈だったのか」

「自分じゃ自覚はありませんけど」

「お前は兵隊がどれだけ死のうが知った事じゃないが、戦争非参加者が惨劇に巻き込まれるのは絶対に許せない人間なんだ。それは四大勢力どこの所属だろうが関係ない。戦争参加者と非参加者とでしか線引きをしていないんだろう」

そしてヴァルハラ以外に見てきたのは全部が全部何かしらの軍属だった。街に入ってから調子が変わるのも、まあ不自然な話ではない。

（私のような子供を作らせないために、か……）

何とも皮肉な平和主義に、マリーディは思わず唇の端を歪めてうっすらと笑う。

だがそういう話なら信用に値する。

銃の撃ち方は分からず森の歩き方も知らない。そのくせ出会い頭にいきなり銃撃されて意識を失ってでも徹底してマリーディに喰らいついてくる。どこかちぐはぐだったものがようやくかっちりとはまったような印象だった。

演技だけでは説明のつかない部分もあったのだ。どこかすわりが悪かったピースは、マリーディの中には存在しない善意を折り込めば説明がついてしまう。

「ここに来て、何か悪い事と出会うたびに、あの子達がそのスケープゴートにされるんじゃないかと恐れてきました。密売基地に、ゾンビを生み出す人工分子モーター、動力炉の爆発……。そのどこかであの子達の名前が出てきて、仮初の犯人にでも仕立て上げられるんじゃないかって」

ただ、そういう話だと『戦争肯定論者』が子供達を使い切る具体的な計画はまだ見えていない。単に潜伏しているヴァルハラごと吹き飛ばしてしまうのが『作られた惨劇』という事なのだろうか。

ナンシーとしては子供達の名前が出てこない事で胸を撫で下ろしつつも、もっとひどい場面のために温存されているのではないか、と気が気でないはずだ。

「ちなみに散り散りになった子供達はどれくらい所在が分かっているんだ」

「なんだかんだでここまで決断するのに一年近くかかりましたからね。九割九分は無事だったんです。だけどその中で二人だけ安否が不明な子が残っていた」

それを誤差とみなさず、致命的な失敗と判断して危険な現場に踏み込んできた辺りにナンシー＝ジョリーロジャーの人間性があるのか。

「ネクレカ＝モヒートとエレノア＝モヒート。双子の姉妹なんですけど、あの調子だと逃げるのに失敗して海側と山側に分断されてしまったみたいですね」

「モヒート？」

ぎょっとしたようにマリーディが繰り返した。

「それってブレイズ＝モヒートと同じ⁉　ボーイレーサーのボーカルの⁉」

モヒート姓自体は北欧禁猟区の都市部では珍しくないものらしいのだが、エビフライは力なく頷いた。

「子供達の中には、ギター、ベース、ドラムの直系の子達もいましたよ。彼らがどうして芸名で本名を隠していたか知っていますか？　元々『資本企業』『情報同盟』『正統王国』『信心組織』……バラバラの世界的勢力の人間だった彼らがここ、全てが入り乱れる北欧禁猟区だからこそ知り合う機会を得たからです。ただし、そのまま世界へ羽ばたくにしては色々都合が悪かった。彼らが歌詞カードの中に戦争の皮肉を込めていたのも、いつか名前を隠さずに世界ツアーを行うのが夢だったから、とされていますね」

「……、」

エビフライはボーイレーサーの歌自体は詳しくないようだった。

にも拘わらずマリーディも知らないような裏事情を知っているのは何故か。幻と化したメンバーと近しい人物と直接会話する機会があったからだ。

「さっきのデモ隊の中で、いもうとをかえして、というプラカードを掲げていたサイドポニーのあの子がエレノア＝モヒート、あなたの大好きなボーカルの娘の一人です。ロックとやらは知りませんけど、そういえば歌が好きな女の子でしたね。いっつも双子で揃って、即興で作った歌を口ずさんでましたっけ」

「……五〇〇億ドルの宝、か。音感が受け継がれているとしたら、あながち冗談でもなくなってきたな」

「人の命をそんな数字で換算されるのは不愉快です」

ナンシーはぴしゃりと遮りつつ、

「心配でしたけど、軍の記録を誤魔化して救出に来た以上は大勢の前で話しかける訳にもいきませんでしたからね。プリペイドの携帯を持っていたようでしたので、ひとまず発信電波を追い駆けています。軍属の使う無線電波の発信源が一定距離まで近づけばこちらへアラートを発するように設定済みです」

「……お前、コンピュータなんて持っているようには見えなかったが」

「ここではプリペイドの携帯が手に入る、と説明したでしょう。そもそも公衆電話一つあれば適当な地方銀行の口座照会サービスに埋め込んだプログラムを走らせる事は可能です。もちろんデータリストにあるストックを順番に打ち出すだけの、融通の利かないプリセットの組み合わせでしかないので非常手段ですけど」

「それにしても、デモなんかに参加させて大丈夫なのか？　介入不介入はさておいて、当局は必ず監視記録しているぞ」

「もちろん良い訳はありません。ただ、さっきも言った通り監視記録されているからこそ大々的に接触するのも危険なんです。デモ自体は恒常的に続いているようですし、上手く紛れていると嬉しいんですけど」

……あくまでも平和なデモ行進の真っ最中に政府関係者が雪崩れ込み、特に正当な理由もなく子供の参加者を連れ去った、などという話が出回ればそれはそれで大暴動の引き金に発展しかねない。秘密裡に『悲劇的な伝説』を捏造したい側からしても開幕前にスポットライトを浴びてしまう事は望んでいないだろう。黒幕が作りたいのはマリー＝アントワネットであってジャンヌ＝ダルクではないのだ。そう考えれば敢えて大勢の民衆の耳目に触れるデモの中に紛れさせておくのも悪い選択肢ではないかもしれない。

「……それも街のど真ん中に眠る動力炉が吹き飛んでしまえばご破算だな」

「ええ」

小さな音があった。

マリーディがタブレット端末を操作すると、地面に置いていたドローンの小さなプロペラが一斉に回転を始める。

「自分で言うのもなんですが、どれだけ甘ったれだろうが私は平和主義者です。本来ならこの北欧禁猟区の空気とは絶対に馴染まないと思います」

回転数が一定に達すると、オモチャのような機材は次々に見えない重力の鎖から解き放たれていく。ふわりと浮かび上がれば、後は早かった。

ある種の紙でできた灯籠を見送るように、メガネでエビフライなナンシーは夜空へ舞い上がっていく軍用兵器を見上げていた。

そして明確に言った。

「だけど顔も見えないあのクソ野郎どもを殺したい理由はある。だから手伝わせてください、どこまでも」

ゴッッ、という鈍い音があった。

マリーディとナンシーが互いの拳を軽く合わせた音だった。

彼女達は夜空を舞うドローンから目を離し、そのまま軍用四駆のドアを開ける。

携帯音楽プレーヤーからハードロックの名手、ボーイレーサーの重低音が炸裂(さくれつ)する。そこに含まれる意味を全く変えて。

こうして逆転の第一ラウンドが始まった。

# Track 12 Signal Break

頭上で巻き起こる大爆発に、まるで四方八方から引きずり込むような暴風の渦。直接的な突風災害に続いて有線無線を問わずテレビ、ラジオ、携帯電話、インターネットなど全ての通信設備が切断。

『わあ、わあ、わあー!!』

『よせっ、表に出るな坊主！　走る凶器がしこたま暴れ回ってんだ、中に引っ込んでろ!!』

『でもパパ、さっきそこで覆面さんが撥ね飛ばされてたよ？　お馬さんに蹴られたみたいに』

『そりゃ混乱に乗じてウチの店に押し入ろうとした強盗だあーっ!!』

おかげですっかりパニックに陥った分断商都ヴァルハラの中を、マリーディは器用にハンドルを回して爆走していく。タイヤのグリップ力の弱い並の自動車では横滑りするほどの状況だ。灰色の粉塵で視界も悪い中では、ほとんどの賢明なドライバーは路肩に車を停めて必死に耐えている状態だった。おかげで大事故や渋滞などに悩まされる事もなく、マリーディやエビフライを乗せた軍用四駆は滑らかに移動を続けていった。

少女はボーイレーサーの名盤を耳にしながら、

「……一番事故ってんのは真面目なパトカーかレスキューじゃないのか？　ああもう、どんなに頑張ったって残業代は出ないんだから路肩で待機していれば良いものを。ま、ヤツらの車は頑丈だから道路標識に突っ込んだくらいじゃそうそう重い傷は負わないだろうが」

「こ、これ、いつまで黒幕さんを騙せるんですかあ？」

「好奇心旺盛な無線マニアが自慢のコレクションを抱えて街の外へ出てみようなんて考え出さない事を祈ってろ」

全速全開でアクセルべた踏みのマリーディだったが、実を言うと明確な目的地がある訳ではなかった。ひとまず人工的な山々に囲まれた『情報同盟』側の出口を目指す。

『……聞こ……か、……ーディ！　あっち……ちを電波が飛……いまく……る。非常……備が足……いか……暗号強度も適……。こ……らす……解析……められるぞ……！』

マリーディは走りながらカーステレオとは別に取り付けられた軍用無線のダイヤルをいじくり回して舌打ちする。

「くそっ、自前の電波障害にやられてやがる。さっさと街の外に出ないと諜報部門の連中と連絡一つままならないな！」

「無事に混乱が生じているって事は、彼らもきちんと外に繋がる線を切断してくれたんだと思いますけどお」

市内の有線回線は生きているので、交通管制センターは無事だ。信号機のコントロールが生きているのは幸いだった。マリーディとしてもあまり二次被害の発生は望んでいない。

分断商都ヴァルハラの出入口には『情報同盟』の兵士がゲートを設けていたはずだったが、人命救助にでも出かけたのか詰め所には誰もいなかった。しかも車から降りる必要もない。ナンシーが目線を投げてパチンと指を鳴らすと、行く手を塞いでいた路面のスパイクロックの金属爪が引っ込んでくれる。強力な電波障害下のはずだが、至近一メートル程度なら電波は届くらしい。

いよいよ街の外へ繰り出しながら、マリーディは助手席のエビフライにこう尋ねた。

「正直、ハッカーって何をどこまでできるんだ？」

「仕組みを知ってしまえば窮屈で、意外と便利なものでもないですよ。手品師と同じで、何でもできるように見せかけているだけですぅ」

暗い山々に出ても、しばらく通信状況は回復しなかった。

街の明かりが完全に消えた辺りで、ようやく脳みそに刺さるようなノイズの中から明確な人の声が聞こえてくる。例の諜報部門の中年男だ。

『マリーディ聞こえるか？　やだぜこんなの一晩中呼びかけ続けて朝日を拝むだなんて！』

「どうにかこうにか街を出たよ。本題はどうだ」

軍用四駆を停めると、ナンシーは真後ろを振り返って奇声を上げていた。

「うわあー……」

サイドミラーで確認すると、それはそれは見事な純白の世界樹みたいなものがそびえていた。言うまでもなく、マリーディ達が捏造した安全安心のきのこ雲だ。実際の被害はゼロに近いが、あれを遠目に見ればどんな人間でも不安で胸を潰される事だろう。むしろ渦中にいるヴァルハラ住人の方が全体像が分からずに冷静でいられるかもしれない。

『ようやっと繋がったか。ひとまず爆破のタイミングで有線の対外基幹光ファイバーの切断に成功。分断商都ヴァルハラは完全に孤立した。その間に街の周囲で飛び交った無線通信は有象無象合わせて五〇二万三六一九件。世界が飛び起きたぞマリーディ』

「何でも良いが、その中から選り分けはできているんだろうな。ケータイ片手の素人パパラッチだの目立ちたがりの動画職人だのなんぞの相手をしている暇はないぞ」

『軍用通信も多かったが、四大勢力の規格に見合わず、それでいて馬鹿みたいな暗号強度を保持している通信を見つけた。カリフォルニア生化大の新薬開発用のスパコンを借りて解析完了、原文のまま出せるぞ。通信自体は短い。おそらく待ち合わせの予定だけ決めて、詳しい話は現場でするつもりだろう』

「結論だけ言ってくれ」

『甘ったれるな、自分で聞いてみろ』

吐き捨てられるような声で言われてマリーディは顔をしかめた。流石は中年、何でも動画サイトでオチを確かめたい現代っ子の気持ちは理解してくれないようだった。

そして無線機からはこんなボイスデータが出力された。

『誰だ？　誰が鍵を挿した⁉　情報の波状攻撃にも作法がある。事前に連絡してもらわなければ世論操作の段取りを組み立てられないぞ！』

『待て、それ以上は信号に乗せるな。非正規回線とはいえ誰が何を記録しているか分からんのだぞ⁉』

『そもそも物理入力装置のパスワードは四つ、個別に設定していたはずよ。つまり私達四人の総意でなければ起爆コードは入力できないはず』

『……我々の誰かが先走った、という訳ではないのか？』

『なら誰が⁉』

『これ以上はまずい。直接会って話そう』

『場所は？』

『安全対策も良いが一秒一秒が脱線した状況を広げていくぞ。準備に時間はかけられない』

『そもそもヴァルハラが吹っ飛んだ以上は「いつもの場所」は使えないわよ』

『そうだな。……なら次点を使うしかあるまい』

『次点とは？』

『「あそこ」だよ』

聞き終えて、マリーディは人差し指で軽く自分のこめかみを叩いた。

そして尋ねた。

「この声の声紋を証拠にする事はできるか？」

『そもそも不正な手段で暗号解析したんだぞ、軍事裁判所なんぞに提出できるか。しかもこいつはデータ縮小のためコードブックを使ってる。携帯の技術と一緒で、肉声を基に機械的なプリセットを組み合わせて本人そっくりの音域や抑揚を再現しているだけだ。ここまで言えば分かるな？　肉声「そのもの」じゃないから声紋は検出できない。限りなく本人に良く似た電子音の連なりが出てくるだけだ。やろうと思えばＤＴＭだのシンセサイザーだのの感覚で演奏できるデータだから証拠能力はない。合唱団みたいな弁護士どもは押し切れんぞ』

「……なら寄り道をやめて本題に入るが、この会話だけで連中の会合場所は分かるか？」

『分かったらわざわざクイズ形式にすると思うかよ。こっちも暇じゃねえんだ』

「くそっ!!　ここまで派手にやって収穫なしか!?　連中が混乱から立ち直れば最初で最後のチャンスを失うぞ!!」

マリーディはハードロックに身を委ね、運転席のヘッドレストに後頭部を押し付けて深呼吸する。

(……考えろ。喚いても答えは出ない)

何にしても時間がない。連中の会合場所を見つけて四人一組のテーブルへ速やかにミサイルの一発でも撃ち込んでやる必要がある。そのためには会合が終わる前に具体的な行動へ移らなくてはならないのだ。

(状況を考えれば、連中にとってもイレギュラーなはずだ。いつも使っている分断商都ヴァルハラの地下は選択できないが、かと言って安全性を確かめてもいない場所で黒幕が雁首を揃える訳にはいかない。何しろ多くの機密情報を抱える各勢力の重鎮四人が集まっているところを一枚撮影されただけで国家反逆罪になりかねないんだから)

世界は無限の広がりがあるようにも見えるが、一つ一つありえない可能性を潰していけば、やがて点と点を結ぶ線のように道は狭まっていく。

(そうなるとすでに心当たりのあるストックの中から、今すぐ全員が集まれる場所を選択するはず。……具体的にそれはどこだ。いくら黒幕だからって北欧禁猟区で使えるストックは有限だ。私はこれまで散々ヤツらの手足となった兵隊どもに追われてきた。私はヤツらの懐具合を見てきているはずだぞ)

膨大な数の多連装ミサイルコンテナと数が足りず間に合わせの移動式レーダー施設で構成された『情報同盟』の地対空ミサイル網『トールハンマー』。

味方のはずの『資本企業』の回収ヘリから重機関銃で追い立てられた廃棄ハイウェイ戦。

立ち往生した『正統王国』の巨大戦闘列車『レーヴァテイン』と、連中の死体を利用した狂犬病分子モーターを使ったゾンビ戦。

『正統王国』のパニッシュ飛行隊と、直後救援に訪れたはずの『資本企業』のアイス飛行隊からの襲撃と地上へのとんぼ帰り。

フライトレコーダーの暗号解析に用いた、座礁した『信心組織』のアルゴ級巡洋戦艦『ナグルファル』号。

地下に動力炉の眠る一〇〇万分断商都ヴァルハラでの一幕。

「……、」

……これらの中に四大勢力の黒幕が安心して腰を下ろせる場所はなかったような気がする。

だがそれはマリーディが全貌を把握できていないからかもしれない。だとすれば空白のブラックボックス、マリーディがこれまで見てきた中で未だ謎の残っているモノ、場所はどこか。

考えてみれば良い。

答えは一つだった。

「……狂犬病分子モーターだ」

「です？」

「語尾を伸ばさなかっただけでも真剣と受け取るべきか？　あのゾンビを生み出した狂犬病分子モーターだけ、実はどこの勢力が放ったものか分からずじまいだった。ひきこもりの黒幕どもは今まで書類を捏造して各勢力の正規部隊に私達を襲わせていたけど、それだけじゃ足りないと焦って自前の秘密兵器をこっそり投入してきたんだ。だから違和感が生まれた。あそこだけ浮いているんだ」

「でもそれって、何がどういうヒントになるんですか？　今から狂犬病分子モーターの感染者を探し出して、電子顕微鏡サイズの組成を調べれば製作者の情報が出てくると」

「そこまで深読みする必要はない」

マリーディはゆっくりと息を吐いて、

「狂犬病分子モーターなんて非人道兵器、普通に考えれば製造許可なんか下りる訳ない。私の知ってる天然痘ベースの場合だって極微量の実証試験って建前を作るだけでも相当書類と格闘していたようだし、量産体制を築いてBC兵器を実戦配備するとすれば非公式の秘密工場で生産するしかないが、それだって条件は限られる。半導体工場と同じだよ。塵一つないクリーンルームと純粋な$H_2O$のみで構成された理論純水は必須だ。絶えず空爆や砲撃が続いてどこでも震動にさらされる北欧禁猟区じゃなかなか揃えられる環境じゃない。国際条約に触れるから誰にも目撃されてはならない、という条件も加味すると仮初の安全神話で守られた都市部の工場を借りている訳でもないだろう」

今は民間の衛星で誰でも自由に地球表面を眺め回せる時代だ。大昔のように山奥や砂漠のど真ん中に秘密研究所を作ったって悪目立ちしてしまう。戦場は閲覧禁止で真っ白になっているとはいえ、それで安心するほど馬鹿でもあるまい。

そうなると、考えられるのは既存施設の再利用。北欧禁猟区はアメーバのように絶えず勢力図が塗り替えられる泥沼の戦場なので、その過程で放棄された街や、集落と集落を結ぶ幹線道路なども珍しくない。元々あるものを再利用するだけなら、衛星画像上ではさほど目立たないのだ。この辺りは、『トールハンマー』の移動式レーダーがスクールバスや大型トレーラーに偽装しながら道路を走り回っていたのと似ている。

「衛星からの監視を逃れ、大規模な設備や資材を持ち込めるだけの大きな空間で、かつ、爆撃や砲撃の衝撃にさらされても滅多に亀裂の入らない頑丈な施設。最初から軍事目的で開発されたものではなく、あくまでも民間で作られたものを再利用するのが望ましい……」

一つ一つ条件を並べ立て、ありえない可能性を潰し、四角い石を削って人の像を生み出すように輪郭を整えていく。単にロジックだけの話ではない。取捨選択において、この北欧禁猟区で豊富な実戦を積んだマリーディの経験がものを言う。

果たして答えは出た。

「……トンネル、かな」

『ああ。廃線になったトンネルをワインの貯蔵庫に再利用するなんて話があったっけか。後はホワイトアスパラの生産基地にするとか』

「かなり縦長になるが、山一つを丸ごと貫通するようなものなら全長は一〇キロを超える。体積全体を考えればそこらの学校より巨大な空間を自由にできる計算だ。大都市から離れた森の中にあるトンネルなら自然と理論純水の基になる奇麗な水も回収しやすい。こういう立地は爆撃を避けて戦闘機を離着陸させる緊急滑走路としても考えられてきた。この北欧ではハイウェイ離着陸を想定した小型機の開発さえあったくらいだ。つまり防空壕としても十分な強度がある。それに、密閉されたトンネルは元々排気のために巨大な換気ダクトと予備電源を備えている。こいつの自家発電に頼れば派手に電気を使っても外部にバレない。……まだまだ並べられるぞ。秘密工場としてこれ以上の立地はないはずだ」

廃棄されたはずのトンネルへ次々に車が飛び込んでいけばそれはそれで悪目立ちしそうなものだが、何もトンネルの出入口は前と後ろの二つだけではない。坑内での事故を想定し、一般に等間隔で非常口が用意されているものだが、それらは山中の深い森の中だ。傘のように開く枝々が邪魔をするため、衛星で観察したくらいでは出入りを把握しきれない。

『だがマリーディ、一口に廃棄トンネルっつっても大小合わせて何百本あると思ってやがるんだ。ここは海と山が美しいフィヨルドで有名な北欧禁猟区だぞ』

「分かってる。だからこそ連中も木を森へ隠せるんだ。もっと頑丈な設備だけなら発電所の跡地とかいくらでも候補はある。どこにでもあって、しかも好条件。この按配が大切なんだろう」

『……ドヤ顔は結構だが、どうやって候補を割り出す？　北から南までしらみ潰しって訳にもいかんだろう』

「まあ、流石に衛星で調べて排熱の有無で確かめる、なんて簡単に話は進まないか」

マリーディはゆっくりと自分の舌で可憐な唇を湿らせてから、

「北欧禁猟区なんて民間の地図アプリじゃまとめて真っ白の閲覧禁止エリアだろうが、諜報部門は真面目に仕事をしてると願っているぞ。都市部から離れていて、理論純水の材料となる天然水の採取地の近く、工場設備と兵員の生活空間を考えれば全長五キロ以上のスペース、バンカーバスターなんていう地下壕専門の爆弾を除く一般の流れ弾に耐える程度の深さ厚さを考えると、頑丈な岩盤の山の根元付近を通る廃棄トンネル。条件を絞り込んで検索はできないか」

『検索結果八三件』

「前と後ろの出入口からは直接トンネル内部に侵入できない。出入口が崩落していたり、手前の橋が落ちていたりだ」

『待て待て、ええと、まだ一九件』

「ならもう一つ追加。地元警察かヴァルハラに居座る軍のMPの記録と照合。過去、廃線決定後にその周辺で自殺、事故、失踪案件など不自然な事件の情報がある。つまり不幸なドライブやハイキングでの目撃者を消した痕跡がある」

『見事に一件こっきりだ。フベルゲルミルループ廃道。標高五〇〇メートル辺りを輪切りにするように円形ループ坑がある。山を抜けるってよりは各所に出るためのジャンクションだな。当然、全ての出口は崩落で塞がれているが。……お前さんは伝説のプロファイラーか何かか？？？』

「言っても数百程度だろ。一〇〇億でも二〇〇億でも、世界人口より多いサイトで溢れ返ったウェブ検索に比べればどうって事はないさ。早く地図のデータを寄越せよ」

適当に答えながら、マリーディは軍用四駆のエンジンに再び火を入れる。

助手席のエビフライは慌てたように、

「これからその秘密工場に殴り込みをかけるんですかあ⁉」

「どうだろうな。具体的な場所は……」

『遠いぞ。直線距離で二〇〇キロはある。海と山で美しいフィヨルドのぐねぐね道を考えれば悲惨な距離だ』

「だとさ」

大体、世界の黒幕四人が安心して集まれるような強度の施設だ。プロ一人と素人が銃やナイフを抱えて突撃してもさしたるダメージは与えられないだろう。

「それで、頼んでいたものは調達できたか？」

『言っておくが北欧禁猟区のジャンクだぞ。使用は自己責任だ、後になってから中の部品が足りませんでしたなんて話になっても遅いからな』

「ん？　んうー？？？」

エビフライが鬱陶しくなってきたが、マリーディは気にせず四駆のハンドルを操る。

着いた先は特定の場所というよりは、直線のハイウェイのど真ん中だった。

金髪の少女が携帯音楽プレーヤーを回収して車を降りると、道路に対して横一列に並んだ男達がライト片手に足元を照らしながらのろのろと歩いているのが分かる。

「よお。わざわざゴミ取りまでしてくれたのか？」

「野戦対応の低圧タイヤを選んじゃいるが、過信するなよ。基本的にネジ一本踏んづけたら離陸失敗で火だるまになるぞ」

「離陸ですう？」

メガネのエビフライは疑問だらけだ。

暗がりの中、マリーディは課報部門の中年男から警棒代わりにもなる軍用ライトを受け取ると、あらぬ方向へ適当に光の円を放った。

そこにあったものを見てナンシーが『ひっ⁉』と短い悲鳴を上げた。

荷台に分厚いシートを被せた大型ダンプ。

そしてその中にあったものを組み立てたのだろう、灰色の翼を広げる戦闘機があった。

たまたま入ったレストランの有線放送でお気に入りの一曲を耳にしたような顔でマリーディはこう呟いた。

「『資本企業』のZig-27か。良い仕事だ」

「なっ、ななな何でこんなトコに漠然と戦闘機が置いてあるんですかあ⁉」

「ブラックマーケットを使って買い付けたからに決まっているだろ」

「なあお嬢ちゃん、しれっと言っているが調達すんのすげえ苦労したんだぞ！　しかもお前さんの好みに合わせて『資本企業』の双発大型機だ‼」

「だから素直に良い仕事と褒めただろう。良い子良い子」

マリーディは呆れたように息を吐いてくたびれたおっさんの頭を撫でながら、エビフライの方に目をやった。

「戦闘機を丸々一機調達するのは難しいが、ここは北欧禁猟区だぞ。一日にどんだけ撃墜されていると思っている。複数の墜落機から使えるパーツを引っこ抜いて組み合わせれば丸々新品一機の完成だ。拾い物を組み合わせただけのくせに職人技を気取って馬鹿げた売値を吹っ掛けられるのが珠に瑕だがな」

「……中には完成像も分からずバラバラの機体を組み合わせてオリジナル機になっちまったモンも出回ってるが。ロボット模型の腕や武器だけ集めてお気に入りにゴテゴテ貼り付けるような感じだ」

「こいつはちゃんとした『職人』の品なんだろ？」

「最近じゃその証明書も偽造されて信頼できなくなってきてんだがね」

## 【Zig-27】

**Zig-27**

**全長**…25.5メートル

**全高**…5.6メートル

**全幅**…19.7メートル

**火器最大装備時重量**…29.9トン

**最高速度**…時速2800キロ(アフターバーナー展開時)

**用途**…長距離多用途戦闘機

**乗員**…最大2名

**運用者**…『資本企業』

**動力**…ジグリクス航空製RE-03×2

**兵装**…短距離空対空ミサイル×14、
20ミリ機関砲×1、
欺瞞兵装など

**メインカラーリング**…グレー

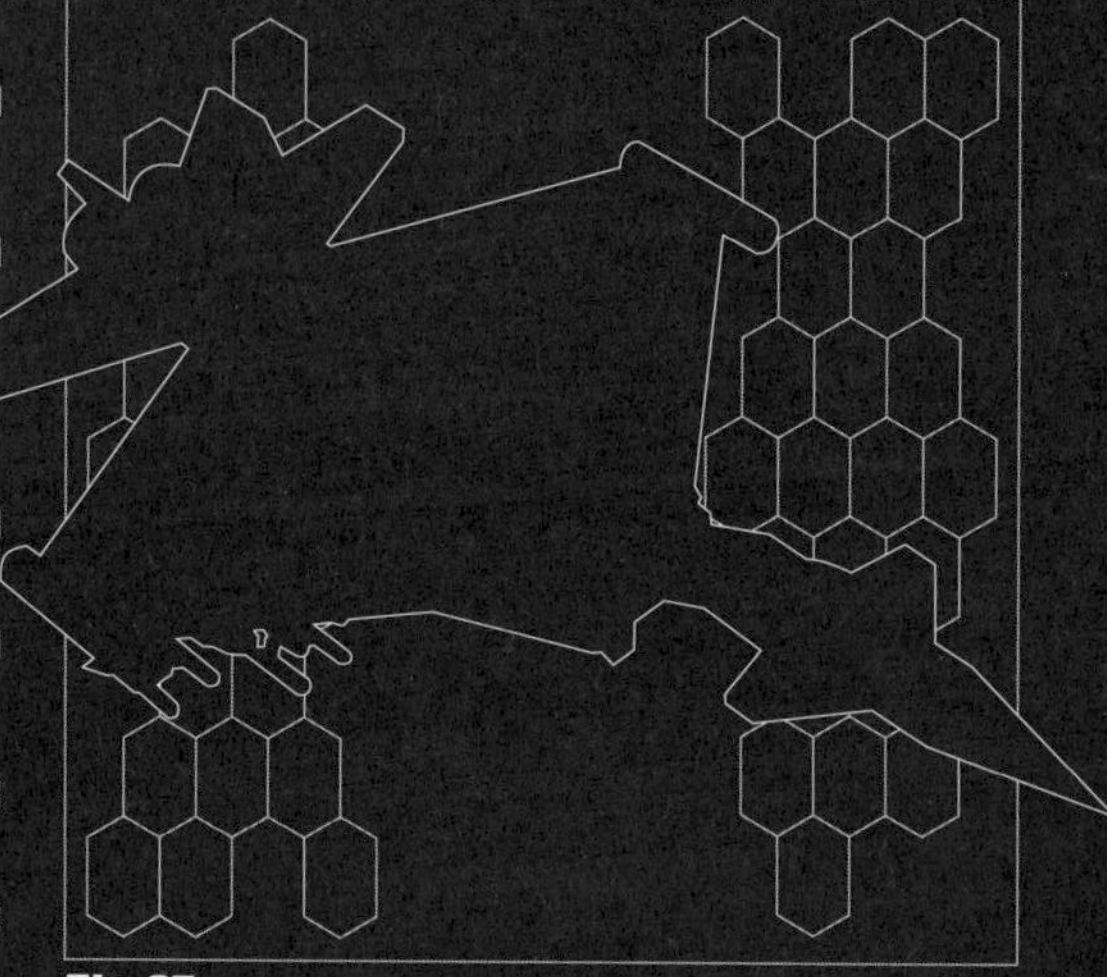

Zig-27

何事も需要と供給だ。

玄関先に束ねて置いておいた古新聞古雑誌を勝手に持って行っちゃう困ったじいさんと同じくらいの感覚で墜落機の部品を拾い集めるのが北欧禁猟区なのである。

「……っっっ!?」

エビフライはもうまともに言葉も出ないようで、口をぱくぱく動かしながら諜報部門の中年男の方を見ていた。マリーディの破天荒さにいちいち理解は求めていないが、どうしてこいつらは組織立ってこの破天荒に付き合っているのか。それくらいは説明してほしいといった顔だった。

「『資本企業』の流儀は一つだ」

対する男の答えは単純明快だった。

「……我らがマリーディ＝ホワイトウィッチ閣下殿は思った以上に大金を持っていた。稼ぐばっかりで使う機会のない高『給』軍人サマってのはおっかないねえ」

「お前がその口で言ったんだ。金ってのは稼いで終わりじゃない、きっちり使い切るまでが華だってな。……決済はクレジットで良いな?」

「なんだかんだで限度額無制限のブラックカード持ちだもんなあ、おっかねえ。しかも名義を記録に残さねえ『二重取り消し線の上客』なんて一つのカード会社に何人いるんだってのごっつあんです!!」

メガネの前で思いっきり黒い握手が交わされていた。

ナンシーは額に片手を当てる。北欧禁猟区は人をダメにする地磁気でも漏れ出ているのか。

マリーディはマリーディで、タラップを踏んで開いた風防から機内へ乗り込みながら、

「システムチェックは済ませているんだよな。物理テストは？」

「エンジン噴かして翼のフラップぱたぱた振るトコまではウチのエンジニアがやったが、本格的な風洞実験なんてしちゃいねえぞ。飛んだ途端に溶接が外れてバラバラになってもサポート外だからな」

「だそうだ」

マリーディは底意地の悪い笑みを浮かべて、

「どうするエビフライ？　この調子だとまともなテスト飛行はやっていないし、一回こっきりの脱出装置の実働試験なんぞも以下略だろうな。つまり飛ぶならそれだけで命懸けだ。それでもついてくるか？」

「あの子達のために、何か一つでもできるなら」

「即答か。正直お荷物以外の何物でもないが良いだろう。さっさと後ろに乗れよ」

おっかなびっくりタラップを昇っていくメガネのエビフライの尻を目で追い駆けながら、しかし諜報部門の中年男は軽く眉をひそめた。

見飽きるくらい尻を眺めてから彼は言う。

「おい姉ちゃん、耐Gスーツは良いのか？　一応上下一揃え買い取ってあるんだが」

「はいいいい!?　あっ、あるなら着ますよ無理する理由特にないですし……!!」

「中古品って事は元はと言えば墜落した死体が着ていたフリーサイズだろう。こいつ耐性ないからそれはそれで吐くんじゃないのか」

うっぷ、ううえ……と想像しただけで呻き声が漏れ出たようだった。絶対に着せても良い事は起こらない。

ちなみにツギハギの機体も洩れなく墜落機の再利用なので、言ってみれば使用済みの棺桶に自ら膝を抱えて閉じこもっているようなものなのだが……せっかく手に入れた愛機を年上女のゲロまみれにされても困るので黙っておく事にした。

どうにもならないので涙目で両足の太股を紐で縛っているナンシーに、携帯音楽プレーヤーからボーイレーサーの名盤を耳にするマリーディはごくごく自然といった調子で語りかける。

「ブラックアウトが起きても特に助けん。私がぱっちりおめめなら墜落する事もないしな。白目を剝いて泡を噴くのは構わんが、舌を嚙まないようにだけ気をつけろ」

「あれあれえ？　前代未聞の拷問タイムの始まり始まりじゃないですかねえ!?　ちょっと格好つけたからってバチでも当たったんですかあ!!」

泣き言に付き合っている暇はないのでマリーディはさっさと風防を閉じてしまう。見方によってはエビフライをコックピット内に監禁した構図だ。中年男の身振り手振りで機体後方から人が離れた事を伝えてもらってから、マリーディは手順に従ってエンジンを噴かしていく。

ハイウェイの両端へずらりと並べていた車のヘッドライトが、ガンガガガン!! と次から次へと点灯していく。束の間、真夜中の闇に即席の滑走路が浮かび上がる。

準備完了だ。

「世界最高の遠心分離器へようこそ」

「人をバターか石鹸にでもするつもりですかあ!?」

ズドン!! と地べたに張り付いていた双発の戦闘機が一気に加速していく。元々空中にあるのが正常な機体だ。あっという間に時速二〇〇キロを超え、空気抵抗は揚力に形を変えて複合装甲の塊をぶわりと浮かばせていく。

そこらのスポーツカーを上回る高速度の世界の話だが、体感的にはかえって水飴の中を泳いでいるように緩慢だ。スカイダイビングの映像を長い事眺めていると、むしろダイバーが上昇している風に見えるのと同じ感覚だろう。

「直線距離で二〇〇キロ程度だから、戦闘機でぶっ飛ばせば数分で着くぞ。気を引き締めろ」

「おぶっ、おばっ、おばばばばばばばばばば!!」

「何だもう、変な声出して。お前もしかして自転車のサドルで目覚めたクチか？ エンジンの震動が全身を貫くのは認めるが、あんまり下世話な楽しみ方に走るなよ」

携帯音楽プレーヤーを操作してお気に入りのロックナンバーを垂れ流しながら、マリーディは小刻みに首まで振って目的地を目指す。どこもかしこも大小無数の山ばかりだが、場所を強く認識すればその一方向だけ禍々しく浮かび上がって見えるから人間の視覚は不思議だ。

細い指で液晶を操作する。

レーダーやマップなどではなく、動画サイトを通じて一般のネット回線にばら撒かれている『犯行声明』だった。タコみたいなガスマスクにレインコートで人相や体格を覆い隠した金髪の少女がビデオカメラの前で何かを語らっている。

当然ながら映っているのはマリーディ＝ホワイトウィッチご本人様であり、撮影演出は『資本企業』課報部門一同であった。

そこにはこうある。


『我々は嘘の上に立てた虚構の繁栄を謳歌し、世界の金融経済をかき乱す巨大な地下銀行の構造を破壊するため、「資本企業」の流儀に則って分断商都ヴァルハラを完全に破壊した。世界の財産を適切に管理運用する地球総裁に乾杯。そして世界に根を張る同様の地下銀行全てに通告する。我々は「安全国」だろうが何だろうが一切容赦をしない。これより全ての地下銀行を惑星から一掃する。今回は長く続く大きなゲームのためのチュートリアルステージに過ぎない!!　……あっ、ハヤト様、リセス様も。今撮影していますからちょっと画角に入らないようお気をつけくださいませ』

くつくつと嗤う声が無線越しにあった。

『勝手に本名なんか使っちまって、まったくひでえ出来だ。どこの馬鹿が観たって捏造だって分かる三流ムービーだな。なりすましは立派なネット犯罪だよ、「情報同盟」辺りが観たらカンカンだぞおー？』

「根拠があるならフェイクニュースとは呼ばないだろ。今度は連中に振り回される番を味わってもらおう。黒幕だって軍人だ、いったん組織が動き出してしまえばもう止められなくなるさ」

『フベルゲルミルループ廃道攻撃のゴーサインを？』

「自分で電子サインした作戦で自分の頭の上に爆弾が落ちてくるんだ。ヤツらにとってはお似合いの末路だろ？」

鼻で笑ってから、マリーディは無線ではなく後部座席へ意識を向けた。

「例の廃道が本当に秘密工場なら、この距離で私達が離陸した時点で周辺の警戒網に察知されているはずだ。今にそこらの森から対空兵器が出てくるぞ。木の枝とかビニールシートとかを被せて隠しておいたミサイルや機関砲なんかがだ」

「どぼっ、がぶっ、そんなのどぼずるんじゅがあ!?」

何だか濁音が多いエビフライだったが、対するマリーディの答えはシンプルだった。

「生憎と実機は弾幕シューティングじゃないから弾には限りがある、片っ端から粉微塵にする訳にもいかない。いくら大型機とは言っても翼に抱えておける兵装は温存しないとな」

時代劇の斬り合いで有名な日本刀だが実際には一度の戦闘で数人も斬れば血や脂で使い物にならなくなるのと同じで、戦闘機はいったん敵機と遭遇してから一騎当千の長期戦を想定された兵器でもない。

つまり、

「不要な連中は全て速度で振り切る。悪いがここから先はアクロバットになるぞ。高G下では血液は足首側に溜（た）まるといった話はしたな？　それと同じ理屈で股をきちんと締めておかないと自分の意思とは関係なく重力に押されて失禁するから気をつけろ」

「ああああああーもォおおおおおおおおおおおおおおおおおおーっっっ‼‼‼」

ハードロックの曲が切り替わり、エビフライの絶叫と共に双発の大型戦闘機Zig-27がぐるりと勢い良く回転した。

地上から噴き出す細長い噴射煙の槍（やり）が立て続けに夜空の獲物目がけて襲いかかるが、件（くだん）の『トールハンマー』でもない限りさほど恐れるものでもない。主翼の端につけた電子兵装から妨害電波を撒（ま）き散（ち）らし、同時に急旋回して第一陣をやり過ごしつつ、さらに奥へ奥へと突き進む。

「電子妨害（アクティブジャマー）、回避完了（ディフエンスデルタ）」

熱源や金属反応、通信の有無などを加味して山々の中から標的が算出され、四角い標的コンテナが表示されていく。

「戦車に攻撃ヘリ、か」

対地戦を意識しつつ連なる山々にぶつからないよう、マリーディ達のZig-27は高度五〇〇〇メートル以上を維持している。攻撃ヘリも空を飛んではいるがせいぜい数百メートル地点の山間に留まっているため機銃で掃射するまでもなく完全に無視できた。

「そもそも絶対にバレてはならない秘密工場の警護だからな。あんまり高度を上げて、民間の管制塔に気づかれるくらい派手に展開して悪目立ちしては困るんだろうが……」

今時の攻撃ヘリや戦車も対空ミサイルくらいは装備しているが、連中が使っているのは歩兵が肩に担いで使う携行式ミサイルと同じ弾体を束ねて多連装化した使い回しらしい。映画の中では上半身裸のマッチョが百発百中で当てているが、あんなもの実戦では地上近くを這うように進みながら一直線に機銃掃射している機体を後ろからじっくり狙わない限りまともに当たりはしない。基本的に個人で持ち歩ける携行ミサイルは消火器と同じ非常手段なのだ。消火器が例外なくあらゆる火事を一瞬で消せる訳ではないのと同じく、携行ミサイルも全ての状況に対処できるものでもない。もちろん手元にあれば安心できるだろうが。

とはいえ、そう順調には進まない。

「やっぱり隠していたな。『信心組織』のFefnirか。連中ほんとに垂直離着陸が好きだよな」

本命となるフベルゲルミルループ廃道の他にもあちこちにハイウェイやトンネルはあるのだ。滑走路というよりヘリポートに機体を引きずり出して垂直に飛び立つような感覚で、それらを

## 【Fefnir】

**Fefnir**

**全長**…16.5メートル

**全高**…5.6メートル

**全幅**…18.0メートル（可変翼最大展開時）

**火器最大装備時重量**…17.1トン

**最高速度**…時速2200キロ（アフターバーナー展開時）

**用途**…垂直離着陸式全環境迎撃戦闘機

**乗員**…1名

**運用者**…『信心組織』

**動力**…北欧圏営航空戦力工場製heimdallII×1（VTOL推力可変モデル）

**兵装**…長距離空対空ミサイル×4、
20ミリ機銃×1、
欺瞞兵装など

**メインカラーリング**…スカイブルー

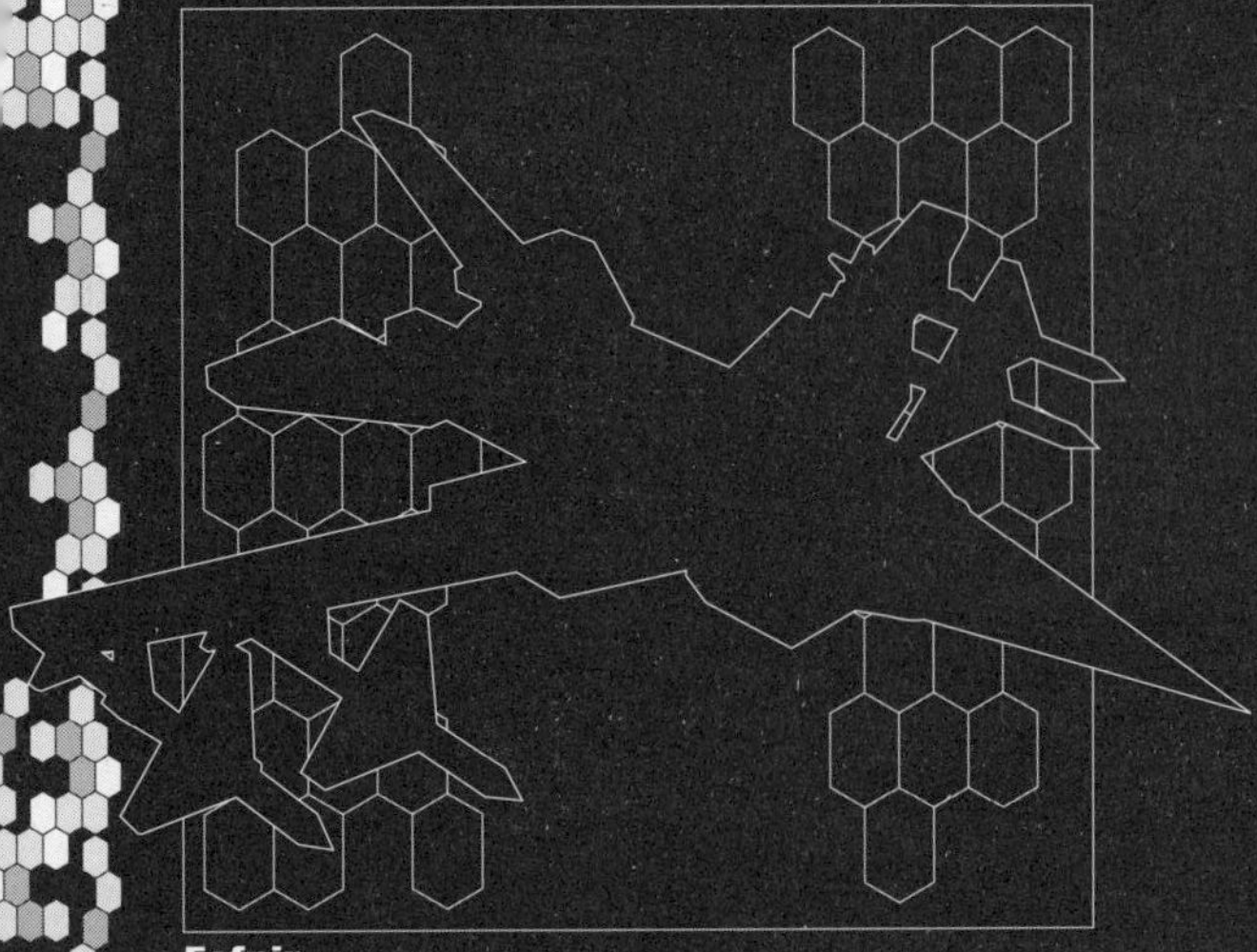

**Fefnir**

使って小型の可変翼戦闘機が離陸してくるところだった。残弾に余裕があれば飛び立つ前に破壊したかったが、そうも言っていられない。本命の廃道へ辿り着く前に弾切れになってしまえば元も子もないのだ。

「うぶっ、このまま通り過ぎるって事は後ろを見せる事になるんですけど大丈夫なんですかあ!?」

「久しぶりにまともな事を言ったな」

当然、戦闘機の戦いは後ろの取り合いなので、みすみす尻を見せるのは良い事ではない。というか最悪の状況を自ら作っているとも言える。

しかし問題ない。

何故ならば、

「騎兵隊が来たぞ」

「?」

液晶のレーダー表示へ目をやってマリーディが呟いた直後だった。

ゴッッッ!!!!!! と。

十字に交差する格好で複合装甲の塊が三機ほど夜空を切り裂いていった。

至近、数メートルでの交差によって衝撃波をまともに浴び、マリーディ達の機体が大きく揺さぶられる。目を白黒させる後部座席のナンシーは、さてそいつを観察する事ができたか。

今交差したのは黒幕達が放った防衛隊ではない。

マリーディが乗っているものと同じ、そして向こうは正式装備の『資本企業』軍マルチロール戦闘機Zig-27だ。主翼に大きく描かれたエンブレムを見れば、その所属まではっきりと分かった事だろう。

氷の結晶を背負う青い乙女のシルエット。

つまり、

『アイスソード2より不明機(アンノウン)、識別(IFF)でいつもの信号出せよリーダー!!』

「馬鹿どもが、セーザで待機でもしてたのか」

『アイスホース3、旗下に合流する。何をすれば?』

「本命のフベルゲルミルはクソ重たいバンカーバスターで叩(たた)き潰(つぶ)すから心配するな。それより『信心組織』のFefnir(ファブニール)が来る、ざっと見て八機。こっちは余計な荷物のせいでドッグファイトに不向きな構成だ。私の尻を狙う悪質な変態ストーカーを叩(たた)き落(お)とせ」

『アイスバーン4、了解っす!!』

流れが一気に変わる。

航空機の世界にも数の暴力は通じるが、すでに十分な加速をつけたZig-27側とようやっと垂直方向から水平方向にベクトルを移し始めたFefnir側でも事情は変わってくる。当然ながら相手が戦闘状況に移行を完了させる前に喰らいつくだけ喰らいつくのが基本だ。

その間にもマリーディだけは最深部へ突撃を続けていく。

「アイスガール1より各機、他はどうしてる?」

『アイスソード2。戦闘機は普通勝手に飛ばせないんだ。誰かさんと違ってな』

「何でまた黙認を。まさか本当にあの腹芸のおかげか?」

『世界中に北欧から「出荷」された操縦士エリート達が各地でストライキを始めかねないんだそうだ。真剣に世界の戦争の歯車が目詰まりを起こそうとしている。上層部は内心脂汗が止まらないだろうな。良いダイエットになるかもしれん』

これはマリーディ自身がデモを眺めて抱いた感想だが、デモの本懐は大勢が仕事の手を止めて経済活動を圧迫する事で統治者に交渉を迫る行為だ。そいつを全世界に展開される操縦士エリート達が行ってきたのだ。

……捏造動画での犯行声明はあくまで地下銀行にまつわる話で、ナンシーや子供達を軸にしたエピソードは出ていない。

しかし北欧出身、黒幕達のビジネスのために作られたシンデレラ達が一斉行動に出たのには何かしらのメッセージ性が感じられた。自分達には間に合わなかった誰かを後押しし、自分達と同じ人間を作らせないよう行動しているような。

「……高給取りのモンスターどもめ。世界のどこまで根を張って私兵を隠してやがるんだ」

『アイスホース3。言ってやるなよ。俺達は斥候偵察扱いらしい。派手に暴れて黒幕が顔を出せば、上が重い腰を上げて手柄をもらっていくんだと』

「それじゃ間に合わん、黒幕が逃げる前に私達で平らげよう。誰が主役か教えてやる」

『言うと思った』

そうこうしている間にもうゴール付近だ。

モニタリングしているのだろう、諜報部門(ちょうほうぶもん)の中年男がこんな風に言ってきた。

『GPS誘導投下爆弾(スマートボム)なら外す事はねえだろ。誤差四センチだぜ』

「思いっきり液晶にエラー表示出てるぞ馬鹿野郎、軍事衛星(ミリサテ)とのリンクが繋(つな)がらない。さてはお前ソフトウェアの認証(アクティベーション)に失敗しただろ」

そもそも墜落機の寄せ集めに諜報部門(ちょうほうぶもん)が勝手に持ち出した軍用OSを無理矢理搭載したジャンク品なのだ。こんな悪質なエミュレータみたいな機材が軍のデータリンクの認証を潜(くぐ)り抜けてしまう方が大問題なので、これはこれで正しい失敗なのかもしれないが。

『アイスホース3より隊長。どうするつもりだ？』

「ふざけてんのか。信管自体は生きているんだ、自由落下(フリーラン)で落とせば良いだろ」

『正統王国』、『情報同盟』、『資本企業』、『信心組織』。

向こうも向こうでバタバタしているだろうが、クソ重たいバンカーバスターで岩盤を突き破って円形のループ坑内のどこかに死の果実を送り届ければ、黒幕がどこにいようが密閉空間全域をくまなく爆炎と衝撃波が埋め尽くしてくれる。連中は風呂場（ふろば）のパイプ掃除みたいな感覚で吹き飛ばされていく事だろう。

「……さて。クソ重たい肩の荷を下ろすか」

どこまで行っても廃品の寄せ集め。『資本企業』の軍用データリンク上で認証作業（アクティベーション）を終えた機体ではないので、GPS精密誘導など『単一の戦闘機だけで完結しない、よそのマシンの協力を得た』オンライン兵装は使えない。昔ながらの機体の高度、速度、傾き、それから爆弾の重量、空気抵抗に重力にコリオリに……とにかく諸々（もろもろ）を視野に入れた自由落下（フリーラン）式に頼るしかない。

マリーディはさして緊張もしなかった。

一応のガイド表示はあるがあまりあてにならず、多少はややこしいが感覚的には街中での縦列駐車くらいの難易度だ。慣れるまでは大変だが、慣れてしまえば目線と指先の感覚で行える。

いったん発射したミサイルの制御を軍事衛星（ミリサテ）や早期警戒管制機（AWACS）に預けられるくらいオンライン兵装の充実したこの時代ではもはや古式と呼ばれるほどの技術だが、やはり実際の戦争は映画のように格好良いシーンだけの寄せ集めでは終わらない。整備不良で離陸直後にいきなりエンジンが火を噴いたり、兵装のレーダーロックが配線の接触不良で全く使い物にならなくなったり、何もしていないのに空気抵抗が生み出す振動で勝手に主翼の根元に亀裂が入ったり、とにかく『映画にもできないようなしょうもない危機』はいくらでも起きる。それでも、どれだけ理不尽だろうが戦って生き残らなければ現場の兵士に明日はない。エンジンが火を噴いて主翼に亀裂の走った機体を騙(だま)し騙(だま)し飛ばし、まともにロックも効かないミサイルを機体の速度を頼みに機首を上げて投(な)げ槍(やり)みたいに投じる事で敵の野戦飛行場を無力化してから安全に帰投する、なんて話も泥沼の北欧禁猟区では珍しくもない訳だ。

「投下軌道突入(オンユアマーク)、爆撃準備開始(スタンバイ)」

自由落下(フリーラン)で重要なのは、『余計なベクトルを合成しない事』だ。つまり曲がりながら落とすよりも、直線真(ま)っ直(す)ぐをなぞりながら落とす方が余計な計算をせずに済む。爆弾の飛距離を増すなら機首を上げて爆弾に山なりの軌道を描かせたり、貫通力を高めるなら機首を下げて地上に向かいながら爆弾を落とすなどのテクニックもあるが、今回は最初から専用のバンカーバスターなのでその辺りは無視して構わない。やはり地面に対して水平に、左右へブレずに直線飛行しながら落とすのが一番だ。

　戦場の空をこんなのんびり真(ま)っ直(す)ぐ飛んでいられるのも、後ろを僚機が守ってくれるからだ。その事に内心で感謝しながら、マリーディは正確に爆撃行程を進めていく。

「ファイブ」

　たかが五秒と思うかもしれないが、音速を超えた戦闘機は一秒で三四〇メートル以上進む。決して短い五秒ではない。

「フォー」

そして特大の対壕爆弾を落とせばトンネル内に留まる全ての人間が例外なく爆炎に呑み込まれて死ぬ。閉鎖環境での爆発は悲惨だ。全体で五キロだろうが一〇キロだろうが、特大の炎は出口を求めて細長い空間を埋め尽くすからだ。

秘密工場を回している研究者や坑内を警備している兵士の全てが特大の悪意を抱えているとは限らない。人には言えない秘密作戦に従事しているとはいえ、彼らには家族や恋人がいて、あるいは病弱の妹でも助けるために大金に手を伸ばした者もいるかもしれない。それを言ったら黒幕の大本命、四人にもそれぞれ家族や友人などの人間関係の連なりはあるだろう。

「スリー」

だが撃つ。

兵装と一つになったマリーディ＝ホワイトウィッチは敵と見定めれば冷酷正確にカウントを刻み、死の果実の投下準備を進めていく。

「ツー」

あるいはそれは、ナンシー＝ジョリーロジャーが最も恐れたビジョンかもしれない。彼女の良く知る子供達に、絶対になって欲しくなかった完成像なのかもしれない。

だがその負の完成像が全てを終わらせ、当の子供達を守る剣と化す。

何が正しくて何が悪いのかは、おそらく天の神様にしか分かるまい。マリーディを全肯定する事は戦争でトラウマを抱えた子供達をさらって操縦士エリートに作り替える黒幕達と何も変わらず、マリーディを全否定する事は彼らを助ける剣を取り上げる行為に等しい。
世の中は往々にして矛盾が蔓延り、その歪みは軍属に集約されやすい。これもまた歴史が証明している事実である。

「ワン」

戦闘機のベクトルも速度も調整し、後はキャッチボールの感覚で爆弾を切り離せばフベルゲルミルループ廃道の真上へ特大の航空爆弾を落とせる。

「投下開始、続けて着弾確認に移る」

主翼から放った途端、機体がわずかに傾いた。やっているのはボタン一つだが、今ので一トン以上の偏りが生じたのだから無理もない。
いったん放たれた爆弾はもう誰にも軌道を曲げられない。後は落ちていく爆弾を眺めて結果を受け止めるだけだ。
そのはずだった。
だがマリーディは舌打ちすると、慌てて操縦桿を切る。機体がぐるりと回って急旋回を描き、着弾確認も待たずに全力でその場から離れようとする。
直後の出来事だった。

ゴッッッ!!!!!! と。

ゆっくりと落ちていく対壕貫通航空爆弾に黒く鋭い何かが突き刺さった。

歩兵が肩に担ぐチャチな携行ミサイルを流用した攻撃ではない。かといって本命以外のトンネルに隠してあった戦闘機が追いすがってきた訳でもない。

サイズは三〇メートル弱、大型戦闘機と同程度。エンジンは単発、だが既存の戦闘機とは明らかにシルエットが違う。胴体と翼が分かれている訳ではなく、全身黒塗りの機影はまるで膨らんだ根元から先端に向かって鋭く尖っていく、両刃の剣だった。

あいつは飛行機というよりロケットやミサイルに近い。

バンカーバスターを阻止した迎撃行動それ自体も体当たりによるものだった。

間近で大爆発が起こり、廃道を焼き尽くして黒幕どもをバラバラにするはずだった爆風に当のマリーディ機が喰われそうになる。墜落こそしないものの、鋭い牙のように尖った金属の破片がいくつもの機体を引っ掻いていく。

「くそっ!!」

「ぎゃあっ!?」

『アイスバーン４よりアイスガール１!!　リーダー!?』

「うろたえるな、それより今の何だ!?」

『アイスソード２。四時方向斜め下から次のが向かってくるぞ。アンタから見て死角の位置だ、とにかくロールして逃げろ‼』

「ッ⁉」

舌打ちして操縦桿を大きく動かす。

そもそも至近では十分な効果を発揮できないレーダーだが、その光点が浮かんだり消えたりしている。

（ステルスかっ？）

ついさっきまで自分がいた場所を黒い何かが突き抜けていく。

全長三〇メートル弱。あれだけの巨体なのに、レーダー上では派手にエンジンを噴かしたり機体を大きく旋回させてこちらに腹を見せた時しか瞬かない。

それは戦闘機よりも鋭角に旋回し、ミサイルのような一回限りの使い捨てでもない。一度は体当たりを回避されようが、どう考えても耐G限界を超えた挙動で稲妻のように繰り返し折れ曲がりながら再び迫り来る。

しかも体当たりだけでもない。機銃掃射に追われ、ミサイルロック用のレーダー波の照射をまともに浴びながら、マリーディの舌打ちは止まらない。

「くそっ、くそっ、くそっ‼　何だありゃあ⁉」

これは当然の話なのだが、戦闘機そのものより空対空ミサイルの方が速く、良く曲がり、しつこく喰らいついていく。そうでなければ当たらないのだから当然だ。

なら戦闘機そのものもミサイルと同じ固体燃料ロケットの噴射システムで飛ばせば良いじゃないかと思うかもしれないが、この仮説は現実的ではない。

そもそもミサイルが鋭角に曲がるのは戦闘機より圧倒的に軽いからだし、速く飛ぶのはそれだけ固体燃料を素早く燃焼しきってしまうからだ。

使い捨てで済ませるミサイルと基地に帰るまでを考える航空機では、設計の骨となるコンセプト自体が違う。ミサイルの仕組みで航空機を作れば絶対に無理が生じるし、よしんば成功したとしてもあまりにも高い慣性Gがパイロットを殺してしまう。

なのに、

『アイスホース3よりアイスガール1。Fefnir(ファブニール)の排除完了、これより隊長の支援(アシスト)に回る!』

「早くしろっ」

『ちくしょう、サンドイッチにしてるはずなのに後ろを捉(とら)え切(き)れないっす!!』

ぐわっっっ!! と、離れた場所から閃光(せんこう)と圧が襲いかかってくる。

『ざざーザザザ!! ……イスソード2より各機、至近での迎撃には注意しろ。ヤツの本質は航空機ではなくミサイルだ、航行不能になると本体に残った全炸薬(ぜんさくやく)と燃料を着火して吹っ飛ぶ道連れ機能があるらしい!』

『アイスソード2!?』

『心配すんな破片の雨は浴びたがまだ飛べる!!』

「アイスガール1よりアイスソード2、一二〇秒経っても主翼の煙が消えなければ無理せず脱出しろ。それにしてもミサイルの利点をこれでもかと使い切ってくれるな、くそったれ!!」

ヤツは人様の真似事をして射撃を繰り返しているが、まともに当てて落とすというよりはこちらの行動の自由度を狭めている印象だった。つまり動きを止めたところへまともに体当たりし、完全殺傷圏内で自ら破裂する事で標的を落とすつもりである。基本的に『飛ばす』のではなく『撃ち込む』前提の運用なのだ。

自身の体当たり攻撃を最強の一撃としてキープしておきながら、同時に機銃や空対空ミサイルを抱え込み、チャフやフレアで迎撃用の弾幕を振り切る知性まで備えた存在。

「使い切り前提のブレインミサイルってところか。一発一発でどんだけコストを支払っているんだ、どこまでもゲテモノばかりが!!」

『アイスソード2よりアイスガール1へ。ヤツはレーダー波や赤外線を浴びせても急旋回と欺瞞兵器で振り切りつつ、逆にこっちを体当たりの標的候補として登録してくるぞ。撃ちっ放しのミサイルを撃っても油断するな』

全体の形状は根元から先端に向けて鋭く尖った両刃剣、といった風情。

ただ当然、相手が何であれ何もない空間から突然湧いて出てくる事はない。一つの兵器が空中で待っているという事はそれを打ち上げた具体的なプラットフォームがあるはずだ。いかにステルス仕様とはいえ、こうも接近されるまで気づかなかったという事は、相当近くにそいつはあるはずだ。

『アイスソード2より各機、海に注目。入り江から何か出てくるぞ！』

レーダーに特大の光点があった。

音速超過の衝撃波にすら耐える風防(キャノピー)に守られているためまともな音は聞こえなかったが、おそらく地上でそれを目撃していれば爆音が炸裂(さくれつ)していたはずだ。

ほとんど沿岸を丸々一つ偽装するようなものだ。

巨大なシートの上を本物の木々の枝や葉で埋め尽くした偽装シートが取り払われ、鋭いフィヨルドの根元部分、サメの歯と歯の間からあまりにも大きな影が姿を現す。

戦闘機の高度から眺めれば小さいように見えるが、縮尺を考えればあれだけで七〇〇メートル以上はあるはずだ。

全体のシルエットはブーメランに近いが、既存の潜水艦や軍艦とは明らかにデザインが違う。

何だか知らないが、あれはヤバい。

マリーディの直感がそう指摘し、そしてバンカーバスターの残った片割れを迷わず叩(たた)き込(こ)もうとした。

だがそれより一瞬だけ、向こうの方が速かった。

カッッッ!!!!!!　と。

機体後部の滑らかなエッジ全体が白い閃光(せんこう)を噴いた。溶接のような眩(まばゆ)さにマリーディが目を細めた時には、すでに巨大な影はその場から消えていた。完全にかっ飛んでいる。黒い海を漂う海洋兵器でありながら、天を舞うマリーディと同じく音速超過の世界を生きている。

真下にあった二本のフロートが後ろへ移動すると、まるで二本の尾を持つ巨大なエイだ。入り組んだフィヨルドを離れ、大海原へ出たエイがぐるりと大きく旋回してこちらに鼻先を合わせようとする。その間も何もしなかった訳でもない。喰いそびれたマリーディが顔をしかめる中、その平べったい小島のような上面から立て続けに細長い噴射煙が噴き出した。

それらは皆、表面に黒いフェライトを塗りたくった両刃剣といった風情の兵器だった。

今も苦戦を強いられている、真後ろから追いすがるブレインミサイルと全く同機種が、都合二〇発追加。

その全てが稲妻のように折れ曲がり、新たにマリーディ機を追い駆け始める。自ら考えて人間以上の高機動マニューバで確実に追い詰めるミサイルとして、狙い定めた標的を爆炎の華へ呑み込むために。

「くそったれがッッッ!!!!!!」

「うぶえっ!? なっ、なん、何なんですかアレ!?」

後部座席のエビフライからの質問に答えている時間はないはずだが、右に左に操縦桿を絶えず動かし続けるマリーディは何故か律儀に言葉を返していた。ひょっとしたら自分でも答えを求めて安心したがっていたのかもしれない。

「……地面効果翼機(GEM)、なんだろうが、それにしたってデカい。あの分じゃあ硬さで言ったら戦闘列車の『レーヴァテイン』より分厚いかもしれないぞ!!」

感覚的にはちょっとした小さな島が音速超えで海を移動しているようなものだ。原理が分かっていても目の前の光景に頭がくらくらする。

「あれが、あんな馬鹿デカいものが……飛行機の一種ですってえ!?」

「エアクッション船と同じで、水面すれすれしか浮かばせられないがな。それでも戦闘機に乗っていて良かった。大海原の軍艦だの沿岸部の戦車だので立ち向かっていたら、あの速度とブレインミサイルの連打で何もできずに嬲(なぶ)り殺(ごろ)し確定だったぞ……」

取り扱っている三〇メートル弱のブレインミサイルを、大気内運用だが酸化剤に頼る化学ミサイルと捉(とら)えると、分類としては戦術化学ミサイル地面効果爆撃機(GEMCMB)といったところか。

このタイミングで顔を出したという事は、間違いなく黒幕を防衛する兵器の一つだ。全幅七〇〇メートル。オブジェクトの一〇機分以上。何やら嫌な符合だった。ここにもマリーディの首に懸けられた懸賞金、あの五〇〇〇億ドルが顔を出しつつある。

『アイスソード2からアイスガール1へ。あそこに黒幕達が乗っている可能性は?』

「多分ない」

ギリギリの位置で突撃攻撃をかわしながら、マリーディは即答だった。

「どぼっ、どぼじてでずがあ!?」

「理由はお前がそうして振り回されているところを見れば分かるだろう。黒幕の四人は高Ｇ環境への耐性は持っていないはずだ。そして慣性の力は速度、角度の他に物体の重さそれ自体にも左右される。あんな巨大な塊を戦闘機みたいに振り回したら、どれだけＧがかかるか想像もつかない。並の人間ならそれこそバターになっても不思議じゃないぞ」

つまり相手はオブジェクトの操縦士エリートのように特殊な訓練……いいや人体実験を繰り返してきたか、あるいはあの母機も含めて完全無人操縦かだ。

答えは意外なところから来た。

諜報部門(ちょうほうぶもん)の中年男だ。

『マリーディ!!　そいつを組み立ててくれた「職人」のじいさんから面白い話が聞けたぞ。二、三年前に秘密の大仕事があるってんで同業者が随分スカウトされたらしいが、それっきり今も音信不通になっているらしい。じいさんの話じゃ王の城を造った宮大工と同じだ。完成後に城の図面を外に洩(も)らさないよう口封じされたんじゃねえかと』

「こっちは自分の命を繋(つな)ぐのに忙しい！　そのお涙頂戴が何に結び付くって!?」

『実際にゃあつい最近になってじいさんの下に図面のデータが送られてきてた。おそらく散り際の遺言代わりだろう。あまりにも非現実的な兵器だが、どうもスカウトに来た黒服どもの金の流れを追っていくと例の連中に行き着くようだ。アンタが今戦ってる黒幕四人衆だよ』

「全幅七〇〇メートルの地面効果翼機(GEM)？」

『記録への挑戦、世界一デカいパエリア鍋の成れの果てだ。機内の液晶で見れるように図面データそっちに送りながら話すぞ』

「一緒に飛んでいる仲間にも頼む。不明機(アンノウン)扱いの私を経由するとデータリンクのファイアウォールに弾(はじ)かれる恐れがある」

課報部門(ちょうほうぶもん)の中年男も自分で見ているものを信じられないような調子で、

『開発コードはヴォータン。ある主神の別名だな。その巨体を持ち上げる揚力をどうやって稼ぐか、機体を振り回す事で発生する超高慣性Gに乗組員がどう対応するか、高速高機動のブレインミサイル・グングニルの演算制御はどうするか。諸々(もろもろ)の問題を抱えている実験兵器だ』

「そんなものに頼らなくても今の時代ならオブジェクトがあるだろう!? 自分で考えて人間以上の曲芸機動で標的を追い詰めるブレインミサイルだって対空レーザー(SAL)があれば一発だ。北欧禁猟区の抜け穴を潜る以外にメリットがあるようには思えない!!」

『違う、違う』

男はゆっくりと否定してから、

『黒幕どもは戦争肯定論者だ。それもこの「クリーンな戦争」に相変わらず旧来の泥沼を維持している北欧禁猟区という例外を維持する事で甘い汁(しる)をすすっている隙間産業。ヤツらからすれば、世界の広い範囲を支配する連中が本腰を入れて野蛮な北欧禁猟区のお取(と)り潰(つぶ)しに乗り出しちゃあ困る訳だ。つまり、必要以上の好成績は出しちゃならない。オブジェクト主導の連中

## 【ヴォータン】
**Wotan**

**全長**…550メートル(着水用フロート後部収納時)

**全高**…43メートル

**全幅**…700メートル

**火器最大装備時重量**…8万トン

**最高速度**…時速2370キロ(地面効果最大展開時)

**用途**…戦術科学ミサイル地面効果爆撃機

**乗員**…1名

**運用者**…北欧禁猟区平和的開発事業協力会議

**動力**…特殊合弁法人製スレイプニル×8

**兵装**…ブレインミサイル、欺瞞兵装など

**メインカラーリング**…シルバー

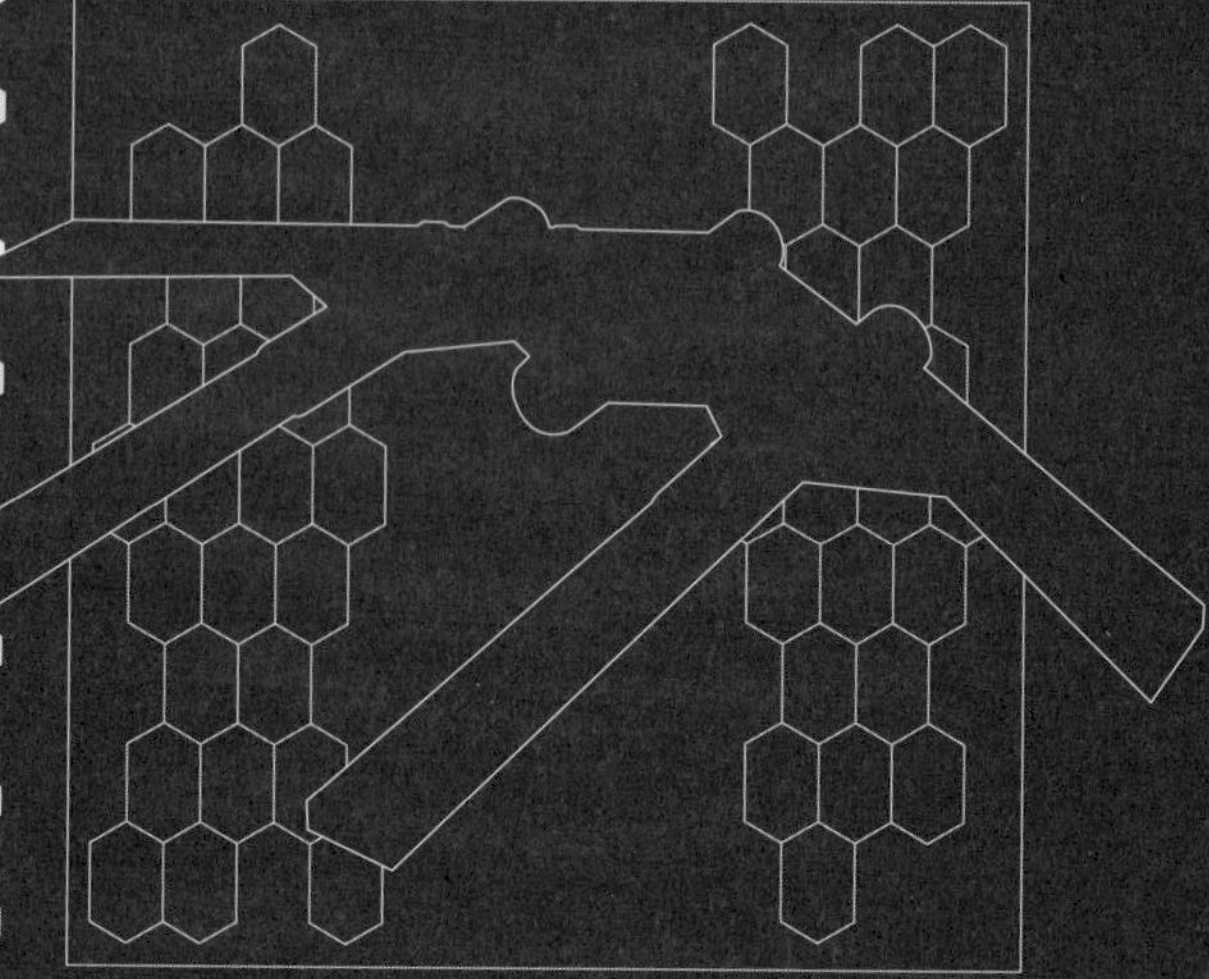

Wotan

## 【グングニル】
**Gungnir**

**全長**…26.8メートル

**全高**…5.0メートル

**全幅**…7.8メートル

**火器最大装備時重量**…30.2トン

**最高速度**…時速2800キロ(アフターバーナー展開時)

**用途**…戦術科学ブレインミサイル

**乗員**…無人

**運用者**…北欧禁猟区平和的開発事業協力会議

**動力**…特殊合弁法人製ニーズヘッグ×1

**兵装**…短距離空対空ミサイル×10、
30ミリ機関砲×1、
欺瞞兵装など

**メインカラーリング**…ブラック

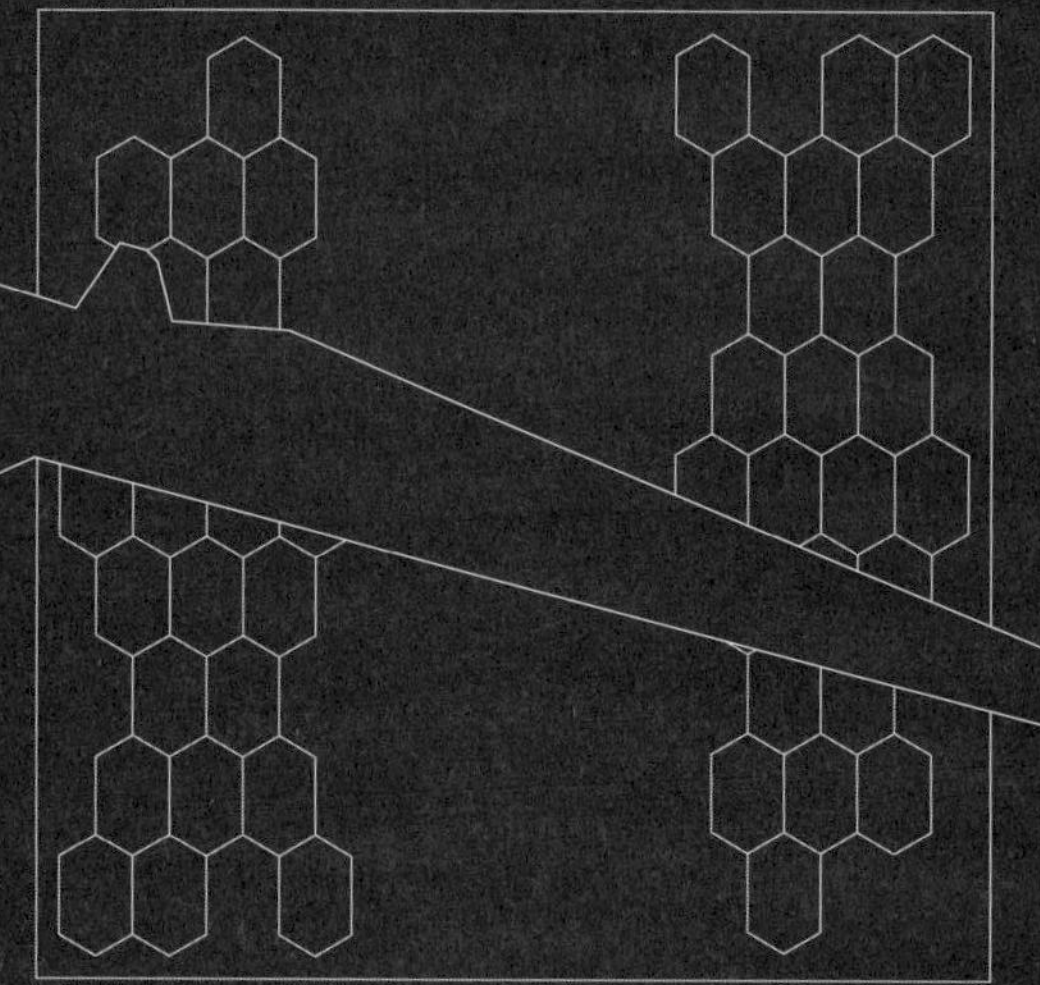

のプライドを適度に慰撫(いぶ)するために、定期的にお上へ献上する必要があるって訳さ。「北欧禁猟区の大敗」っていう分かりやすい結果をな』

「……わざと世界に敗北するための兵器だって?」

『そのために五〇〇億ドルも払って、さ。そうやって北欧禁猟区は世界の笑い者にされる事でパワーバランスを維持し、世間の認識では世界の大きな流れを変える事はできないガラパゴスだっつー印象を強く焼きつける。「クリーンな戦争」の図式はより強固になり、そんな時代の中でも隙間の北欧禁猟区は存在を許してもらえる。だから、異形で、おバカで、迷走した、それでいて間違った方向へ徹底的に突き抜けた兵器が望まれているんだとさ』

ヴォータンは主神だが、最後の戦争で命を落とす神でもある。

そんなものに乗せられている乗組員も悲惨だ。

『アイスソード2。ひでえもんだ』

崖に向かうオモチャの人形を動かすための電池として背中に組み込まれ、オモチャと一緒にぐしゃぐしゃに潰(つぶ)される運命を背負わされた誰か。そいつは自分の末路を知らずに騙(だま)されているのだろうか、それとも北欧禁猟区を守るために悲壮な覚悟でも固めていたのか。あるいは操縦士エリート以上にムチャクチャな人体改造を施されただろうに、当人にとって救いとなる部分が一つもない。

……そこまで考えて、ふとマリーディは何かとてつもない害意の尻尾(しっぽ)に触れたような気がした。すぐ後ろ、同じ機体の後部座席で呻いているナンシー＝ジョリーロジャー。彼女は何のために北欧禁猟区の現場まで足を踏み入れた？　彼女は元々どこに所属してどんな仕事をしていた？

『悲惨なもんだよ。シンデレラウィザード。俺も諜報として人には言えねえ仕事を散々やってきたが、それでもこんな連中が同じ「資本企業」の中にいるだなんて驚きだ』

ぴくんっ、とほとんど白目を剝きかけていたエビフライの肩が、高Gの痙攣とは違った震え方をした。

『たった一人の子供の脳を徹底的に改造して、あれだけ巨大な兵器システムの中枢を全部押し付けているらしい。当人の意思なんて完全に無視して外から電気信号を送って命令を注入するだけの、医療用の生命維持装置に繫げられた人間計算機ってヤツだ。つまり魔女様は薄幸の女の子にぴったりフィットする素敵なドレスとガラスの靴をこしらえた。ただしそれは女の子の幸せのためじゃあねえ、下衆な王子様を喜ばせる商品として改造するために、だ』

一度は散り散りになった子供達も、そのほとんどは連絡がついた。

双子の少女の内、片割れのエレノアはヴァルハラで見かけた。

ならば最後の一人は誰か。

候補として挙げられる名前はもう一つしかない。

そう。

何故、エレノアはどれだけさまよい歩いても自分と瓜二つの少女を見つけられなかったのか。

『中身はネクレカ＝モヒート、性別女性、年齢一一歳。これがシンデレラウィザード最大の献上品で、くそったれの黒幕どもを守る最後の城塞だとさ。戦争の皮肉を埋め込み続けたボーカルの愛娘をわざわざ使い捨てるとは嫌な話だぜ、まったく!!』

# Track 13　End Off

片腕の銃創に慣れない戦闘状態での極度の緊張、おまけに耐Gスーツなしでの戦闘機の実戦挙動。ナンシー＝ジョリーロジャーは半分以上本気で気を失いかけていたが、ガンガンに垂れ流されるハードロックの重低音の中、たった二つのフレーズが彼女の途切れかけた意識を再び揺さぶり始めていた。

シンデレラウィザード。

そしてネクレカ＝モヒート。

いもうとをかえして、という手作りのプラカードを掲げて暗い夜道を右往左往していた小さな女の子の顔を思い出す。彼女と瓜二つ（うりふた）だった双子の妹。

せんせい、せんせいと。

面と向かって顔を合わせた事もないのに、ネット回線を通じて無邪気に呼びかけてくれた事を彼女は良く覚えていた。実際の自分なんてどん臭くて得意分野以外は何ができる訳でもないのに、四角い枠で区切られた画面の中だけでは完璧超人に見せられたようだった。

同じ北欧禁猟区にいながら、ナンシーは彼女達に直接触れて涙を拭う事もできなかった。その身を挺して世界の害意を受け止める傘にもなれなかった。大人としては半人前で、まして先生などと呼ばれる資格は全くなかった。

彼女にできたのは、データの流れを切り替えて都合の良い結末へと送り届ける事だけ。

安全な場所から自分に累が及ばないよう細心の注意を払ってできる事をやる。リビングで遠い国の戦争のニュースを見てコンビニレジ横の募金箱に小銭を放り投げる程度の、対岸の火事を眺めるようなスタンス。

だけど。

だけどだ。

『知ってるよ。あたしは知ってるもの』

彼女の人生を変えた言葉を、ナンシー＝ジョリーロジャーは忘れた事はない。

『あたし達のお父さんとお母さんは戦争で死んじゃったんじゃない。おねえちゃんはそう信じているけど、そんなのうそ。本当はいらない子だったからすてられちゃったんでしょ』

確かに、何かと戦争被害者の多い北欧禁猟区ではよそと比べて捨て子の頻度は高い。戦災孤児が多ければその中に幼子を混ぜてしまっても悪目立ちしないからだ。中にはわざと旅行中のトラブルを装いに来る者さえ出てくるほどに。

ボーイレーサーは世界的なロックバンドで金だけなら腐るほどあったはずだ。しかし平和主義で歌詞カードの中に戦争の時代への皮肉を埋め込み続けた彼らの活動を危険視した『資本企業』上層部の手によって、白い粉に浸けこまれてしまったのも事実。

白い粉が精神を不安定に揺さぶり、ハニートラップの美女の存在が夫婦関係に致命的な亀裂を入れた。そういった致命的な積み重ねが彼らに幼子を重荷に感じさせ、ついには最悪の選択をさせてしまった。

だけどそれが何だ。

捨ててしまう親にこそ罪はあれ、捨てられてしまった子供達にどんな罪がある。

『ねえ、せんせい』

なのに、当の本人がこう言うのだ。

子供には似合わない疲れ果てた顔で、全く楽しくないのに機械的に笑みの形を浮かべながら、震える声でこんな風に言ってしまうのだ。

『落伍者の子供は、やっぱり落伍者になるしかないのかなあ……？』

絵本にあるような正義がこの世界にあるとは思わない。

彼女が軍に入った理由はもっと現実的で、上官の命令に従うだけでは見当違いな拝金主義の欲望を満たすだけだというのも良く分かっている。

でも、だけど。

だけど、だけど、だけどだ！

どうしても許せない事があると、ナンシー＝ジョリーロジャーは知ったのだ。何が特殊部隊だ、シンデレラストーリーを叶える夢の慈善計画だ。あの子達はまるで出口のない迷路のような人生に閉じ込められ、やっとの事で外から壁に穴を空けてもらったと思えば『資本企業』の軍需企業の手で囚われ、真っ白に清潔な部屋で腕にチューブを通され、得体のしれない薬液を流し込まれて、今度は虐げられる側から虐げる側として戦争にトンボ帰りを強要される。超大型兵器オブジェクトを動かす操縦士エリートとして。暴力の連鎖で相手を打ち負かせばそれが幸福な勝ち組であると、間違った認識を刷り込まれて、だ。

許せるか、そんなもの。

絶対に許せるか!!

だからナンシー＝ジョリーロジャーは最も危険な部署に留まって情報を集めながらも、いざ魔の手が伸びようとすれば味方の情報を操作する事で狙って包囲網に穴を作ってきた。一〇〇万都市ヴァルハラの『不可侵の森』を分断するためにわざわざコンテナやタンクを山積みして善意の鉄格子まで敷いてきた時は本気で驚いたが、それでも彼女のスタンスはもう変わらなかった。あらゆる技術を駆使して散り散りになった子供達を見つけ出して新しい身分証を与え、なお見つからなかった双子のためにナンシーは危険な現場にまで分け入った。

心のどこかでは願っていたのだ。

自分でも見つけられないくらい深く浸透しているあの双子は、もうどんな大人の手にも届かない本物の自由を手に入れたのではないか、と。

小さな棘があったのは、分断商都となったヴァルハラで双子の片割れ、エレノアがプラカードを掲げていたのを見た時だった。

いもうとをかえして。

いつでも二人一緒だったはずのあの双子の姉が、消えてしまったもう一人の妹を求めて暗い夜道を徘徊していた。そのイレギュラーな状況に不安が膨らんで膨らんで止まらなかった。

考えてみるべきだったのだ。

あらゆる記録から……それこそ死亡届すらなく消えてしまう事には、二つの可能性が込められている事を。

一つ目はナンシーが楽観した通り、子供達が大人を欺くほど完璧に浸透したケース。

だが二つ目には、その大人達が意図して子供達の記録を消してしまったケースがある。

その結果が。

誰に憚る事もなく堂々と自由や幸福を貪欲に求めても良かったはずなのに、自らの手でそれを封じてしまった少女が行き着いた先が。


「ふ、ざ、けんなァァああああああああああああああああああああああああああああああああああああああああああああああああああああああああああああああああああああああああああああああああああああああああああ!!!!!!」


己の咆哮を経て、ナンシー＝ジョリーロジャーは今度こそ己の意識を完全に繋ぎ止める事に成功した。体感慣性重力九・五G。プロの戦闘機乗りが専用の耐Gスーツで全身を締め付けてでもブラックアウトに陥りかねない危険域だろうが何だろうが関係ない。

救いを求める方法も教えてもらえなかった少女が宝石箱のように着飾った巨大な棺桶の中に生きたまま閉じ込められている。たすけて、と。たった一言言えばそれで済む話なのに、それを意味も分からずに跳ね除けてしまった魂があそこにある。

ならばこんな痛みが何だ。

そもそも、こんなものが痛みの内に入るか。

長い人生にはどれほど起伏があろうとも、今ここで眠りに落ちてしまえば何のために生まれてきたのか分からない。あの小さな手を摑まなければこの世に生じた意味がない。たとえどんな状況だろうが今この瞬間だけは絶対に両の目を開いて、どうしようもなく残酷でくそったれな世界と向き合わなければならない。

大人になれ。

大きな人になれ、今ここで!!

「……図面を回せ」

分不相応だろうが何だろうが、あの子達の先生になると決めた。

であれば半端な結果では終われない。彼ら全員がきちんと自分の手で道を切り開けるようになるまで、こちらが伸ばした手を引っ込める訳にはいかない。

たった一人の撃ち漏らしも許してたまるか。

「そのくそったれの図面を私の液晶に回せえ!! マリーディいいいいいいいいいいいいいいいいいいいいいいいいいいいいいいいいいいいいいいいいいいいいいいいいいいいいいいいいいいいいいいいいいいいいいいいいいいいいいいいいいツッツ!!!!!!」

突然の事に目を白黒させたのは、むしろマリーディの方だった。

「はっ、はァあ⁉ おまっ、ちょ、一体いつの間に覚醒した⁉」

「なあに、ちょっと天国を見てきたってだけですよ。そこで色々思い出した。だからもう私は下を向く事は許されない、あのヴォータンに閉じ込められたネクレカを助け出すまでは」

「ちょっと待て、一つ冷静に確認させてくれ。誰が誰を助けるって？ おい、お前が格好つけると私の命が危なくなるとか最悪だぞ。私はそんなの一言も……」

言いかけたマリーディの口を塞ぐように、分かりやすい電子ブザーが鳴り響いた。

見れば液晶上のミサイル残弾を示す数字の上に赤いバッテン印が重ねられている。

「お前⁉ 火器管制の権限勝手に奪うなよ‼」

「……あの子は誰にも撃たせません。それはマリーディ、たとえあなたであってもだ‼」

マリーディは思わず舌打ちした。

そもそも戦闘機は同じ機内でバディ同士が派手にケンカする事態など想定していないため、こういうコントロールの奪い合いには不向きだ。まして後部シートは兵装管理や着弾確認などを重点的に行うためのもの。適切な解決法はない。そして今は現在進行形でブレインミサイルに命を狙われている身の上だ。余計な事に思考のリソースを割いている暇は一秒もない。

「具体的にどうする⁉」

「それを今探しているんです。人間の考えはアルゴリズムでも完全把握はできない。そこに不確定な感情が混ざり込むから。だけど人の情をすっかり忘れたくそったれの外道ならかえって読みやすい。だってそこには冷たい論理しか存在しないんだから。ヤツらはそれを美点とでも勘違いしているかもしれないけど、そんなの全然間違っているんです。……だから私が答えを見つけるまで何としても生き延びろ!!」

「……何なんだこの覚醒具合は。高G環境にさらされ過ぎたせいですっかりしなびた処女膜でも破れたのか……?」

「その口の悪さもついでに教育してやりましょうか⁉」

「痛いっ座席の背もたれを蹴るなっ!! 分かった、分かったよ!! 墜落機のツギハギだからいつ射出座席が誤爆するか安全保証なんか何にもないんだ。頼むからそれやめろやめてくれ!!」

『アイスソード2より各機。何が起きていると思う?』

『アイスホース3。おい、世界にはまだ善意なんてもんが残っていたのか。うちの大魔王サマの小さな尻を叩(たた)ける大人がいるだなんてよ』

お前達も覚悟しろっ!! とマリーディは涙目で叫んだが、残念な事に無線越しで人を殴れるほど技術は進歩していない。

どっちみちミサイルや機銃(レギュラーガン)の権限が手元にあったところで、できる事は何もないのは同じなのだ。帰投(BtB)のための航続時間など一切考えず一気呵成(いっきかせい)に大量の固体燃料を消費し、空対空ミサイル(AAM)並の鋭角挙動で何度も折り返しながら迫り来るブレインミサイルのグングニル

相手では、まともな後ろの取り合いにならない。どれだけジェットエンジンを噴かしても、バレルロールやプガチョフ＝コブラといったサーカス挙動を繰り返しても、相手は余裕綽々でついてきてしまうので逆転のチャンスがないのだ。これでは後ろに向かって飛んでいくミサイルでもない限り迎撃のしようがない。

が、真後ろからメガネの悪魔がそっと囁いた。

「……母機のヴォータンと子機のグングニルで一つのオンライン兵装システム。という事は電波で繋がった存在です。まずは対ミサイル用の妨害電波を照射」

「そんなものでコントロールを失えば誰も苦労はしない！　ヤツは自分の頭で考えて獲物を追い詰めるミサイルだ!!」

「ですがレスポンスはわずかに遅れます。そうしたら真下、九〇度垂直に急降下」

「ツッツ!?」

言いたい事は分かってきた。だがそれは歴戦のパイロットでも勇気のいる決断だ。

そしてナンシーは真後ろでもぞもぞ動き始めた。

「えーと、射出座席の整備パネルはこのネジを外すのかな、と」

「分かったよ!!」

『アイスバーン４。……やだ、涙目で従順なリーダーってちょっと萌えるっす』

ぐんっ!!　とZig-27の機首が大きく曲がる。真下、地面に真っ直ぐ墜落するような格好で。

流石にこれ以上の説明は必要なかった。生命を持たないが故に機械的に追尾を続ける複数のグングニルを誘導し、真っ暗で距離感の摑みにくい夜の海へと真っ逆さまにダイブしていく。

(冗談だろオイ……)

引き上げのタイミングが早ければ意味はなく、遅ければそのまま激突だ。

「くそったれが!!」

まるでナンシーの言葉が感染したように喚きながら、本当にすれすれのタイミングでマリーディは機首を上げる。垂直から水平に。結果真っ黒な海面の至近一メートル以内を突き抜ける事で何とか命を繋ぎ止めていく。そしてエビフライは自分の肩越しにプリペイドの携帯を後ろに向けていた。リミッターを外したストロボを一発。

一方で真後ろから迫っていたブレインミサイルは電波障害下で反応がわずかに遅れていた。

戦闘機の世界において数秒は決して短い時間ではない。レーダーは信用できず距離感を摑みにくい夜の海に、トドメのストロボ。本来であればマリーディ機よりも優れた速度と機動性を保有していたにも拘わらず、機首上げが遅れて次々と海面に激突して大輪の花を咲かせていく。

『アイスホース3よりアイスガール1、撃墜確認。やっぱりアンタがMVPだ』

「それでおだてているつもりのようだが、私は今日受けた屈辱を一生忘れないからな」

でもって自分達が無事に生き残ったかどうかなど、悪夢のエビフライの眼中にはなかったらしい。彼女は彼女で液晶にヴォータンの図面を表示させ、各部の詳細を拡大して観察しながら口の中でぶつぶつ呟(つぶや)いている。

「極限まで分厚い複合装甲……各種の消火設備、爆風と衝撃波を逃がす緩衝構造……上面に配備された欺瞞兵装(ぎまんへいそう)のチャフとフレア……欺瞞兵装(ぎまんへいそう)？　つまりこれだけ防備を固めながら、それでも攻撃されるのを恐れている……？？？」

「ハイド先生次の指示は？」

「あァ？」

「明らかに善良なジキル博士ではないよな⁉」

とはいえ、電波障害(ECM)下ではブレインミサイル・グングニルの精密挙動が失われる、というのは収穫だ。敢(あ)えてマリーディは暗い海のすれすれを超音速で突っ切りながら、右に左に蛇行を続ける巨大なエイに似た母機のヴォータンへ接近していく。当然ながら向こうも向こうで追加の子機を次々と垂直発射してこちらを狙ってくるが、もう恐れるに足らない。

『うえぇっ⁉』

「アイスガール1よりアイスバーン4、手を出すな。このまま狙いを私に絞らせろ」

もちろん一回使った妨害電波(ECM)なんぞ向こうに解析され、別の周波数でコントロールされてしまえば同じ手で封じる事はできない。それどころか、最悪こちらが放ったジャミング電波を参考にして照射元へ突っ込んでくるリスクさえある。

が、

「海の上にだって電波の発信源はある」

美しい金髪の少女は口の中で囁き、

「航路標識、海底地震計測機、潮位計測ブイ、保護動物のイルカの頭に埋め込んだ電子チップだの何だの強力な電波の照射を続ける小道具はいくらでもあるんだ。そして電波はあくまで波だから、異なるもの同士がぶつかれば波長は合成される。先ほどまでと同じ周波数だけを警戒していると痛い目を見るぞ」

電波の発生源から発生源へ、点と点を結ぶように細かく蛇行していくと、合成電波に惑わされたブレインミサイルの矛先が乱れていくのが分かる。

『アイスソード2より1、確実性に欠けるぞ。騙し切れなければ落とされる！』

「ならもう一丁合わせ技といこうか。いい加減にこのお荷物も切り離したかったんだ」

ガコンッ‼　と水面すれすれにいたマリーディ機の主翼から巨大な物体が切り離された。バンカーバスターだ。大型航空爆弾は海を割って水中に没し、しかし海底に到達するのを待つまでもなく即座に起爆させる。

海水を伝播して衝撃が地盤を激しく圧迫させればそれで良い。

ザザザザ‼　という無線の雑音にマリーディは小さく笑みを作っていた。

「人工地震。地磁気を乱して一帯の電波を狂わす大要因ってヤツさ」

今度の今度こそだった。

ブレインミサイル達は海面一メートル以下の超低高度飛行に耐えられず次々と水の塊へ激突していく。その間にもマリーディは巨大過ぎる獲物に追いすがっていた。

結局、最高速度では共に音速を超えていても、海面すれすれしか進めない戦術化学ミサイル地面効果爆撃機(GEMCMB)ヴォータンでは戦闘機にあるような鋭角なラインは描けない。一〇〇発以上のブレインミサイルを抱えたままマッハ二以上の速度で海面を駆け抜けるのだから従来の軍艦と比べれば破格ではあるが、それでも空中格闘戦についていけるほどではないのだ。

「追い着くぞ。攻撃のチャンスだ、ここからどうするか決まったか⁉」

「……そもそもどうやってあれだけの巨体を……図面に不備や省略が……？　空気抵抗や重心バランス、ハニカム構造や気圧差を利用したドーム構造を使っても……」

「おいッ‼」

眼前で巨大なエイの背中が弾けた。再び大量の細長い噴射煙が垂直に発射され、ブレインミサイルのグングニルが飛び出したのだ。それらはいったんマリーディの後方に流れ、すぐにでも鋭角にUターンを切ってこちらに迫り来る。

潮時だ。

マリーディは歯嚙みして操縦桿を握り直した。せっかくの機会だが仕切り直しだ。そう思った時だった。真後ろから怒れるエビの化身、大魔王が囁いたのだ。

「潜ってください」

「は？」

「ヤツの真下に、潜れ」

選択権などなかった。

マリーディは盛大に舌打ちして覚悟を決める。アフターバーナーを開放してさらに加速をつける。

戦術化学ミサイル地面効果爆撃機(GEMCMB)ヴォータンと海面の隙間ギリギリへ戦闘機が突っ込む。

『わお！　アイスガール1⁉』

『アイスホース3。曲芸(アクロバット)マニアめ、ヒヤヒヤさせやがる……‼』

あまりに狭い空間に潜り込んだためか、レーダーの表示が死ぬ。

真後ろから迫ってきた両刃剣のようなブレインミサイル・グングニルはここまで対応できなかったのだろう。海面や母機に激突して粉々に砕け散る。

『アイスバーン4よりアイスガール1。グングニルは全て撃墜確認(ストライク)っす！　そこはご安心を‼』

だが喜んでもいられない。

さしもの傭兵(ようへい)の少女とて流石(さすが)に胆(きも)が冷えた。

どうやったって隙間は隙間だ。Zig-27の尾翼まで含めた全高を考えれば本当にギリギリで、上下方向の余裕は冗談抜きに数メートルくらいしかない。真下の波は全幅七〇〇メートルの巨体を浮かばせる力が強引に押さえ付けて平らにしてしまっているものの、逆に言えば海の波を押さえ付けるくらいに隙間の空間は猛烈な気流が乱れ狂っているのだ。多数のセンサーでサポートを受けているとはいえ、わずかでも機体を揺らして上下どちらかに接触すれば、脱出(ベイルアウト)の機会もなく即死である。

(くそっ!!)

これでは攻撃の機会はない。仮に前方に機銃(レギュラーガン)やミサイルを撃ったとして、破片の雨が横殴りでこちらに向かって来たら避けられない。大体、この位置取りでヴォータンが落ちたらマリーディ達もまとめてプレスされてしまう。

生き残る事に集中するしかない。

空中戦でみすみす後ろを見せるのは愚の骨頂ではあるが、この状況で下手に減速すれば機体を揺さぶられて接触事故を起こしかねない。苦渋の決断だが、マリーディはさらに加速して戦術化学ミサイル地面効果爆撃機(GEMCMB)ヴォータンと海面の間を一気にすり抜けていく。感覚的には橋の下でも潜(くぐ)るように。

エイの鼻先から飛び出し、安全を確保する意味でいったん真上へ。高度を上げながら減速する事でヴォータンに股下を潜(くぐ)らせ、マリーディは再び標的の後方へ着く。

『アイスホース3よりアイスガール1、ヤツのパンツは何色だった？』

「うるせえなもう」

　そしておかしな現象があった。

「何だ、氷……？」

『アイスソード2。どうしたリーダー？』

　透明な風防(キャノピー)の表面に白い霜のようなものがついていたのだ。首を巡らせてみれば、主翼の上面にも似たような現象が起きている。

「着氷(アイシング)か、くそ。水飛沫(みずしぶき)を浴び過ぎたか!!」

　高空の冷たい大気の影響や、航空機自身が翼を切り裂く事で生み出す気圧差などによって発生する、表面上の細かい凍結現象だ。たかが窓の結露のお仲間と思うかもしれないが、吸気口やエンジンの周囲などでこいつが起きるとそのまま失速や墜落の危険も起きかねない。

　そして残念な事に戦闘機にはワイパーのようなものはないので、外に何がこびりついていようが拭(ぬぐ)い去(さ)る事も叶(かな)わない。

　だが後部座席のナンシーはむしろ嬉(うれ)しい結果を見るようにこう呟(つぶや)いたのだ。

「やっぱり」

「やっぱりだと？」

「全幅七〇〇メートルもの複合装甲の塊をどうやって支えて、マッハ二、三でかっ飛ばしていたのか。普通に考えればありえないんです。オブジェクトを支える技術で溶接したりボルトで留めたりしても、多数の柱やハニカム構造、空気自体の力で構造体を支えるドーム建築などを用いたとしても、どうやっても自分で自分を破壊してしまう結果を覆せないんですよ」

「長話になりそうだ。各機、私を支援」

『アイスバーン4、了解っす』

「で、あれはどうやって存在しているんだ?」

まるで巨大極まる幽霊か陽炎でも見るようにマリーディは怪訝な声を出した。

自分の言葉で説明できないものが悠々と宙を舞っている理不尽。目で見たものしか信じない、という安易な達観を根底から覆してしまう不条理。

その答えをナンシー＝ジョリーロジャーはこう答えた。

「そもそもヴォータンにはネジやボルトは一本も使われていません。柱についても以下略、おそらく溶接だってたった一ヶ所もやってはいないでしょう」

「はあ⁉」

「私も最初は図面が何かを省略しているのかと思いましたけど、でも違った。ヤツの真下に潜ってもらった事でそいつを確信できました。ヴォータンにはそんなもの必要なかったんです」

「『島国』のミヤダイクが造ったとか言い出すんじゃないだろうな。ネジもボルトも溶接も使っていないなら、一体あれだけの構造体をどうやって繋ぎ合わせているっていうんだ⁉」

「超音速分子ビームですよ」

「今は面白兵器の話は聞いてないぞ」

「いいえ、それで合っているはずです」

エビフライは流れるように続ける。

「ヘリウムなんかの不活性ガスを極めて細いパイプから真空中に放射すると、分子の方向を一律に整えつつ加速を続け、やがては音速の壁を超える事になります。これが超音速分子ビーム。この状態では分子は熱を奪われて極低温の孤立分子になるんですけど」

「氷で固めているとか言い出さないよな？」

「それ以前にこの極低温の孤立分子はファンデルワールス力、つまり分子同士を繋ぎ合わせる力と密接に関わっているんですよ。だからヤツにはネジもボルトもいらない。超音速分子ビームを生み出すための微細なチューブを血管みたいに張り巡らせれば、後は機体を構築する分子と分子の結合を直接高めて巨大なシルエットを構築する事ができます」

「分子と、分子を……？」

「ええ。戦闘機が真下を潜った途端に表面が凍りついたのは気圧差が生み出す着氷ではなく、熱を受けて気化してしまった冷媒を外へ逃がしていたためでしょう」

「ちょっと待て、イメージが追い着かない。つまりそれってどうなるんだ？　鉄板を形作っている分子と分子の結びつきを強くした場合、それってまだ普通の鉄板として振る舞うのか？

それとも見た事もないほど硬い板に様変わりするのか⁉」

「おそらく後者になるでしょう。いくら複合装甲の塊とはいえ、自分で放ったグングニルをあれだけ浴びても平気なんです。音速超過の世界を生きる航空機の常識から考えてありえない。今のヴォータンは真っ向勝負なら隕石が直撃したって飛び続けるかもしれません」

エイの上面装甲から次々と細長い噴射煙が飛び出す。

ブレインミサイルのグングニルが二〇発以上放たれ、後方に喰らいつくマリーディ機へと襲いかかってくる。

『アイスソード2より各機。こちらで引き付けるぞ。リーダーの自由度確保を最優先！』

『アイスホース3、了解』

『アイスバーン4、了解っす！』

味方に感謝しつつ、だが美しい金髪の少女は信じられないような顔で質問を飛ばす。

「そんなもんどうやって倒せっていうんだ⁉」

目を剝いて操縦桿を握り直すマリーディに、ナンシーはこう答えた。

「支援は必要ないです。いったん真上に上がって機首周辺に空対空ミサイル」

「ッ⁉」

基本的に熱源か反射波に対応するレーダーロックでそういう機体の一部を選んで細かい狙い

をつけるのは難しいのだが、マリーディは液晶を指で操作して個別のパーツに画像認識でロックをかけていく。

だが実際にミサイルを撃つ前に、レーダー波で照準をつけたところですでに次の動きがあった。

ぶわっ‼ と。

横殴りの突風に叩かれる桜吹雪のように、膨大な数の金属箔がこちらに向けて飛んできたのだ。

「うわっ⁉ 何だ、あれ全部チャフか‼」

『ひどいっす‼ 環境破壊じゃないの⁉』

あまりの密度にマリーディが叫ぶのと、母機からの攪乱兵器にやられて電波障害に見舞われた誘導兵器のグングニル達が海へ落ちていくのはほぼ同時だった。

『アイスホース3、グングニル全機撃墜確認』

「いくら最高強度のヴォータンでも耳目の代わりになっている機首先端のレーダーやカメラレンズのカバーを爆破時の煤や固形火薬の残滓で汚される事は嫌うはずです。そこを塞がれたら海面すれすれを維持する事もできず、そのまま激突してしまいますからね」

「なら、正面交差の攻撃で先端部分を徹底的に埋めてやれば大激とtオグッ⁉」

背もたれを蹴られたマリーディが目を白黒させる。

低い声でナンシーはこう告げた。

「……そうやって進入角も考えず派手に海へ突っ込ませたら中のあの子がグチャグチャになっちゃうでしょう戦闘バカ」

「もう分かったから答えだけ言ってくれよ一四〇字で!!」

「そもそも超音速分子ビーム、極低温孤立分子が生み出すファンデルワールス力を使った最高強度の装甲が広く普及しなかった理由は、あまりにも人間の生態からかけ離れたものだったからでしょう。マイナス一〇〇度以下の極低温、真空、そしてヘリウム自体も空間を満たしてしまえば人を窒息死させる。ヴォータンには生命維持装置に詰め込まれたネクレカ以外は存在せず、残りはブレインミサイル・グングニルや整備補給用のロボットなどしかいないんでしょう。つまり、何だかんだで生身の歩兵や整備兵を未だに配備し続ける今の軍隊とは規格がそぐわなかった、という訳です」

「つまり何なんだよもう……」

「分かりませんか？　極めて強いファンデルワールス力を維持するためには、機体内部空間全体をマイナス一〇〇度以下で冷やし続ける必要があるんです。外からの衝撃で装甲を割る必要はない。表面を炙って内部へ熱を通す事ができれば、冷媒を温めて使い物にならなくしてしまえる。分子と分子を結びつける力を失えば、黙っていたってヴォータンは分解されていきます。それが怖いから、彼らはわざわざあれだけの密度のチャフやフレアを常備していたんです」

わざと破壊される事で『大敗』を示すための兵器だった、という話は聞いていた。

こんなバケモノが北欧禁猟区の外へ出たら歴史の流れが変わってしまいそうなものだが、やはりそうはならなかったのだ。

「……一見最強、だがオブジェクトの下位安定式プラズマ砲の連打を浴びれば高温の伝播を避けられずに瓦解していく、か」

「ええ」

こけおどしには最適。

誰も見た事のない新技術を存分に見せつけつつ、それをオブジェクトが正面火力で撃退していく事で既存技術の絶対性、見えない壁の厚みを世界に喧伝していく。そのための兵器。

ただし、そんなガラクタに無理矢理教え子を乗せられたナンシー＝ジョリーロジャーが静かな怒りに炙られるのも当然だ。

「だけどこいつにはそんな大火力は備わっていないぞ。ごり押しでミサイルを撃ち続けただけで同じ事ができるのか⁉」

「弱点がなければヤツらは脅えませんよ。その脅えが設計となって表れているんです。火器管制の権限はお返しします」

こんこん、と小さな音がコックピットに響いた。

ナンシーが前後で情報共有している液晶の一点を人差し指の先で叩いた音だ。

「ここです。すでに誘導法も分かっているはずですよね？」

ゴッ!!　と。

マリーディ＝ホワイトウィッチの操る双発の大型戦闘機 Zig-27 が高度を上げる。海面ギリギリを右に左に高速で蛇行し続ける戦術化学ミサイル地面効果爆撃機ヴォータンの後方上空を陣取れば、最後の勝負を仕掛けるための配置が完了する。

「アイスガール1より各機。動くぞ、全員で私をカバー」

『アイスソード2、了解リーダー』

「照準開始」

歌うように呟いて、マリーディは全幅七〇〇メートルもの標的にレーダー電波を照射していく。狙うは機体先端近くの耳目、カメラやレーダーの保護カバーだ。

「照準完了、誘導開始」

ロックオン完了し、実際にミサイルを発射すると、呼応するように膨大な量の金属箔が吐き出された。横殴りの桜吹雪のようなチャフの嵐が空対空ミサイルをあらぬ方向へと逸らしていく。

『アイスバーン4。着弾未確認、敵性は戦闘続行っす!!』

「それで良(い)い」

しかしマリーディは逃げるヴォータンの後方へ食い下がり、引き続きレーダー照射を続けていく。嫌がる素振りが目に見えるようだった。

（来るか）

上から見れば分かる。

巨大なエイの表面装甲。そこが左右二列、潜水艦の垂直ミサイル発射管のように次々と開いていく。有人機の天敵ブレインミサイル・グングニルが顔を出す。

（来い!!）

発射など許さない。

というかそもそもマリーディ達の狙いはそこだった。

「照準開始(アタックアルファ)、照準完了(アタックブラボー)」

操縦桿(そうじゅうかん)のてっぺんを親指の腹でなぞりながら、彼女は告げる。

それを強く押し込む。

「誘導開始(アタックチャーリー)!!」

今度の今度こそ、本命の空対空ミサイル(AAM)が飛び出した。

爆発で装甲を叩(たた)き割(わ)る必要はない。内部に高温を伝えて極低温に冷やされた環境を温めてしまえば難攻不落のヴォータンを潰(つぶ)せる。そしてヴォータンと違ってグングニルは超音速分子ビームだの極低温の孤立分子だのファンデルワールス力だのに守られている様子はなかった。普通に海面や母機に激突して砕け散っていくところを見ているからだ。

つまり、発射管に収まったブレインミサイルを爆破できれば。

後はその爆発が機体内部にまで伝わり、爆炎が内部の極寒空気を加熱していくはずだ。

「ッ、チャフの展開を確認」

細長い噴射煙を引いて突き進む空対空ミサイル(AAM)へヴォータンからの反応があった。だが金属(きんぞく)箔(はく)のチャフは機体から後ろに流れていく傾向が強く、上方から迫り来る空対空ミサイル(AAM)が嵐に呑(の)み込(こ)まれる心配はない。

だとすると、

「フレアも来たぞ、くそ、顚末(てんまつ)を追い駆けるまでもないか!!」

効果が薄いと見るや、今度はエイのような機体上面から仕掛け花火や信号弾のような光球が立て続けに一〇〇発以上打ち上げられた。こちらは偽りの熱源を大量に放つ事でミサイルの誘導を狂わせる欺瞞兵器(ぎまんへいき)だ。

まるで見えないレールの上を走っていたようなミサイルの挙動に、明確なブレが生じる。

そしてマリーディもわざわざ観察を続けなかった。

さらにジェットエンジンの出力を開放し、自分で放ったミサイルを追い駆けるように真上からヴォータンへ喰(く)らいついていく。大量の花火にも似たフレアの海を突き破り、操縦桿(そうじゅうかん)を握り直して右手の人差し指に意識を集中させていく。トリガーにも似た発射ボタンが制御しているのは機銃(レギュラーガン)だ。こちらならロックオンは使わないため、欺瞞兵器(ぎまんへいき)の影響は受けない。

「機銃掃射(アタックガン)!!」

立て続けに撃ち込んだ。

真上を一直線に突き進む*Zig-27*に沿う格好で二〇ミリの機銃弾をミシン目のように叩(たた)き込(こ)み、一列に並ぶ発射管へと正確に攻撃を当てていく。

立て続けに爆発があった。

おそらくは表面に頭を出していたものだけでなく、次弾として控えていた他のグングニルにも誘爆が続いているのだろう。

そしてマリーディ達がヴォータンの真上を飛び越えた途端、劇的な変化があった。


バガンッッッ!!!!!!　と。


巨大なエイのように横へ大きく広がっていた全体翼が、根元の部分から奇麗に切り取られて後方へ流れていく。次々に細かいパーツがポロポロと崩れていく中、浮かび上がる力を失った本体がそのまま海面へと接触する。

『アイスソード2よりアイスガール1。着弾完了(アタックデルタ)、撃墜確認(ストライク)』

「ていうか、おい！　あれ大丈夫なのか⁉」

「そのはずです、図面から計算した数値通りの進入角を維持してくれれば‼」

粉々にはならなかった。

元々、海面すれすれを飛行していたせいでもあったのだろう。

空中分解を続けているとはいっても一〇〇メートル以上はある平べったい胴体が、海面に接触した途端に小さく跳ねたのだ。まるで川に小石を投げて何回跳ねるか競い合う水切り遊びだ。いきなり深い角度で突っ込まずに済んだためか、段階的に何度も何度も跳ねながら少しずつ減速していく。

着陸と呼ぶにも、不時着と呼ぶにも、あまりにも奇怪な光景。

それも永遠には続かなかった。

一定まで減速しきったヴォータンは水切りを続けるだけの力を失い、ついに海面を派手に割って完全に着水したのだ。音速超過の状態からいきなり突っ込めば急減速の衝撃で内部はぐしゃぐしゃになったかもしれないが、あそこまで減速していれば助かる見込みもある。そしてこれ以上は戦う力を維持できないらしい。沈黙を守るヴォータンの上空をゆっくりと旋回しながら、マリーディは無線に向けてこう言った。

「この電波の発信元を参考に、海上警備を寄越してくれ。要救助者一名。今はまだ残骸が浮かんでいるが、場合によってはダイバーが必要になるかもしれん」

「そんなの待っていられません。えいや」

「おいちょっと待てその間抜けな掛け声なんd……ッ!?」

　マリーディからの抗議の声は聞き入れられなかった。

　エビフライが両足の間にあった脱出装置のレバーを両手で掴(つか)んで勢い良く手前に引っ張ると、彼女達を守っていた透明な風防(キャノピー)が火薬の力で切り離されて真後ろへ吹っ飛んでいき、続けて二つの射出座席が真上に飛び出していった。マリーディとしては抵抗のしようがない。かろうじて携帯音楽プレーヤーを掴(つか)むので精一杯だった。

『ああっ!?』

『アイスソード2。リーダー……減給確定だぞアレ』

　ろくすっぽ機首の向きも決めていなかったZig-27が真(ま)っ直(す)ぐ水平線の向こうへ消えていく中、二つのパラシュートが北欧の寒空で大輪の花を咲かせていく。

「先生が今迎えに行きますからねネクレカ、っと、あっ、あっ、あああーっっっ!?」

　馬鹿が横風に流されて見当違いな夜の海へと落ちていく中、上手(うま)く手綱を握って海面に浮かぶ複合装甲の小島へと無事に着地したマリーディは、ハーネスを外してパラシュートを切り離しながら、海に向かって完全に中指を立てちゃっていた。

「ざまあみろ、ざまあーみろおー!!　うちのパラシュートは合成繊維じゃなくてお上品なシルク製だからな、そのまたっぷり海水を含んだパラシュートに引きずり込まれて海の藻屑(もくず)となるが良い!! ばーかばーか!!」

『アイスバーン4より各機。何だかリーダー幼児退行してないっすか?』

『アイスホース3。あっちが歳相応なんだよ、いつもが狂ってんの』

どれだけ叫んでもちっとも気が収まらないマリーディだったが、そこで視界の隅に何かもぞりと動くものを見つけた。

「ッ」

慌てて拳銃を抜いてそちらに向けようとして、そして気づいた。

右側に大きく髪を流したサイドポニーの少女がハッチから這い出てくるところだった。生命維持装置とやらの影響か、あちこちに電極を取りつけた少女は辺りを見回し、ぼんやりとした瞳をこちらへ向けていた。

「ネクレカ=モヒートか」

「……お姉ちゃんは?」

「悪い子さ」

マリーディ=ホワイトウィッチは小さく息を吐いた。

これを見て、この結末を目の当たりにして、それでも金髪の少女は何も変わらない。これからも彼女は我が道を進むだけだ。ナンシー=ジョリーロジャーが危惧して教え子達を必死で遠ざけようとした、彼女にとっての悪夢そのものの道を。

ゴッッッ!!!!!! と。

そんな彼女達の頭上を僚機三機が突き抜けていった。

そして人殺しの武器を片手に下げた時代遅れのエースパイロットはこうリクエストを飛ばしていた。

「聞かせてくれよ、ブレイズ＝モヒートを超える最高の一曲(ロック)を」

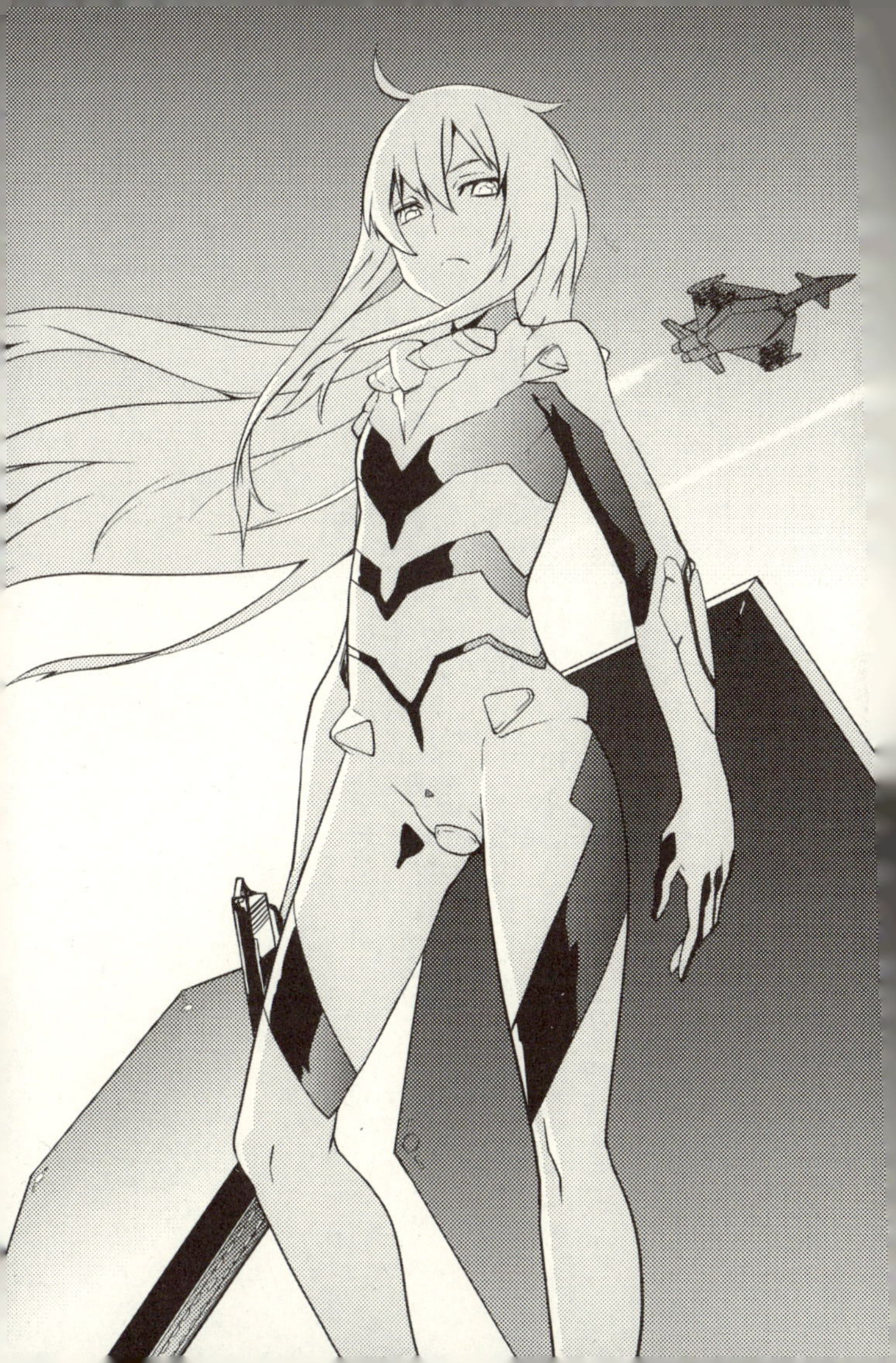

# Postscript

ヘヴィーオブジェクトも一三冊目になりました。

鎌池和馬です。

今回はお久しぶりのマリーディ＝ホワイトウィッチ回。舞台はついに全力全開の北欧禁猟区となります。ちなみに以前言及したお蔵入り巻ではないので混同しないようご注意を。オブジェクト全盛の世界観の中で唯一その運用が禁じられた区域では、さてどんな歪みが発生しているのか。というか、そもそもマリーディのように特殊な傭兵はどのような環境で育まれていったのか。ただ、『死の祭典』と同じ事をやっても仕方がないので、後半では人間関係を逆転させて、あのマリーディが振り回されている、という状況を作ってみました。いつも以上にシビアで容赦のないお話ですが、いつものクウェンサーやヘイヴィアとはまた違った戦いを楽しんでいただければと思っております。

兵器にも色々あるとは思うのですが、美しい兵器というと私はやっぱり戦闘機が真っ先に頭に浮かんでしまいます。あの流線形に心を惹かれるのかしら。飛行機は最も遊びが少なく、合理と効率を極めた末にああいう姿を取っているはずなのですが、モーターショーでコンパニオンさんと一緒に華々しくカメラの前へ出てくるコンセプトカーのような非現実感に頭がくらくらするばかりなのです。

敵方の兵器も色々ゲテモノが出てきていますが、実際に存在した大型兵器の香りをほんのりつけさせていただいています。戦闘列車や地面効果翼機などなど、なかなか狂ったチョイスにできたかなと。普段のオブジェクトではできないものをたくさん出せてすっきりしております。

そして今回の全体テーマは何をもって成功者とみなすか。

自分がやられてきた事をそっくりそのまま相手に返せば復讐としては成功かもしれないけど、そもそも暴力の連鎖の中に組み込まれて抜け出せなくなってしまえば、それは本当に軛を断って泥沼の環境から抜け出したと言えるのだろうか。デウスエクスマキナのように唐突に現れた王子様に見初められたシンデレラや白雪姫は、しかし本当の意味で自由と幸福を手に入れられたのか。そもそも童話の初期段階でヒロインが苦しめられていたのは統治者側の治安維持能力の低さに起因しており、見方を変えれば全部が全部出来レースになってはいないか？　そんなお話です。

ヘヴィーオブジェクトの世界観では歪な超大型兵器を中心に据える事で諸々の問題を先送り

にし、仮初の安定を得られるようにしています。当然、その操縦士エリートもまた大きな価値がある。社会的地位は上がって多くの報酬を手に入れ、セレブな生活と大きなステータスを我が物にできる。……ただし、大人達に言われるままに手を引かれて壇上に上がる事は、本当に幸福なのか？　こういう疑問を提示できるのも番外編ならではの楽しみだと思います。
特大の皮肉を込めて今回のサブタイトルにシンデレラストーリーと付けましたが、さて。もう一人の主人公の傍にも『お姫様』と呼称されるヒロインがいますが……？

イラストの凪良さん、担当の三木さん、小野寺さん、阿南さんには感謝を。今回のお話はそれこそ女の子から兵器から何から何まで全部が全部凪良さんに寄りかかってしまったような。本当にありがとうございました。
そして読者の皆様にも感謝を。ようやっとのマリーディ、ようやっとの北欧禁猟区でございます。いかがでしたでしょうか。キャラクターも世界観も根底から異なるような話を一つのシリーズの中で描けるのは、それだけ皆様に支えてもらってシリーズ全体に厚みを増す事ができたおかげです。楽しんでいただけたら幸いです。

それでは、この一冊が皆様にとって何かしらの小さな糧となりますように。

おほほやマティーニシリーズも美味(おい)しそうかも?

鎌池(かまち)和馬(かずま)

# Bonus Track（D.L. sales only）　Over the Ragnarok

北欧禁猟区で暗躍していた黒幕の虎の子だった戦術化学ミサイル地面効果爆撃機（GEMCMB）ヴォータンを撃破し、兵器の中に組み込まれていた双子の少女の片割れ、ネクレカ＝モヒートも無事救出した。一見して全て丸く収まったハッピーエンドに見えているかもしれないが、何かを忘れてはいないか。

『正統王国』のマイク＝ナイトキャップ。
『情報同盟』のリセス＝ブラッドハウンド。
『資本企業』のハヤト＝ブラックローズ。
『信心組織』のユーヴァー＝ダービーフィズ。

……結局のところ、今回の問題を引き起こしていた黒幕の四人そのものはどうなったのか。見た目の華々しい勝利の陰に紛れて歴史の裏へと潜航した彼らは、見方を変えれば順当にデコイを使い倒して安全を手に入れたとも言える結果を得ていた。

彼らがいるのは北欧のフィヨルドとは似ても似つかない、どこともしれない砂漠であった。

三六〇度見渡す限り地平線が広がる中にパラソルを立て、テーブルと椅子を用意し、人数分の紅茶とお茶菓子を並べて、優雅に次のお話を進めていく。

「誰が何をどうしたところで歴史は変わらん。北欧禁猟区は今日も見えない線で区切られ、日々の爆撃や砲撃は人々の心を抉り、特殊なチューニング要請に応えられる子供達が自然増産されていく。私達のビジネスは途切れない」

「何が歴史は変わらないよ。疑惑を払拭できなかったおかげで軍籍に居場所がなくなるかもしれないのに。私は例の声明で名前を出されたのよ。焦って狂犬病分子モーターのエインヘルヤルなんか出すからでしょ」

「疑獄で終わるよ、裁判にもならない。いつも通りの嫌疑不十分で不起訴、ただし理由は明らかにせずさ。だからこういう時のために弁護士で分厚い人の壁を作っておけと言ったろう」

「そうかね。わしは軍籍の維持より名誉の引退を発表して裏へ潜る事にしたよ。後任には傀儡の若僧をつける。前々から思っておったが究極の特権とは存在自体を消してしまう事ではないか。それはつまり完全なる責任の放棄と同義なのだからね」

これくらいならわざわざ四人がリスクを冒して直接顔を合わせる必要はない。今日ここまでやってきた以上、各々は後ろ暗い保身の方法を熟知しているのだ。

議題は一つだった。

「ただし、分断商都ヴァルハラの件は宙ぶらりんだ。いいや、『不可侵の森』から逃げた子供達が。あの社会実験が北欧禁猟区の外へ洩れるのはまずい。我々四大勢力は常に互いを滅ぼさんとする宿敵でなければならないのだ」

「愚かな民衆とは言っても一票は一票だものね。結局、民主主義では馬鹿を味方につけた者が勝つ。少数の知識層に媚びを売っても仕方がない。彼らにとって敵国の兵士は鬼か悪魔。人喰いのバケモノ。くっくっ。私達みたいに共通の利害があれば結びつける事なんて知られてはならないわ」

「逃げた子供達を追跡させよう。ただしこのタイミングで直接命令を下すのはまずい。検察からパパラッチまでどいつもこいつも張り付いているからな。いつも通り、非正規作戦は都市派のテロリストにでも任せれば良い」

「ではいつも通り、当人にも意図の分からない形で札束を注力してみるかのう」

変わらない。

世界は何も変わらない。

「くっ、くく」

「ぷっ……あはは」

「はっはっはっはっはっは!!」

「くふっ、ひひひっはははははははははははははははははは!!」

小さな笑みがあった。四人の内の誰かは関係ない。やがてそれは伝染し、大きくなり、まるで何かのガスでも吸ったようにけたたましい大音声（だいおんじょう）へと変わっていく。ここまで来れば悪意を露呈させても構わない。誰にも止められない。そんな風に四人の黒幕は己が禍々（まがまが）しい『力』を強く大きく世界へ誇示していく。

「げたげたげたげたげたげたげたげたげたげたげたげたげたげたげたげたげたげたげたげたげたげたげたげたげたげたげたげたげたげたげたげたげたげたげたげたげたげたげたげたげたげたげたげたげたげたげたげたげたげたげたげたげたげたげたげたげたげたげたげたげたげたげたげたげたげたげたげたげたげたげたげたげたげたげたげた!!!!!!」

直後の出来事だった。

その一瞬はストップモーションにして何十枚もの写真に収めるべき、走馬灯（そうまとう）のようにめくるめく時間にすべきかもしれなかった。

とにかくこうなった。

四人が囲むテーブルのど真ん中垂直に全長三〇メートル弱のブレインミサイルが落ちた。

砂漠の中心に奇麗な薔薇（ばら）の花が咲いていく。

そして世界のどこかでこんな航空無線が飛び交った。

ボーイレーサーのリズムに良く似た、だけど絶対に存在しない透き通る少女の歌声を重ねながら。

『アイスガール1より管制（CT）。レーダー波によるグングニルの外部誘導（アウターガイド）を完了、着弾（ストライクチェック）を確認。敵性（レッド）は自分でひり出したクソにまみれたぞ。……それにしても簡単すぎる、消化不良で欲求不満だ。おい馬鹿ども、帰投（BtB）ついでにエアレースでもやっていこう。帰りは川沿いを低空飛行、橋の真下を全部潜（くぐ）っていくぞ。ビリが全員の晩飯を奢（おご）れ。ヒアウィーゴー!!』

「ああもう、人が何ヶ月粘っていたと思ってやがるッ!!」

　砂漠のど真ん中に這（は）いつくばってバズーカ砲みたいなカメラを構えていた無精ひげの男は、突き抜けるような青空を切り裂いていく四本の飛行機雲を見上げて絶叫した。闇市で手に入れた払い下げの通信兵装備で傍受していた航空無線を耳にして舌打ちし、ダメ元でもリュックに似た長距離無線装置を使い、国籍未登録のダークウェブ衛星を経由したデジタルデータを『安全国』の出版社へと送りつけてみた。

「世界の悪意をようやく捉（とら）えたんだ。明日の朝刊のトップを飾れる大ニュースだろ!?」

『残念だがシーワックス、うちは全国紙であって場末の掲示板じゃないんだ。すっかり肥え切ったジジイババアのグロ写真なんか取り扱ってないよ』

　……世の中にはどうあっても相性の悪い疫病神（やくびょうがみ）みたいな人間もいるらしい、と戦場カメラマンは息を吐いた。

## ◉鎌池和馬著作リスト

「とある魔術の禁書目録」(電撃文庫)
「とある魔術の禁書目録②」(同)
「とある魔術の禁書目録③」(同)
「とある魔術の禁書目録④」(同)
「とある魔術の禁書目録⑤」(同)
「とある魔術の禁書目録⑥」(同)
「とある魔術の禁書目録⑦」(同)
「とある魔術の禁書目録⑧」(同)
「とある魔術の禁書目録⑨」(同)
「とある魔術の禁書目録⑩」(同)

「とある魔術の禁書目録⑪」(同)
「とある魔術の禁書目録⑫」(同)
「とある魔術の禁書目録⑬」(同)
「とある魔術の禁書目録⑭」(同)
「とある魔術の禁書目録⑮」(同)
「とある魔術の禁書目録⑯」(同)
「とある魔術の禁書目録⑰」(同)
「とある魔術の禁書目録⑱」(同)
「とある魔術の禁書目録⑲」(同)
「とある魔術の禁書目録⑳」(同)
「とある魔術の禁書目録㉑」(同)
「とある魔術の禁書目録㉒」(同)
「とある魔術の禁書目録SS」(同)
「とある魔術の禁書目録SS②」(同)
「新約　とある魔術の禁書目録」(同)
「新約　とある魔術の禁書目録②」(同)
「新約　とある魔術の禁書目録③」(同)
「新約　とある魔術の禁書目録④」(同)

「新約　とある魔術の禁書目録⑤」（同）
「新約　とある魔術の禁書目録⑥」（同）
「新約　とある魔術の禁書目録⑦」（同）
「新約　とある魔術の禁書目録⑧」（同）
「新約　とある魔術の禁書目録⑨」（同）
「新約　とある魔術の禁書目録⑩」（同）
「新約　とある魔術の禁書目録⑪」（同）
「新約　とある魔術の禁書目録⑫」（同）
「新約　とある魔術の禁書目録⑬」（同）
「新約　とある魔術の禁書目録⑭」（同）
「新約　とある魔術の禁書目録⑮」（同）
「新約　とある魔術の禁書目録⑯」（同）
「新約　とある魔術の禁書目録⑰」（同）
「ヘヴィーオブジェクト」（同）
「ヘヴィーオブジェクト　採用戦争」（同）
「ヘヴィーオブジェクト　巨人達の影」（同）
「ヘヴィーオブジェクト　電子数学の財宝」（同）
「ヘヴィーオブジェクト　死の祭典」（同）

「ヘヴィーオブジェクト　第三世代への道」（同）
「ヘヴィーオブジェクト　亡霊達の警察」（同）
「ヘヴィーオブジェクト　七〇％の支配者」（同）
「ヘヴィーオブジェクト　氷点下一九五度の救済」（同）
「ヘヴィーオブジェクト　外なる神」（同）
「ヘヴィーオブジェクト　バニラ味の化学式」（同）
「ヘヴィーオブジェクト　一番小さな戦争」（同）
「ヘヴィーオブジェクト　北欧禁猟区シンデレラストーリー」（同）
「インテリビレッジの座敷童」（同）
「インテリビレッジの座敷童②」（同）
「インテリビレッジの座敷童③」（同）
「インテリビレッジの座敷童④」（同）
「インテリビレッジの座敷童⑤」（同）
「インテリビレッジの座敷童⑥」（同）
「インテリビレッジの座敷童⑦」（同）
「インテリビレッジの座敷童⑧」（同）
「インテリビレッジの座敷童⑨」（同）
「簡単なアンケートです」（同）

「簡単なモニターです」（同）
「ヴァルトラウテさんの婚活事情」（同）
「未踏召喚：／／ブラッドサイン」（同）
「未踏召喚：／／ブラッドサイン②」（同）
「未踏召喚：／／ブラッドサイン③」（同）
「未踏召喚：／／ブラッドサイン④」（同）
「未踏召喚：／／ブラッドサイン⑤」（同）
「未踏召喚：／／ブラッドサイン⑥」（同）
「とある魔術のヘヴィーな座敷童が簡単な殺人妃の婚活事情」（同）
「最強をこじらせたレベルカンスト剣聖女ベアトリーチェの弱点
その名は『ぶーぶー』」（同）
「最強をこじらせたレベルカンスト剣聖女ベアトリーチェの弱点②
その名は『ぶーぶー』」（同）
「最強をこじらせたレベルカンスト剣聖女ベアトリーチェの弱点③
その名は『ぶーぶー』」（同）
「最強をこじらせたレベルカンスト剣聖女ベアトリーチェの弱点④
その名は『ぶーぶー』」（同）
「とある魔術の禁書目録×電脳戦機バーチャロン　とある魔術の電脳戦機（バーチャロン）」（同）

**本書に対するご意見、ご感想をお寄せください。**

電撃文庫公式ホームページ 読者アンケートフォーム
http://dengekibunko.jp/
※メニューの「読者アンケート」よりお進みください。

ファンレターあて先
〒102-8584　東京都千代田区富士見1-8-19
アスキー・メディアワークス電撃文庫編集部
「鎌池和馬先生」係
「凪良先生」係

本書は書き下ろしです。

電撃文庫

# ヘヴィーオブジェクト　北欧禁猟区シンデレラストーリー

鎌池和馬

2017年4月8日　初版発行

発行者　塚田正晃
発行　株式会社KADOKAWA
〒102-8177　東京都千代田区富士見2-13-3
プロデュース　アスキー・メディアワークス
〒102-8584　東京都千代田区富士見1-8-19
03-5216-8399（編集）
03-3238-1854（営業）
装丁者　荻窪裕司（META＋MANIERA）
印刷　株式会社暁印刷
製本　株式会社ビルディング・ブックセンター


ISBN978-4-04-892835-9　C0193　Printed in Japan

電撃文庫　http://dengekibunko.jp/
株式会社 KADOKAWA　http://www.kadokawa.co.jp/

# 電撃文庫創刊に際して

文庫は、我が国にとどまらず、世界の書籍の流れのなかで〝小さな巨人〟としての地位を築いてきた。古今東西の名著を、廉価で手に入りやすい形で提供してきたからこそ、人は文庫を自分の師として、また青春の想い出として、語りついできたのである。

その源を、文化的にはドイツのレクラム文庫に求めるにせよ、規模の上でイギリスのペンギンブックスに求めるにせよ、いま文庫は知識人の層の多様化に従って、ますますその意義を大きくしていると言ってよい。

文庫出版の意味するものは、激動の現代のみならず将来にわたって、大きくなることはあっても、小さくなることはないだろう。

「電撃文庫」は、そのように多様化した対象に応え、歴史に耐えうる作品を収録するのはもちろん、新しい世紀を迎えるにあたって、既成の枠をこえる新鮮で強烈なアイ・オープナーたりたい。

その特異さ故に、この存在は、かつて文庫がはじめて出版世界に登場したときと、同じ戸惑いを読書人に与えるかもしれない。

しかし、〈Changing Times,Changing Publishing〉時代は変わって、出版も変わる。時を重ねるなかで、精神の糧として、心の一隅を占めるものとして、次なる文化の担い手の若者たちに確かな評価を得られると信じて、ここに「電撃文庫」を出版する。

**1993年6月10日**
**角川歴彦**

# 電撃文庫DIGEST　4月の新刊

発売日2017年4月10日

## ゼロから始める魔法の書IX
—ゼロの傭兵<上>—

【著】虎走かける　【イラスト】しずまよしのり

北のノックス大聖堂にたどり着いた傭兵たちを待ち受けていたのは、救うべき“代行様”に関する真実だった。そして、つかの間の平穏を楽しむ傭兵にゼロが告げたのは——。

## Fate/strange Fake④

【著】成田良悟【イラスト】森井しづき【原作】TYPE-MOON

ついに出そろった英霊達の手によって、街は静かに、しかし確実に蝕まれていく。神も魔も信じぬ兵士は狂信者と相対し、神を憎む英霊の前には『女神』を名乗る女が現れ——。

## 俺を好きなのはお前だけかよ⑤

【著】駱駝　【イラスト】ブリキ

イヤミな毒舌家で萎え萎え地味眼鏡なパンジーだが、あいつの『呪い』は俺が解く。あいつが頼れるのは俺だけだから。ま、ちょっくら最強野郎をボコってくるわ。

## ヘヴィーオブジェクト 北欧禁猟区シンデレラストーリー

【著】鎌池和馬　【イラスト】凪良

北欧禁猟区に墜落したエースパイロット、マリーディ。敵地に一人取り残され、降りかかるのは更なる陰謀。そんな彼女がコンビを組むのは、マリーディと正反対の巨乳メガネ女で……？

## OBSTACLEシリーズ 激突のヘクセンナハトIV

【著】川上稔【イラスト】さとやす(TENKY)【協力】剣康之

母と娘、姉と妹——全ての因縁に決着をつけるため、各務と堀之内、そして仲間達は【黒の魔女】との決戦に臨む。川上稔が贈るクロスメディア企画、堂々完結!

## 魔人執行官(デモーニック・マーシャル)2 リベル・エンジェル

【著】佐島勤　【イラスト】キヌガサ雄一

天使討伐をする『魔人』の青年が、ある日少女を救った。彼女は『魔法少女』となり、共に世界を守ることになった。次なる『人類の敵』は同族喰らいの堕天使!

## いでおろーぐ! 6

【著】椎田十三　【イラスト】憂姫はぐれ

この闘争に終わりはない!　反恋愛主義青年同盟部の活動はリア充の巣窟・遊園地へ、そして異世界に転生!?　革命的内容に満ちたアンチラブコメ、第6弾登場!

## エルフ嫁と始める異世界領主生活4
—そんな観光地で大丈夫か?　問題……しかない!?—

【著】鷲宮だいじん　【イラスト】Nardack

夏休みも終わり学校へ!　休み明け最初のイベントは“臨海学校”……って、行き先は異世界・リリガルド!?　そんなわけで今度は観光振興にはげみます!!

## オオカミさんとハッピーエンドのあとのおはなし

【著】沖田雅　【イラスト】zpolice

おおかみさん、亮士くん、りんごさんをはじめ愉快な仲間たち勢揃いのアフターストーリー。バレンタインなドタバタもあり、いったいどうなることやらな完結巻!

## 新作　ニアデッドNo.7

【著】九岡望　【イラスト】吟

それは、生と死の間に立つ者たちの名。人知れず夜を駆け、闇を葬る者たちの名。“境死者(ニアデッド)”。その『No.7(ナンバーセブン)』を冠した少年の、死と誕生の物語が幕を開ける——。

## 新作　読者(ぼく)と主人公(かのじょ)と二人のこれから

【著】岬鷺宮　【イラスト】Hiten

この物語さえあれば、生きていける。そう思っていた俺の前に現れたのは、物語の中にいたはずの「トキコ」だった。奇妙に絡まる二人の想い。その物語の、結末は——。

## 新作　剣と魔法と裁判所

【著】蘇之一行　【イラスト】ゆーげん

満員ダンジョンの痴漢疑惑に、武器屋の脱税、はては魔法使いによる密室殺人。論破不能な難事件に挑むのは、捏造、脅迫何でもアリ。無敗の悪徳弁護士キールで!?

## 新作　アイドル稼業、はじめました!

【著】岩関昂道　【イラスト】こうましろ

偶然出会って恋した相手が女優だと知った少年は、自らも芸能界へ飛び込む。しかし1年後、彼は女性アイドルグループのメンバーとして華やかなステージで踊っていた——ふぁっ!?